NAÏVA

Raison d'État

I0676462

Karen Blanc

Remerciements :

À mes lectrices des premières heures, celles où la syntaxe était relativement aléatoire : Arlène et Chantal Je vous dois toute ma crédibilité. Vous avez ma reconnaissance éternelle. Corinne, merci pour tes réactions à chaud, ton soutien et ta patience. Claudette, je te suis infiniment reconnaissante pour ta relecture et ton souci du détail. Marie-Pierre tu auras le mot de la fin, un grand merci pour tout ce temps passé à me relire. Aux fans des premières lignes : Marjolaine et Chrystelle vos encouragements sont une aide précieuse, merci d'être là. À Sandra, trop heureuse que tu aies apprécié la fin, je suis impatiente que tes œuvres embellissent les miennes. À mon doc pour ta prescription mortelle. À mes parents, pour tout.

Malgré l'aide inestimable de nombreuses personnes pour des relectures successives, les fautes et les défauts restent mes erreurs... J'en assumerai pleinement la responsabilité même si ma mauvaise foi est légendaire.

Je dédie ce livre au « dent de sabre » de mon salon : merci d'avoir marché aux côtés de Naïva.

À mes enfants que j'aime énormément.

« Ceci est une fiction. Toute ressemblance avec des personnes, des lieux ou des faits réels ne serait que pure coïncidence. »

La Raison d'État est la notion par laquelle un État justifie ses actions lorsqu'il poursuit son intérêt national aux dépens de la moralité, du droit ou d'autres impératifs. (Wikipédia)

Je suis là, les mains dans le sang, en train de masser un corps inerte. Celle qui s'appelait Eva n'est plus. Je n'ai aucun espoir. Pourtant je continue. Et un... et deux... et trois... Son thorax s'enfonce sans résistance, et quand bien même son cœur est contracté par la pression, il ne battra plus jamais... Entre deux insufflations un haut-le-cœur me saisit, mais il me faut continuer, du moins jusqu'à ce que les secours arrivent. Un peu plus loin le groupe de touristes ayant contacté les pompiers tâche de leur faire comprendre notre situation exacte, mais qu'importe le temps qu'ils mettront, elle est morte.

Ce n'est pas la première fois que j'assiste à un tel spectacle, mais habituellement je ne fais pas partie des victimes. Or là, devant le corps de cette femme qui était mon amie, je me sens comme telle.

Du sang se répand sur la terre, la rendant boueuse, pendant que le regard vitreux d'Eva semble fixer un point dans l'azur. Depuis de longues minutes toute couleur a quitté son épiderme et ses lèvres bleuies trahissent l'inutilité de mes gestes.

Lorsque j'entends enfin le son de l'hélicoptère, un sentiment douloureux m'assaille : tout est fin . Il sera donc écrit que ma dernière vision d'Eva sera celle de sa mort. Une mort violente, brutale et certainement pas accidentelle.

Le médecin pompier aux cheveux bruns coupés ras me regarde. Aucune trace d'émotion ne transparaît sur son visage lorsqu'il me demande de cesser le massage cardiaque. Personne ne survit à une chute de vingt mètres... Nous le savons tous deux.

Bientôt le sol herbeux au pied de la falaise est piétiné par quantité d'hommes en rouge tandis que d'autres, en bleu, prennent des photos et notent les noms des témoins de la scène, le mien compris. Il faudra justifier mon identité, les gestes effectués et bien évidemment ma présence en ce lieu. Il me faudra mentir encore une fois. « *Je m'appelle Eléonore Martin. Non, je ne connaissais pas cette personne... Je suis en vacances dans la région depuis une semaine... Je me promenais, tout simplement...* »

Le militaire de la gendarmerie la plus proche inscrira mon témoignage sur un ordinateur vieillot, il tapera le plus rapidement possible avec ses deux index et me posera diverses questions puis l'enquête aboutira à un accident et sera classée. Voilà comment la mort d'Eva sera traitée, voilà pourquoi il me faudra enquêter.

Je pressens déjà la douleur de Marc à l'annonce de la mort de sa femme. Je n'ai jamais compris pourquoi elle s'était mariée, l'amour rend-il égoïste à ce point ? À présent il devra continuer seul, je le plains. Il ne connaîtra jamais les circonstances de son décès car telle est l'ultime règle. Mais il en va autrement pour moi, je ne peux pas fermer les yeux sur ce meurtre. Ce meurtre... les mots résonnent dans ma tête jusqu'à me donner l'impression de me noyer. Moi, qui me croyais à l'abri, je réalise soudain que la Section est menacée. Un tel paradoxe m'aurait fait sourire il y a encore peu de temps mais tandis que le sang d'Eva sèche lentement sur mes doigts, l'angoisse me saisit...

Les jours suivants sont irréels, comme si le monde venait de s'écrouler. Il n'est pourtant pas rare d'enterrer un gars de la Section, loin de là, mais généralement ces morts sont dues à des accidents voire des erreurs, jamais des homicides. Bien peu des miens sont venus assister aux obsèques de notre collègue : démonstration évidente de notre soutien mutuel. Nous formons pourtant une équipe, du moins sur papier. Nos vies privées sont personnelles et, de ce fait, nul ne tient particulièrement à s'immerger dans la douleur d'inconnus enterrant leur proche. C'est ça la Section, des hommes prêts à mourir dans une mission mais incapables de supporter la peine des autres.

Le regard de Marc en dit long, dans son costume noir impeccable, il se tient raide, perdu. Toute son attitude démontre une nécessité que je soupçonne mais à laquelle je ne peux répondre. Il veut savoir. Je le comprends. Le silence que je lui oppose l'irrite, le blesse, mais qu'y puis-je ? Je ne sais moi-même par où commencer. Lorsqu'il parvient enfin à être seul avec moi, je constate amèrement combien il souffre et combien il a besoin d'apprendre ce qui s'est passé. Je n'ose pas lui annoncer abruptement que c'est une « Raison d'État » et que je ne dévoilerai rien des circonstances dramatiques qui ont poussé sa femme dans la tombe. Mais au lieu de me supplier, il reste muet. J'admire son cran. Cet homme grand et mince, au visage émacié, me démontre que le vrai courage est celui de continuer à vivre malgré l'absence et de se battre au quotidien contre l'envie d'en finir. Que reste-t-il à dire ? Rien certainement, alors je me tais et me blottis dans ses bras. Eva restera à jamais dans nos cœurs.

1 Eva Mornex

S'il existe un endroit dans le monde où l'ambiance d'un capharnaüm se mêle à un simulacre de commissariat de banlieue c'est bien la Section. L'amas de bureaux jonchés d'objets insolites ainsi que les railleries permanentes des mecs qui y travaillent confortent n'importe quel visiteur dans le fait qu'il ne se trouve pas au milieu d'assassins prêts à tout pour abattre leur cible. L'une des premières sensations que j'eus en entrant dans cette salle aux dimensions modestes fut d'avoir été bernée sur l'envergure du poste que l'on me proposait. À présent, je réalise combien ces locaux sont destinés à leurrer ceux qui entrent. Aujourd'hui pourtant, nul bruit ne résonne contre les murs couverts de posters et les regards de mes collègues ne sont pas moins destinés à me mater qu'à m'offrir leur soutien silencieux. Tous savaient qu'Eva et moi étions très proches, peut-être comprenaient-ils que nous étions devenues amies, peut-être pensaient-ils également que je démissionnerais. Néanmoins, les tapes amicales que je reçus furent autant de manifestations qui m'allèrent droit au cœur : je les remerciai pour ces gestes typiquement masculins ayant l'avantage de ne pas provoquer de pleurs inutiles. Même si je n'aurais jamais versé une larme en leur présence, il me faut avouer qu'à ce moment précis je luttais contre moi-même pour ne pas leur inspirer de la pitié. Dans ce monde d'hommes, la pitié représentait la déchéance suprême : avoir de la peine pour un collègue était une chose, le plaindre en était une autre. Lorsque, ayant dépassé tous les bureaux, j'entrouvris la porte de mon supérieur, je franchis également la barrière entre le fouillis et l'ordre, entre la volonté froide et le meurtre.

Philippe m'observa intensément avant de détacher son regard, il voulait me jauger. Lui aussi craignait certainement que je lui remette ma démission. Le léger soupir qu'il émit m'indiqua qu'il savait que je ne lâcherais pas. En m'asseyant je perçus une atmosphère étrange qui se dissipa aussitôt : un probable renoncement à me réconforter. Il ne pouvait pas agir comme avec n'importe quelle femme, assise face à lui je n'étais plus qu'un soldat et on ne les cajole pas, eux. L'entretien fut bref. Nos deux points de vue s'opposèrent rapidement. Philippe ne croyait pas au meurtre d'Eva, tout était dit. Je fermai les yeux.

– Naïva, cesse de t'obstiner. Personne ne voulait la mort d'Eva. L'autopsie ne montre aucune trace de coups et l'étude toxicologique est vierge de poison. Que veux-tu de plus ?

– Une chute de vingt mètres n'est pas suffisante pour expliquer un meurtre selon toi ?

– Ecoute, je comprends parfaitement ton chagrin mais de là à en faire une conspiration, il y a un monde… Va te reposer, prends quelques jours…

– Va te faire voir Philippe avec tes jours de repos ! Si tu n'es pas capable d'ouvrir les yeux je ne veux plus bosser pour toi ! Je m'étais déjà levée, ne supportant plus de voir cet homme que j'avais tant apprécié se vautrer dans la suffisance due au manque de remise en question. Il se leva à son tour, presque suppliant. Il me sembla pour la première fois que les rôles étaient inversés : mon pouvoir venait de prendre du grade. Philippe dut percevoir mon trouble et modifia imperceptiblement son attitude ; cependant, je savais que les choses seraient différentes à présent. Il m'accorda quelques jours pour enquêter sur le sort d'Eva et sans ambiguïté possible me fit saisir qu'en aucun cas je ne devais agir sans son accord. J'acceptai ses conditions, aussi compréhensibles que dérisoires, et lui tournai le dos sans même le saluer. Je venais d'obtenir ce que je désirais le plus en ce jour ensoleillé du mois d'avril. Mes collègues me toisèrent silencieusement, je n'avais pas l'intention de les informer de ma mission. Quand j'entendis les premiers murmures, j'étais déjà dans le hall d'entrée, un sourire narquois plaqué sur les lèvres : moi seule pouvais me permettre d'être à ce point inabordable. Désormais seule femme dans la Section, les choses n'allaient certainement pas s'améliorer, loin de là !

De retour chez moi, je ne pus que constater amèrement l'intensité de ma douleur. La villa était vide, même mon chat habituellement si câlin ne vint pas me dire bonjour. J'étais seule. En temps normal je serais allée fêter l'achèvement de ma mission avec Eva, nous nous serions vidé l'esprit avant de pouvoir reprendre le cours de notre vie. L'alcool nous aidait à oublier les noms et les visages de nos victimes : seule échappatoire pour tenter de survivre à nos actes. J'ouvris le bar et me saisis du Jack Daniel's 1904. Ensuite, je me perdis dans les brumes de l'inconscience.

Je parvins difficilement à sortir des songes dans lesquels j'étais plongée. Inlassablement le même rêve venait me hanter et comme presque chaque nuit je me réveillai en sursaut, une sensation oppressante chevillée au corps. Comme toujours cette impression se dissipa au bout de quelques minutes, le temps pour moi de reprendre possession de mon être. Je pris une douche brûlante puis m'habillai à la hâte, pressée de commencer mon enquête. Après avoir claqué la porte je me dirigeai vers la petite dépendance rattachée à ma villa. Un couple de retraités y vivait. Devenus des amis depuis longtemps, ils s'occupaient de gérer mes affaires durant mes absences. Je leur devais bien plus qu'ils ne voulaient le concéder et je les en remerciais chaque jour pour la sérénité qu'ils m'offraient. Initialement logés gracieusement pour dissuader les tentatives d'effraction, je finis par leur accorder une confiance aveugle pour tout ce qui concernait l'intendance. Et à chacun de mes retours je ne pouvais que me réjouir d'avoir une maison bien entretenue, du linge toujours propre et de quoi manger dans le réfrigérateur. Paulette et André Renault étaient devenus, par la force des choses, mes parents de substitution. Une fois de plus je leur demandai de prendre soin de Sushi, mon ragdoll qui, une fois encore, me signifiait son mécontentement de me voir partir si rapidement.

Au volant de ma Jaguar, les huit cent quatre-vingt-dix sept kilomètres que je parcourus me semblèrent terriblement mornes. Ne m'arrêtant qu'en de très rares occasions pour me restaurer, je profitais de ces instants pour tenter de me vider l'esprit sans parvenir à ne pas ressasser la mort d'Eva : son corps inerte, le sang se répandant autour d'elle, ses cheveux blonds emmêlés et ses yeux bleus grand ouverts sur le néant. Le parc national des Pyrénées me laissait un goût amer dans la bouche, celui métallique du sang. En approchant du petit village d'Héas je frissonnai, en proie au désespoir. Des larmes s'échappèrent et bientôt tout mon corps fut secoué par des spasmes : autant de manifestations de ma faiblesse. J'arrêtai mon véhicule sur le parvis d'une petite chapelle à la teinte grisâtre et je me laissai aller à la douleur, elle seule pourrait me rendre plus forte pour ce qu'il me restait à accomplir.

Bien plus tard je réussis difficilement à trouver le sommeil, et ce malgré l'accueil chaleureux et le repas savoureux qui me fut réservé au gîte dormant au pied du cirque de la Troumouse. L'aube pâle se leva, éclaircissant enfin les ténèbres dans lesquelles j'étais plongée. Comme tous les jours, hantée par l'impression que mon corps ne m'appartenait pas complètement, je me levai nauséeuse. Après avoir décliné le petit déjeuner j'entrepris de m'enfoncer au cœur des sentiers pédestres des Hautes Pyrénées, théâtre silencieux d'un meurtre encore impuni.

Plus de six heures se révélèrent nécessaires pour arriver au pied de la falaise et une demi-heure de plus pour atteindre son sommet. Rien ne semblait prétendre avoir été le témoin d'un drame. La nature persistait à étendre sa suprématie en recouvrant toute trace de notre passage, niant presque nos vies ridiculement fragiles. Je pris le temps d'observer le chemin tracé par quantité de randonneurs. Je fis quelques allers-retours d'abord lentement puis en courant. Et toujours le même sentiment m'assaillait, une évidence douloureuse : un meurtre. En évaluant la distance entre la piste et le bord de la falaise n'importe qui aurait compris qu'elle n'avait pas pu tomber par inadvertance.

Un flot de souvenirs rejaillit en moi. Nous venions d'achever une mission. Nous étions pressées de rentrer chez nous et de mettre un terme à notre clandestinité. Passant par les Pyrénées pour atteindre l'Espagne nous avions fait notre chemin séparément. Eva était partie quelques jours avant moi et nous nous étions rejointes par la suite dans une petite ville espagnole au doux nom de Tella-Sin. Notre plan était simple : j'accostais, elle tuait. Une fois n'est pas coutume et nous optâmes pour un retour en solo, à vrai dire je ne sais plus pourquoi. La sécurité peut-être ou la facilité, j'en sais rien… Nous devions seulement rentrer le plus vite possible à Paris dans les locaux de la Section et le hasard voulut que je prenne le sentier passant sous la falaise tandis qu'Eva empruntait celui du sommet. Pas de véhicule, pas de barrage filtrant, pas de représailles, c'était ça l'idée ! Nous étions toutes deux parfaitement entraînées à supporter de longues heures de marche ainsi que des efforts intenses : nous formions la plus redoutable équipe de la Section. Je sais qu'Eva ne se serait pas approchée du bord sans raison valable. J'étais à présent convaincue que quelqu'un l'avait poussée. Plusieurs inspirations forcées me furent nécessaires pour calmer les palpitations de mon cœur. Je devais me concentrer sur la démarche à entreprendre. Le soleil, ayant dépassé son zénith, allongeait mon ombre sur l'herbe ondulant au gré du vent. Nul bruit ne me parvenait hormis celui irrégulier d'un oiseau probablement en quête de nourriture ; l'impression de solitude régnait tel un maître sur les destins misérables s'agitant à ses pieds. Plusieurs minutes passèrent sans que je bouge, guettant le moindre signe de présence humaine, puis, quand la certitude d'être seule s'emparât de moi, je sortis mon ordinateur portable de mon sac puis me connectai sur internet. Pirater les systèmes informatiques ne me prit pas plus d'une heure et je pus enfin me relier à l'unité centrale de l'un des satellites de surveillance français. Il me fallut affiner la recherche le plus précisément possible afin de ne pas avoir à enregistrer quantité de données inutiles. Les premières images satellitaires que j'obtins étaient de mauvaise qualité, comme si un brouillage parasitait les données. Après avoir lancé plusieurs anti-virus et protégé ma session par un cadenas informatique je m'introduis dans le réseau pour décrypter les images. Un vent frais se leva, faisant chuter la température et après un nouveau regard aux alentours je pianotai sur le clavier les derniers codes pulvérisant toutes les barrières. Pendant que le film se déroulait devant mes yeux je le capturai et le sauvegardai sur la carte mémoire de mon PC, il serait toujours temps de le copier sur CD plus tard. Les premières minutes m'emplirent d'un espoir vite étouffé par la prise de conscience que tout cela ne la ramènerait pas à la vie. Après avoir percé les directives du contrôle image, je pus enfin réduire le champ de vision et me focaliser sur la silhouette d'Eva. Elle courait à grandes enjambées, ses cheveux blonds soulevés par le vent. Je fus en mesure de la suivre jusqu'en haut de la crête rocheuse, en fait jusqu'à l'endroit exact où je me trouvais. Un instant l'écran devint noir puis un arrêt sur image précéda des saccades étranges me permettant de suivre sa position de façon entrecoupée. Sur l'écran se déroula une scène incompréhensible, celle d'Eva courant, au même rythme semblait-il, vers la falaise puis chutant. Les images suivantes furent celles de mon intervention puis des secours arrivant sur le lieu du drame, alertés par les grands mouvements des touristes ayant repéré le corps. Je vis l'hélicoptère emporter son cadavre puis les gendarmes baliser l'endroit. Le reste ne m'intéressait pas. Je fermai la connexion en effaçant toute trace de mon intrusion puis créai une deuxième copie à l'intérieur même de mon ordinateur. Une évidence se fit, les images avaient été retravaillées. Personne ne pourrait être dupe par un montage si peu soigné et probablement fait à la hâte. Il ne m'était plus utile de rester ici, j'entrepris alors de ranger mes affaires et de redescendre dans la vallée.

Après avoir avalé une ration de haricots Tarblais accompagnés d'une tranche de gigot d'agneau, le tout arrosé de Madiran, je retournai dans ma chambre. Je fis tourner les images à l'infini sur mon ordinateur, cherchant la signature de celui qui avait trafiqué l'enregistrement. Je finis par m'endormir, l'ordinateur sur les genoux.

Mon réveil fut douloureux. Une nouvelle fois un rugissement perçant semblait retentir dans ma tête, me faisant sortir du lit pour chasser cette impression de danger qui me tenaillait. Une fois sous la douche je laissai l'eau ruisseler sur ma peau, sa température me procura un soulagement intense. Avant de quitter l'auberge je demandai à sa propriétaire de bien vouloir envoyer la lettre que je lui tendais. L'envoi au tarif normal me permettrait de rentrer avant qu'elle ne parvienne à son destinataire, du moins si tout se passait bien. Le remerciement que j'exprimai à l'aubergiste me parut sonner particulièrement distinctement dans cette salle aux couleurs chaleureuses. Une sensation étrange s'insinua en moi, me laissant penser que j'y reviendrais, peut-être... Haussant les épaules en me détournant, je collai cette idée à mon manque de sommeil et à ma peine puis tâchai de l'oublier.

En apercevant la teinte crème de ma XK qui m'attendait sur le parking en contrebas, un timide soulagement s'infiltra dans mes veines. Dans l'habitacle, il me fallut quelques instants avant de mettre fin à mes cogitations et d'enfoncer le bouton Start du démarrage. La légère vibration du moteur accéléra les battements de mon cœur, la sensation de puissance provenant de cette voiture ne cessait de m'émerveiller. Mon regard se posa un instant sur les lignes épurées du tableau de bord puis j'enclenchai le mode sport de la boîte automatique. Ce fut seulement à la hauteur de Bourges que je m'arrêtai et pris le temps de faire une deuxième copie du film satellite pour l'insérer ensuite dans le chargeur de CD. Simple mesure de sécurité ou paranoïa sévère, je ne parvenais pas à mettre un terme adéquat sur ce qui influençait mon comportement.

Sushi m'attendait devant la porte. Un sourire me vint aux lèvres à la vue de cet animal indépendant et rancunier qui protestait contre mon manque d'amour. Je le pris dans mes bras et enfouis mon visage dans son pelage, profitant de son abandon et amplifiant son ronronnement en le caressant derrière les oreilles. Lorsqu'il fut repu, il sauta à terre et me délaissa : juste retour des choses. J'entrepris de me doucher avant de passer voir Philippe, nous avions beaucoup d'énigmes à résoudre et je préférais être convenable pour me présenter à lui.

Dans le miroir embué de la salle de bain je vérifiai une dernière fois ma silhouette et mon semblant de coiffure. Le choix vestimentaire n'avait pas été difficile, ma garde-robe n'étant composée que de jeans et de tee-shirt délavés. Paulette avait beau me faire des leçons sur la féminité, mes vêtements n'étaient pourtant pas un obstacle aux relations amoureuses, loin de là. Mes idées maussades furent quelque temps chassées par d'autres, bien plus attirantes. Quand 15h sonnèrent, j'attrapai mon blouson en cuir et enfourchai mon Hayabusa.

Après avoir quitté le boulevard Soult pour la rue Rottembourg, je fis taire ma moto devant le numéro 6. La porte cochère d'un rouge délavé semblait impassible malgré les agissements de ses locataires, n'émettant aucune plainte dans son ouverture. De l'autre côté, le hall au carrelage usé trahissait le grand âge du bâtiment mais n'en offrait pas moins une protection contre la curiosité. Les bureaux aménagés au premier étage s'ouvraient grâce à un interphone branché en permanence sur caméra et quand bien même l'étiquette « Consulting professionnel » dissuadait nombre de curieux, la surveillance continuelle permettait de filtrer tous les indésirables. Ma traversée des couloirs de la Section fut synonyme de retour à la normale. Mes collègues ne me regardaient plus avec compassion, ils me toisaient. Ne pas coucher avec l'un d'entre d'eux était devenu pour moi un principe inviolable même si, dans leurs regards appuyés, je percevais leurs envies. Je me faisais une joie de les décevoir. Comment aurais-je pu par la suite afficher mon égalité avec, à mes côtés, un prétentieux se targuant devant ses collèges de nos prouesses sexuelles. En frappant à la porte de Philippe cette dérision me fit sourire, je ne considérais pas mon chef comme un collègue, du moins plus maintenant.

En entrant dans son bureau, l'ambiance ordonnée de la pièce

m'apaisa. J'aimais le charisme de Philippe ainsi que son esprit incisif. Sa façon de gérer sa vie me paraissait au-delà de mes capacités mais forçait mon respect. Sur le secrétaire à l'angle de la pièce, quantité de dossiers reposaient en attendant de trouver un exécuteur, car hélas ces papiers ne représentaient que des vies en sursis. Le regard de l'homme en face de moi parut me transpercer. Il avait le don de me comprendre. C'était d'ailleurs la raison principale de notre aventure à présent terminée.

– Bonjour Naïva, assieds-toi je t'en prie.

Alors que je m'installais confortablement sur le fauteuil qu'il me présentait, il continua :

– Puis-je te demander d'être brève, je dois prendre part à une réunion du conseil.

Je hochai la tête puis sortis mon ordinateur de mon sac.

– C'est un meurtre. Voilà, je crois que je ne peux pas être plus concise.

Philippe s'adossa et croisa ses mains derrière la nuque en signe de lassitude mais ne me fit pas l'affront de me contrer.

– Très bien, je t'écoute.

– OK. Pour commencer je suis retournée sur les lieux, histoire de vérifier si quelques détails ne m'avaient échappé la première fois, puis je me suis connectée au réseau satellite pour capturer les images de la scène. Il m'a donc fallu trouver lequel de nos satellites photographiait la zone à ce moment précis puis intercepter son espace mémoire. Et voilà ce que j'en ai tiré :

Me déplaçant jusqu'à lui, je tournai l'écran pour qu'il puisse voir le film, le laissant observer sans rien dire. Le silence qui suivit irradiait la pièce comme si nul mot ne pouvait plus être prononcé. Philippe me regarda longuement, probablement en proie au doute. Lorsqu'il s'exprima ce fut d'une voix blanche.

– Je m'occupe de l'affaire.

– Non, je veux être dépêchée…

– C'est hors de question Naïva, tout d'abord parce que tu étais trop proche d'Eva, ton jugement en sera altéré et ensuite parce que j'ai besoin de toi pour une mission délicate.

– Non Philippe, tu peux pas me faire ça ! C'est moi qui l'ai découverte, je veux achever cette enquête…

– Ne m'oblige pas à te rappeler que tu me dois l'obéissance, s'il te plaît.

Sa voix s'était faite douce, caressant mon esprit à vif, atténuant la rage qui bouillonnait en moi. Il posa ses yeux bruns sur moi, son air soucieux me bouleversa, forçant la violence à quitter mon corps. Il savait pertinemment ce qu'il faisait et même si je lui en voulais d'utiliser cette ruse, je ne pouvais que m'effacer, bien malgré moi. Il passa une main dans ses cheveux noirs coupés ras avant de reprendre.

– J'ai un dossier qui mérite toute ton attention.

– Je t'écoute.

Rageant intérieurement de m'être laissée faire une fois encore, mon attention fut rapidement captée par la photo de ma prochaine victime.

– Quel est l'objet du délit ?

– Raison d'État.

– Combien de temps ?

– Tu as un mois.

J'acquiesçai puis m'emparai du dossier composé de multiples photos prises à l'insu de l'homme en sursis ainsi que de documents révélant son identité, son emploi et son adresse. Le travail était soigneusement mâché pour une fois, à croire que l'auteur de la mise à mort s'inquiétait qu'une éventuelle bévue puisse être possible. Philippe m'adressa un sourire timide me rappelant le temps où nous étions amants. Je dois avouer avoir été charmée par cet homme charismatique au physique agréable et à la détermination sans borne. Nous n'avions pas fait équipe très longtemps mais cela devait pourtant marquer à jamais la direction de ma vie. Il aurait pu se gausser de m'avoir tout appris, mais heureusement pour lui il savait se taire.

– Une dernière chose Naïva…

Je me retournai, appréhendant le dernier détail non encore énoncé.

– Tu as un nouveau co-équipier.

– Hors de question, à présent je suis en solo !

– Hors de question.

– Mais pourquoi ? Ne me fais-tu pas assez confiance pour agir seule ?

– Oh non, crois-moi, je sais très exactement ce que tu vaux. Cependant tu te dois de former à ton tour un de nos membres.

Philippe avait prononcé sa dernière phrase en insistant sur le principe de former un collaborateur, chose qu'il avait faite pour moi avant de devenir chef de la Section.

– Je crois plutôt que c'est pour me tenir à l'œil.

– Tu n'as peut-être pas tout à fait tort.

– Il est au courant du dossier ?

– Pas encore, je compte sur toi pour l'en informer.

– Et quel est le nom de l'heureux élu ?

– Fabian Delbart.

– Quoi ?! L'espèce d'abruti qui passe son temps à se vanter sur son passé de flic miteux ? Comment peux-tu oser me faire ça ?

– C'est le dernier gars dont les méthodes ont encore besoin d'être dégrossies.

– Tu parles, il a surtout besoin d'apprendre à la fermer !

– Bon courage.

Je perçus son petit sourire en coin ; il devait ressentir une irrésistible joie intérieure. Il savait qu'il venait de museler le guépard vibrant dans mes veines et pour une fois sentait qu'il aurait un moyen de contrôle sur moi. En sortant de son bureau je rencontrai Fabian qui, comme à son habitude, amusait ses collègues en singeant l'une de ses arrestations. À mon arrivée le silence se fit. Je m'adressai à mon coéquipier de façon sèche pour bien lui faire comprendre qui commandait.

— Demain, ici même, à 6 heures. Pas de retard sinon tu restes sur place. On part pour un mois mais tâche de ne pas emmener ton armoire, c'est pas du tourisme ! OK ?

— Mais bien sûr Naïva, on prend ta voiture ou la mienne ?

— C'est la Golf qui traîne ses guêtres en bas dont tu parles ?

— ...

— C'est bien ce que je pensais, alors je préfère qu'on parte avec un véhicule capable de dépasser les 130Km/H. Au cas où on aurait besoin d'aller un peu vite.

Je balançai mon sac sur mon épaule et commençai à m'éloigner quand il me lança :

— Tu crois quoi, Naïva ? Tu penses qu'en m'insultant on va pouvoir faire équipe longtemps ?!

— Pour demain prends un sac plastique pour pas dégueulasser ma caisse et tâche de t'entraîner à fermer ta grande gueule sinon d'ici 48 heures tu ne seras plus en mesure de prononcer le mot « équipe » !

Sans attendre sa réponse je fis claquer la porte et m'enfuis loin de ce ramassis d'idiots en tous genres.

Le réveil sonna, marquant de son bip strident le départ d'une nouvelle mission ainsi que, sans m'en douter, un tournant décisif dans ma vie.

2 Ethan Lamberg

Mon sac sur le dos, je descendis les escaliers avec une célérité peu coutumière car je n'avais pas l'intention d'arriver en retard devant Fabian : ma réputation était en jeu. Cependant, en récupérant mon blouson en cuir sur le dossier du tabouret de bar, un flash pulvérisa tout désir de sortir de chez moi. Un instant je restai là, debout dans la cuisine, indécise. Je décidai de ressortir mon PC et de regarder une nouvelle fois le film de la mort d'Eva et les images qui ne m'avaient pas choquée les premières fois m'interpellèrent alors. Eva courait presque de façon féline sur le bord de la falaise, habillée de son blouson en cuir plus brun que le mien. Son blue-jean lui moulait les cuisses et son pull-over gris rehaussait son teint clair. Mais tandis que je trouvais de la grâce dans sa manière de bouger malgré les images découpées, un indice me sauta aux yeux : Eva n'avait plus son blouson lorsque je l'avais découverte vingt mètres plus bas. Des scénarios aussi improbables que douloureux accaparèrent mon esprit ; comment ne pas imaginer ce qu'elle avait pu endurer avant de se voir jeter par-dessus bord ? Comment refouler l'évidence devant tant d'indices ? Brutalement le fait d'arriver en retard me parut bien mineur et le goût de la vengeance me brûla les lèvres. Je n'espérais plus qu'une chose : qu'avant de mourir Eva ait emporté un grand nombre de ses agresseurs dans la tombe et mon vœu le plus cher était d'exterminer ceux qui en avaient réchappé. Car intimement je savais qu'elle ne s'était pas laissée faire et que seul le surnombre avait dû la trahir. En rangeant mon PC j'étais envahie par l'amertume, je n'avais plus l'envie de me battre contre Fabian, je n'aspirais qu'à finir la mission le plus vite possible et inciter Philippe à me rendre l'enquête, fut-il nécessaire de le suplier.

Un quart d'heure de retard, voilà ce que me coûtèrent mes tergiversations. Devant le numéro 6 de la rue Rottembourg Fabian patientait, accroupi contre le mur, un sac de sport à ses côtés. À la vue de ma voiture il se releva et posa les mains sur ses hanches, un air malicieux gravé sur le visage. M'arrêtant à sa hauteur, je sortis et ouvris le coffre sans prononcer un mot. Mon expression peu avenante dut le retenir d'émettre le moindre son et pour mon plus grand plaisir il s'assit, boucla sa ceinture et croisa les bras sans même tenter de faire de l'esprit. En passant la première, un sentiment d'apaisement s'empara de moi, il me semblait pouvoir surmonter l'épreuve que Philippe venait de me confier. Profitant des arrêts aux feux pour introduire les coordonnées de notre victime dans le système de navigation, je connectai ensuite mon téléphone sur le Bluetooth de l'ordinateur de bord. Un bref regard en direction de Fabian me rassura complètement, il ne paraissait pas d'humeur à pavaner. Avant de quitter la ville je déclenchai l'autoradio et choisis une station n'émettant que de l'électro. À bien y réfléchir je n'écoutais que ce genre de musique qui possédait l'avantage non négligeable d'empêcher toute réflexion. Les basses et les sons aux rythmes rapides nuisaient à ma capacité de concentration, me permettant de naviguer vers la mort sans y penser. Fabian ne protesta pas, peut-être avait-il les mêmes habitudes ?

La distance Paris-Salzbourg fut évaluée à 989Km par le GPS et il nous fallut un peu moins de neuf heures pour atteindre la ville autrichienne dont le style baroque offrait un agréable dépaysement. Ayant pris le soin de réserver deux chambres à l'hôtel Berstein, Philippe avait eu le tact de nous présenter comme frère et sœur. Observant Fabian je me fis une réflexion sur notre manque de ressemblance, mais nos cartes

d'identité affirmaient le contraire et il était improbable que le maître d'hôtel de cette prestigieuse enseigne émette le moindre soupçon. Devant la banque centrale je laissais aller mon regard sur l'homme avec qui je venais de traverser la France et l'Allemagne. Son menton carré offrait à son visage une force violente et ses yeux bleus à moitié cachés par une frange brune laissaient sous-entendre d'innombrables secrets. Seules nos deux carrures athlétiques donnaient un semblant de similitude. Pour le reste, nos comportements et nos réponses sibyllines brisaient tout désir d'approfondir les motivations de notre venue en Autriche. Situées au cinquième étage, nos deux chambres se faisaient face. Mon premier geste fut de me doucher puis, une serviette autour du corps, je me couchai sur le lit moelleux sans défaire les draps. Un instant je restai là, immobile, essayant de capter les bruits de l'extérieur. Quand je perçus trois coups à ma porte je compris que je m'étais assoupie. Ce n'est qu'au moment d'ouvrir la porte que je pris conscience que j'étais peu habillée, mais il était trop tard. Je priai intérieurement pour ne pas trouver Fabian derrière, même si j'étais persuadée du contraire.
– Tu t'es un peu détendue à ce que je vois ! Je peux entrer ?
Sans attendre ma réponse mon collègue passa la porte et la referma doucement sans me lâcher du regard.
– Que veux-tu ?
– Quelle drôle de question, comme tu le disais si bien hier, on ne fait pas du tourisme…
– Encore un mot sarcastique de ta part et je te réserve ma prochaine balle.
– Houlà ! Du calme, dans la mesure où je ne sais pas à quel point je peux me fier à toi…
– Tu peux parfaitement compter sur moi pour mener à bien mes menaces ! Maintenant, si tu veux bien je vais passer une tenue correcte puis on ira dans le centre ville.

– Je ne voulais pas te presser. D'ailleurs si tu veux continuer à flemmarder sur le lit je peux même te tenir compagnie.
– Fabian, pendant que je me tapais les mille bornes toi tu ronflais comme un porc, aussi je ne pense pas que tu puisses te permettre ce genre de réflexion à la con. Je te rejoins au bar.

Fabian détacha avec regret son regard de mon corps presque nu, me laissant percevoir son trouble. Un sourire collé sur les lèvres, à la fois moqueur et bon enfant, je considérai ma répartie bien plus mordante dans ces conditions. En toute honnêteté il me semblait qu'il serait un bon amant, mais la règle que je m'étais fixée me défiait de faire une chose pareille. Avant de fermer la porte je jetai un coup d'œil sur son jean moulant et une moue approbatrice traversa mon visage.

Assis bien sagement devant un demi, Fabian patientait en observant la vue magnifique de la vieille ville qu'offrait la terrasse au dernier étage. Il me dévisagea sans un mot, plus sérieusement qu'à l'accoutumée, me donnant l'impression d'avoir quelque chose d'important à m'annoncer. Pourtant il garda le silence. Un plan de la ville était étalé sur la table, l'heure était à la découverte de l'environnement de notre victime. Ethan Lamberg était pianiste. De nationalité franco-autrichienne, il avait fait ses études à Vienne puis était venu s'installer à Salzbourg. Un choix compréhensible puisque la ville de Mozart offrait aux mélomanes quantité de festivals et nombre de lieux splendides pour exprimer leurs talents. Nous décidâmes de profiter de cette fin d'après-midi pour tenter de s'approprier les noms de rues et cartographier notre quartier. Il n'aurait pas été convenable d'appeler cela du tourisme mais il faut bien avouer que nous en profitâmes pour contempler cathédrales, châteaux et autres bâtiments à l'architecture spectaculaire. Bien évidemment, tout en découvrant la ville, nous inspections les recoins susceptibles de nous cacher, les toits suffisamment camouflés pour utiliser un fusil de précision à longue portée, les raccourcis en cas de nécessité. Nous restions muets, incapables de briser le silence qui précède le meurtre.

Notre rencontre avec Ethan Lamberg n'était prévue que pour le lendemain. Aussi, nous dînâmes de bonne heure à l'hôtel. Je pris congé de Fabian non sans un certain soulagement, n'étant plus habituée à supporter de façon continuelle un regard masculin. Je ne parvenais pas à discerner ses pensées et pourtant en sa présence quelque chose m'alertait. Après avoir codé l'email que je destinais à Philippe je cliquai sur la commande de l'envoi. Rien dans mon texte ne laissait supposer que je soupçonnais Fabian de ne pas être ce qu'il prétendait mais je n'en étais pas moins méfiante. Aussi officielle et juridique qu'elle fut, la Section n'en était pas moins un groupe d'espions et de tueurs hors pair. Je m'endormis rapidement, bercée par le calme régnant dans l'hôtel.

L'emploi du temps de notre victime compliquait sérieusement la situation. L'homme que nous découvrîmes en train de déjeuner à l'hôtel-restaurant Stadtkrug en compagnie d'une femme aux boucles brunes paraissait surbooké. Nous profitâmes du jardin sur le toit comme n'importe quel couple, à ceci près que nous suivions les faits et gestes de l'homme au costume gris qui nous tournait le dos et parlait l'allemand de façon mélodieuse. Mettre son téléphone sur écoute n'avait pas été difficile et quelques minutes seulement me furent nécessaires pour renouer avec cette langue gutturale que je n'avais plus employée depuis maintes années. Fabian se montra particulièrement charmant durant le repas, jouant à merveille la comédie du jeune homme fougueusement amoureux de sa compagne. Pour ma part, je fus happée par la conversation discrète de notre homme. Ce dernier s'exprimait doucement en comparaison aux prononciations marquées de celle qui le regardait d'un air à la fois séducteur et hautain. Son visage rond valorisait sa beauté juvénile, elle ne devait pas avoir plus de vingt-cinq ans. Sa poitrine généreuse sursautait joyeusement lorsqu'elle s'agitait sur son siège et son décolleté laissait deviner des sous-vêtements d'un genre provocateur. La voir sourire niaisement m'empêchait de me concentrer sur l'attitude posée de son interlocuteur, gâchant presque le plaisir que j'avais à essayer de comprendre l'homme que je devais tuer. Dans leur grande majorité mes victimes m'influençaient malgré elles sur la façon dont je m'en débarrassais. Peu d'hommes me paraissaient dignes d'intérêt et encore moins me causaient de remords. Ils n'étaient pour la plupart que des êtres imbus d'eux-mêmes, trop prétentieux pour se méfier d'une femme et trop fiers d'être coupables pour comprendre que l'État ne s'incline pas.

Le cas d'Ethan me semblait franchement différent. Cet homme à la carrure peu épaisse et dont les cheveux blonds coupés courts ondulaient au gré du vent parlait courtoisement à la jeune femme en face de lui et ne tentait pas de faire étalage de ses performances. Lorsqu'il quitta la terrasse fleurie à la vue splendide, l'endroit perdit soudain de son intérêt. J'eus du mal à apprécier le reste du repas, mais nous avions un rôle à jouer et nous ne pouvions pas courir après lui. Fabian me regardait depuis un bon moment quand je compris qu'il s'était tu. Le sourire gêné que je lui offris ajouta d'autant plus à son incompréhension. Comment aurais-je pu lui avouer que j'étais plus intriguée par Ethan Lamberg que par ce qu'il pouvait bien me raconter.
Je n'avais jamais tué de musicien. Mes victimes étaient

dealers, assassins, violeurs, trafiquants d'armes, anarchistes, camés, mafieux, mais pas musiciens. À chacun d'entre eux Eva et moi avions offert une mort conforme à leur vie, une mort souvent brutale, insultante, odieuse mais toujours en accord avec leurs actes. Il me fallait sérieusement réfléchir à la mort que méritait Ethan et pour cela l'approcher restait indispensable. Fabian trépignait. Mes décisions semblaient entraver sa volonté d'agir vite au risque de ne pas être discret. Je pris sur moi pour ne pas perdre patience sous peine de lui tirer une balle dans la tête tellement son empressement m'irritait. Philippe allait payer cher ce coup tordu !

Une semaine passa sans que je puisse décider des détails de la mort de notre homme. Un blocage me contraignait à attendre que se présente l'occasion. Nous épiâmes l'ensemble de ses communications téléphoniques et nous le suivîmes à travers Salzbourg qui, soit dit en passant, m'enchantait radicalement. Le premier concert que nous eûmes la possibilité de voir fut donné dans une salle exceptionnelle du château Mirabell à l'occasion des Salzburger Schlosskonzerte. Cet évènement réunissait nombre de mélomanes et principalement des étrangers. Le bâtiment, impressionnant par sa taille, était d'architecture sobre, sa splendeur rehaussée par le marbre recouvrant l'escalier central et la salle où résonnaient les notes du piano à queue d'Ethan Lamberg. Dès les premiers accords je me sentis transportée. Les notes vibraient en moi, provoquant un écho étrange. La puissance et la virtuosité de la musique me perturbaient profondément. Me surprenant à fermer les yeux parfois pour mieux percevoir chaque grain acoustique, je sombrai dans un état de bien-être réconfortant. À plusieurs reprises je dus essuyer les larmes qui perlaient sous mes paupières. Je ne me sentais plus moi-même. Mes sentiments paraissaient dictés par les accords riches et profonds, je ne contrôlais plus mes sens. Au terme du concert je me rendis compte que je venais de faillir à mon devoir. À nul moment je n'avais évalué mes possibilités, pas un instant je n'avais étudié les issues qu'offrait la salle et encore moins calculé mes chances de parvenir à mes fins dans de telles conditions. Je n'avais fait qu'observer l'aisance d'Ethan devant son piano, ses doigts fins caressant les touches comme il aurait effleuré la peau douce d'une amante. Je m'étais contentée de regarder son visage transfiguré par les émotions. Je m'étais abreuvée de ses sentiments générés par les notes. En fait, à cet instant précis, tandis que la dernière vibration laissait place au silence, j'avais envie de pleurer. Mais même mes propres émotions me semblaient contradictoires. Je voulais le remercier pour ce qu'il venait de me faire découvrir et en même temps, sortir mon semi-automatique et mettre un terme à ma mission. Au lieu de cela, je regardais ses fans se précipiter vers l'estrade dans l'espoir d'obtenir un sourire, une tape amicale ou un autographe. Incapable de bouger, je ne pouvais plus détacher mon regard de cet homme qu'il me fallait abattre. En aurais-je seulement la force ? En avais-je seulement le droit ?

Le lendemain j'exposai mon plan à Fabian lors du petit déjeuner que nous prenions en terrasse. Sans surprise, ce dernier ne fut pas vraiment enchanté mais il savait pertinemment que je ne lui laissais pas le choix. Il était avec moi pour apprendre et en aucun cas je n'aurais permis qu'il soit réfractaire à mes propositions. Ethan jouait à l'opéra de Vienne trois jours plus tard, je devais le rencontrer.
Louer des chambres d'hôtel ne fut pas difficile, nous optâmes pour le plus proche de l'opéra et par conséquent notre choix se porta sur l'hôtel Central. Bien entendu Philippe allait faire une attaque en voyant le prix exorbitant des chambres mais

une telle mission ne pouvait supporter des tarifs au rabais, du moins je tentais de m'en convaincre.

Fabian s'installa nonchalamment sur le siège passager de la XK et patienta en me regardant programmer le GPS. Nos regards se croisèrent et mon cœur s'accéléra brièvement. Je n'aurais su dire s'il devinait mes sentiments et quand bien même il garda le silence, le doute s'insinua en moi. Au bout d'une demi-heure de torture je décidai de le faire parler, car même si je n'apprenais rien sur ses intentions mon esprit serait occupé. Il me raconta alors son passé au commissariat du quinzième arrondissement de Paris puis m'expliqua ses motivations quant à son recrutement auprès de la Section. Je comprenais parfaitement sa volonté de ne pas être enchaîné à des habitudes de quartier ainsi que son envie de changer radicalement d'orientation. Comment le blâmer d'avoir connu l'ennui au cours de journées « contrôle d'identité ». Lors de sa première demande dans les services spéciaux il ne savait pas exactement ce qui lui serait proposé. Ce n'est qu'après avoir été accepté qu'il comprît que les requêtes de ce genre transitent de bureaux en comités jusqu'à ce qu'elles trouvent preneur. La Section est en réalité la première à échoir des dossiers et Philippe a le rôle compliqué de trier les effectifs. Notre recrutement se fait donc en priorité sur des documents où sont mentionnées valeurs, qualifications, performances et surtout prises de position. Pour faire partie de la Section il ne faut connaître ni la peur, ni la pitié, encore moins le remords. Pendant que Fabian me parlait de son passé, une incertitude s'agitait en moi : n'étais-je pas en train de dévier de cette voie ? N'étais-je pas en train de ressentir d'autres sentiments que ceux pour lesquels j'avais été formée ?

Fabian ne me dit rien sur sa famille. Comme nous tous, il

souhaitait la laisser à l'écart de nos actes, priant certainement pour que son silence la préserve. Il n'y avait rien à ajouter. Notre conversation l'aida cependant à s'extérioriser ; à croire que les mots lui avaient rendu son naturel crâneur et bien que ses prouesses professionnelles ne fussent pas exceptionnelles, je le laissais dire. En reprenant son rôle de « m'as-tu vu » il me semblait moins dangereux. L'idée me fit sourire…

Alors que nous traversions un petit village aux abords de Linz, Fabian me fit comprendre qu'il souhaitait s'arrêter déjeuner. Il était 13 heures passées, mais pour ma part je n'avais pas ressenti la faim tant les petits déjeuners à l'hôtel Berstein étaient copieux. À le voir gigoter et quémander de la nourriture une vague de désespoir s'empara de moi. Comment mener à bien nos objectifs quand votre coéquipier hurle famine à tout moment ? Son insistance me lacéra l'esprit, il me semblait impossible de continuer dans de telles conditions. Je fis crisser les pneus, stoppant net devant une boulangerie. Fabian, trop heureux pour remarquer mon expression, s'empressa de sortir en comptant sa monnaie. Il se retourna pour me demander ce que je souhaitais manger mais ma réponse cassante brisa ses élans. Je tentai de me calmer mais ses manières d'enfant gâté n'étaient pas vivables ; aussi c'est un sourire aux lèvres que j'enclenchai la première et m'insérai dans la circulation en l'abandonnant ; trop heureuse de profiter de ma voiture sans avoir un abruti à mes côtés. J'aurais, cependant, donné cher pour voir sa tête en sortant de l'échoppe et à cette idée je fus prise d'un fou rire incontrôlable.

Devant l'édifice impressionnant de l'hôtel Central il me semblait voir la grandeur de l'Autriche : ses bâtiments grandioses, ses détails minutieux, ses fresques élégantes. Tout en Autriche paraissait rejaillir du passé, dévoilant sa gloire d'antan et son aisance à manier les matériaux nobles. Ma préférence cependant allait à Salzbourg pour sa rue aux enseignes, la forteresse des Princes-évêques et l'ambiance indéfinissable de ses festivals. Vienne paraissait plus fastueuse, plus chargée. L'intérieur de l'hôtel répondait aux mêmes critères, car lourdement décoré. La sobriété de ma chambre à Salzbourg me manquait déjà. Après avoir précisé que mon frère arrivait tardivement, je pris le temps de déposer mes affaires dans la suite puis partis en reconnaissance. Le seul mot qui me vint devant l'opéra fut « majestueux ». Les multiples arches ainsi que les cavaliers à son sommet lui conféraient une tonalité grandiose, une affirmation de beauté et de puissance. Il me tardait d'entrer en ces lieux pour entendre résonner les notes d'Ethan.

Mon téléphone vibra dans ma poche. Je le sortis aussitôt, pensant que Fabian devait m'avoir préparé une répartie mordante mais je constatai rapidement qu'il s'agissait d'un appel destiné à Ethan. La voix féminine à l'accent prononcé envahit mon oreille, il s'agissait sans aucun doute de celle que j'avais vue au restaurant. En entendant ses répliques anodines il me semblait la voir se trémousser de l'autre côté du téléphone. Ethan répondait patiemment à ses questions, sans émettre le moindre sentiment dans ses réponses. A priori son voyage s'était bien déroulé et il était descendu au Grand hôtel de Vienne situé non loin de l'opéra. Nous étions presque voisins. La conversation sembla perdre son souffle, Ethan n'était pas disposé à parler plus que nécessaire et la jeune femme avait épuisé son stock de questions débiles. D'un commun accord ils raccrochèrent, l'un soulagé, l'autre ennuyée. Je revins à l'hôtel tandis que 18h sonnaient, heureuse d'avoir pu parcourir l'avenue Kärntnerstrasse dont les commerçants attiraient les clients grâce à leurs vitrines joliment éclairées. Posté devant l'entrée et muni d'un regard sombre, Fabian stagnait devant l'hôtel. N'osant pas le narguer je passai à côté de lui sans un mot, tâchant de n'afficher aucune émotion sur mon visage. Il m'observa un instant puis tandis que je lui tournais le dos, m'attrapa par le bras. Ma première réaction fut de lui envoyer mon poing dans la figure mais nous étions en mission et en aucun cas ne pouvions nous faire remarquer de la sorte. Par conséquent je le laissai faire. Il m'attira à lui et effleura mes lèvres de son index gauche. Nos yeux se rencontrèrent et je pus y lire son émotion. Il ne ressentait pas de colère, simplement de l'amusement et de l'admiration devant une femme comme il n'en avait jamais rencontrée : capable de lui tenir tête. Un bref instant je me sentis guépard, animal sauvage et indomptable puis j'esquissai un sourire en comprenant que nous n'étions finalement pas ennemis. Je sentais également son désir mais il me lâcha avant de commettre l'irréparable. Je ne sais pas si à cet instant j'aurais pu résister, toujours est-il qu'il s'écarta et offrit de me payer un verre. La soirée se passa dans une ambiance décontractée et bien que la compagnie d'Eva me manquait cruellement, je m'aperçus que je pouvais enfin me laisser aller avec Fabian et cela était particulièrement appréciable.

Le concert devait débuter à 20h aussi, sans me presser, je peaufinais ma tenue. Ayant découvert une boutique de robes de soirée non loin, j'avais profité sans aucun remords des crédits accordés par Philippe pour notre mission. À son grand désespoir, je ne prenais pas le soin de compter alors que mes déplacements en XK engendraient déjà un imposant budget essence. La robe noire que j'enfilai était d'une douceur surprenante et chaque mouvement faisait vibrer le tissu fluide autour de mon corps. Droite et longue, elle cachait mes jambes mais rehaussait mes hanches fines. Le décolleté était harmonieux et de façon élégante promettait plus si affinité. Une telle tenue ne supportait rien de plus, adieu donc brassière, silencieux, arme de poing, poison et autre matériel de première nécessité. En sortant de ma chambre je frappai deux coups discrets à la porte de Fabian. Ce dernier resta muet un bref instant avant de bredouiller quelque chose sur l'état de son smoking puis me fit entrer sans me lâcher des yeux. Je lui demandai de prendre suffisamment de munitions et de s'occuper de mon PA calibre 9 mm Parabellum, toute ma vie en somme. Même si je ne possédais pas d'arme sur moi, je me savais en sécurité, mon passé ne comportait pas uniquement des combats avec armes à feu. Toutefois, quitte à choisir, je préférais savoir mon Beretta à portée de main. Nous séparant dès la sortie de l'hôtel, Fabian ralentit le pas afin de se positionner légèrement en retrait. Mon rôle consistait à accoster Ethan, quelle qu'en soit la manière. J'espérais grandement qu'il ne s'opposerait pas à moi mais si tel était le cas, Fabian serait là pour l'y contraindre.

Une foule dense se massait sur le parvis de l'opéra, chacun attendant de pouvoir prendre place pour savourer l'harmonie de la partition d'Ethan. Pour ma part, même s'il me tardait de voir ses doigts courir sur le clavier, j'appréhendais notre rencontre. Quand il sortit de la berline grise garée devant moi, il était accompagné de trois personnes, probablement ses managers. Ethan était le seul à ne rien avoir dans les mains et son attitude décontractée me plut tout de suite.
Machinalement il passa une main dans ses cheveux parfaitement coupés et observa ses fans s'engouffrer dans l'immense bâtiment. Il portait un smoking anthracite ainsi qu'une chemise d'une blancheur irréprochable. Quand ses yeux bleus cerclés d'ambre rencontrèrent les miens, je crus

que plus rien n'existait autour de nous. Un instant le temps s'arrêta. Le temps d'un battement de cœur. À ce moment précis je compris qu'il était happé par mes yeux gris rehaussés de khôl, mes pommettes saillantes, mon nez fin et droit et mes cheveux bruns qu'une bise légère faisait onduler autour de mes épaules nues. Je me sentais attirée, j'aurais aimé fondre dans ses bras mais l'homme qui se tenait devant moi devait mourir par ma main. Deux pas nous séparaient et pourtant il me semblait sentir la chaleur de son corps. Quand le flash d'un photographe rompit le charme, Ethan parcourut la distance qui nous séparait et se dirigea vers les portes béantes de l'opéra, sans me quitter du regard.

Durant tout le concert j'eus des difficultés à occulter les violents battements dans ma poitrine. La musique à l'écho parfait résonnait en moi de manière douce et amère à la fois. Fabian, non loin de moi, ne m'adressa pas un mot, pas un regard non plus. Je l'en remerciais d'ailleurs puisque je ne me sentais pas capable d'encaisser des reproches.

Le concert terminé, le rassemblement autour d'Ethan me dissuada de l'accoster. Préférant patienter sur les marches de l'opéra, je regardais les gens sortir en guettant la silhouette de ma victime. La grande majorité des spectateurs ressortait le sourire aux lèvres, comme transportée. La foule s'éparpillait lentement dans la ville endormie quand une main se posa sur mon épaule. Calmant mes réactions trop vives, je me détournai afin de voir le visage de mon interlocuteur. Il s'agissait de l'un des managers d'Ethan. Je me levai rapidement et tentai de déchiffrer les mots qu'il prononçait d'une voix grave. Son allemand fortement marqué fut un obstacle pour une parfaite compréhension de son monologue mais à l'énoncé du nom d'Ethan Lamberg je compris qu'il m'offrait une rencontre avec le pianiste. Trop heureuse de l'approcher, je suivis l'homme d'un pas décidé. Seules mes motivations restaient obscures car je ne parvenais pas à faire la part des choses entre mon désir de le revoir et l'annonce du dénouement prochain de ma mission.

Je fus conduite dans la loge d'Ethan. Personne à cet instant ne se doutait de la facilité avec laquelle je pouvais me débarrasser de ma cible. Un peu comme lorsque le loup pénètre dans la bergerie à l'heure la plus sombre de la nuit. Je trouvais l'idée plaisante ; aussi, en entrant dans l'intimité de cet homme bientôt mort, je tentais de paraître la plus innocente possible. Une fois seule, sa beauté et sa prestance m'intimidèrent. Le guépard venait de trouver son maître. Rien ne nous rapprochait hormis notre attirance réciproque et s'il n'avait pas été condamné à mort par l'État français, jamais nous ne nous serions connus. Nos deux mondes tellement différents se croisaient d'une façon inexplicable. Je savais pertinemment que j'allais regretter de ne pas profiter de la situation. Je pouvais le charmer et l'étrangler avant même qu'il ne comprenne ma nature. J'aurais pu le frapper tellement fort que l'ensemble de ses organes aurait éclaté pour ensuite le laisser mourir d'une hémorragie interne. J'avais le pouvoir de lui briser la nuque ou de l'étouffer. Mais la seule chose dont je fus capable fut de lui proposer un café. Il fallait à tout prix que je trouve une échappatoire à mon envie de me précipiter vers lui et de l'embrasser fougueusement. Depuis bien trop longtemps je n'avais pas senti les mains d'un homme sur mon corps et la morsure de la passion me manquait atrocement.
Les rues festives de Vienne nous permirent de nous attabler dans un bistrot et j'eus l'inestimable cadeau d'écouter parler un homme passionné. Certes, je partais de loin avec une

éducation musicale proche du zéro voire complètement foireuse mais je n'étais pas là pour parfaire mon solfège aussi, notre discussion bifurqua sur des aspects plus personnels de sa vie. Il aurait probablement pu me baratiner des heures durant sans me lasser mais parfois il faut savoir prendre des décisions aussi dangereuses qu'aléatoires. Et je pris le tournant quand, sur le chemin du retour, il me proposa un dernier verre dans sa chambre d'hôtel. D'un côté cette proposition me parut mortellement « cliché » mais de l'autre… Comment lui résister ? Nous savions tous deux ce qu'impliquerait ma réponse, nous savions que ce verre n'était qu'une excuse. Cela dit, pour une fois que je pouvais accorder boulot et plaisir, pourquoi m'en priver ? La porte à peine refermée et le verre déjà oublié, Ethan fit glisser les fines bretelles qui retenaient ma robe et caressa chaque centimètre carré de ma peau. Ses mains douces m'excitèrent, leur contact me brûlait. Quand il posa ses lèvres chaudes sur la pointe de mes seins, je fermai les yeux afin qu'il ne puisse pas y lire mon émoi ; un mélange d'extase et de faiblesse. Comment pouvais-je raisonnablement supporter cette domination ? Et quelle raison avais-je de lui offrir ma soumission ? Malgré moi je le déshabillai et il me laissa faire sans me lâcher du regard, de peur peut-être que je veuille m'enfuir. Il ne se doutait probablement pas de l'état de dépendance dans lequel il venait de m'enfermer, mais voilà c'était fait ! Son corps nu trahissait un entretien quotidien, ses muscles saillaient malgré la douceur de ses gestes. Un vague instant je pensai à Fabian qui m'attendait non loin de là et qui devait probablement se demander pourquoi il me fallait tant de temps. Puis, tandis qu'Ethan poussait plus loin la découverte de mon intimité, je l'oubliai.

Ce n'est qu'au petit matin que mon amant se rendit compte

qu'il venait de passer la nuit avec une parfaite inconnue. Jusqu'alors cela ne l'avait pas empêché de dormir dans mes bras, en toute méconnaissance des risques qu'il prenait. Il ouvrit les yeux et m'offrit l'un de ces sourires que l'on esquisse lorsque, gêné, on ne sait pas quoi dire. À son réveil, les choses se précisèrent dans mon esprit. Je n'avais pas pu le tuer durant son sommeil et j'en serais bien moins capable à présent qu'il me fixait de ses yeux clairs. Je n'aspirais qu'à fuir cette chambre et m'éloigner le plus loin possible de l'Autriche mais je restais là, plantée devant celui qui venait de me faire dévier de ma voie, celui qui allait probablement briser ma carrière. Je me levai rapidement et griffonnai un nom et un numéro de téléphone sur l'une de ses partitions puis tournai les talons. Je ne souhaitais pas entendre les mots d'excuses qu'il allait me fournir pour son manque de retenue et pour me faire comprendre que cette relation n'avait pas de sens. En refermant la porte je pensai soudainement à la jeune femme aux boucles brunes ; s'était-elle offerte de la même façon ? Le son de sa voix empressée et l'idée de ses seins lourds rebondissant dans son soutien-gorge m'envahirent et à cet instant je me sentis capable de revenir sur mes pas et de lui tirer une balle dans la tête. Je perçus la sortie dans un rayonnement de lumière mais en dévalant les marches ma vision se brouilla tandis que des larmes coulaient sur mes joues. Comment avais-je pu foirer ma mission et me retrouver dans cet état lamentable tandis que ma victime s'enorgueillissait sans doute d'une conquête de plus ?

En entrant dans ma chambre d'hôtel je vis que Fabian s'y trouvait déjà. Avachi sur mon lit, il me toisa d'un air sévère. Lui non plus ne paraissait pas avoir bien dormi. Il me montra du menton son téléphone et prit la parole.
– Il a appelé.

– Qui ça ? La pimbêche aux gros seins ?

– Non, la tueuse qui couche avec ses victimes.

Quelques secondes me furent nécessaires pour encaisser le choc, mais je savais pertinemment que je méritais l'insulte.

– Oh ! J'imagine qu'habituellement c'est une technique qui fonctionne bien. Cependant quand on oublie de remplir sa mission après avoir pris son pied, les choses se compliquent. Alors ? Comment on fait maintenant, Naïva reine du meurtre ?!

Avant même que je puisse répondre le téléphone sonna à nouveau. Sur le portable de Fabian s'affichait le nom d'Ethan juste au dessus du mien. Je m'empressai d'allumer mon portable puis tandis que sur l'écran deux appels en absence s'inscrivaient, je consultai mes messages. La voie d'Ethan se répercuta dans mon oreille, trop heureuse de l'entendre, j'enregistrai chaque mot au plus profond de moi. Il ne comprenait pas pourquoi je m'étais enfuie de la sorte et souhaitait me revoir rapidement, me proposant de dîner au restaurant Purstner, riemergasse 10. Sans la présence de Fabian je me serais mise à hurler de joie en sautant sur le lit ! Mais, trop honteuse de mon échec de la veille, je ne pouvais tout simplement pas me conduire de la sorte. Tâchant de ne pas me trahir, mais jubilant intérieurement, je renvoyai un SMS à Ethan afin d'accepter son invitation. Il était inutile d'en informer Fabian puisque quelques secondes à peine après avoir validé l'envoi, son portable affichait un message non lu. Ce dernier me toisa et son air peu avenant me fit tressauter.

– À quoi tu joues ?

– J'utilise ma deuxième chance.

– Parce que faire la pute est considéré comme une deuxième chance ?

– Je t'interdis de me parler comme ça, je fais ce que je veux de mon cul et tu n'as aucun droit sur moi !

– Il semblerait qu'on soit dans une impasse Naïva… Je ne veux pas te couvrir pendant que tu baises avec notre cible… Ton but c'est de tuer et ce que tu fais là n'a aucun sens. Fabian s'était radouci mais étrangement, l'angoisse me saisit davantage. Debout devant lui, je n'osais plus faire un geste ni le contrer. Au fond de moi je savais qu'il détenait la vérité mais je ne pouvais pas me résoudre à abattre Ethan. J'avais conscience que même en le revoyant je serais incapable de le tuer. Mon avenir dans la Section semblait relativement compromis. Comment aurait réagi Eva ? Aurait-elle compris ce qui me retenait ? M'aurait-elle couverte ou pardonnée ? Aurait-elle accepté de masquer l'échec de notre mission comme je souhaitais le faire à présent ?

Je pris place à côté de Fabian et déglutis péniblement avant de répondre. À cet instant il me semblait plus facile de me débarrasser de mon collègue que d'achever ce pour quoi j'étais en Autriche.

– Tu as raison. Je suis incapable de le tuer. Je n'y arriverai pas ce soir, pas plus que je n'ai pu le faire hier.

L'incrédulité changea ses traits. Nous nous regardions sans nous comprendre. J'étais à la fois honteuse et soulagée de lui avoir avoué la vérité.

– Ecoute, je sais que je suis en train de foirer notre mission et je ne tiens pas à me justifier plus que ça. J'ai couché, OK, j'ai eu un moment de faiblesse. Pour ta gouverne ça ne fait pas partie de mes habitudes et peu importe… Mais si tu y réfléchis, Ethan n'appartient pas au groupe de personnes dont nous nous occupons dans l'immense majorité de nos missions. D'abord parce que c'est une personne publique renommée dans le monde entier, ensuite parce que nous n'avons rien trouvé comme élément justifiant de telles mesures. Je suis désolée mais pour moi le motif « Raison d'État » ne colle pas. Ses comptes sont vierges d'opérations douteuses, ses relations restreintes au monde de la musique et ses activités de loin les plus innocentes que j'aie jamais vues. Alors, en dehors du fait qu'il soit mon type d'homme, je ne vois rien qui puisse me pousser à l'assassiner.

Fabian resta silencieux un long moment avant de passer une main sur son visage fatigué et de s'approcher de mon oreille en chuchotant.

– Que sais-tu de la mort d'Eva ?

Que venait faire le meurtre d'Eva dans cette affaire ? L'effroi me glaça le sang. Dans quelle cour jouait-il ? Soutenant son regard sombre, je réfléchissais au moyen de lui échapper. Mon arme était hors de portée et relativisant sa carrure et la mienne, les choses risquaient sérieusement de se compliquer si nous devions en venir aux mains. J'attendais l'instant où il me faudrait réagir, priant qu'il ne soit pas plus rapide que moi. Il dut comprendre mon angoisse et s'écarta légèrement pour me signifier qu'il ne me toucherait pas. Sa voix se fit douce lorsqu'il reprit la parole.

– Nous avons des choses à nous dire Naïva, mais pour cela nous devons sortir et marcher un peu. Habille-toi et viens me rejoindre devant l'hôtel.

Sa voix était presque un filet, comme s'il craignait d'être entendu par quelqu'un d'autre que moi.

– Où est mon arme ?

– Sous l'oreiller. Dépêche-toi. Il claqua la porte, me laissant pantelante, à la fois heureuse d'être encore en vie et angoissée à l'idée de ce qui m'attendait.

Après avoir enfilé un jean délavé et un débardeur noir je pris le soin de ranger mon semi-automatique dans l'une des poches de mon blouson en cuir et en remontai la fermeture éclair. En sortant de ma chambre mon sac sur le dos, j'emportai tout ce que je possédais de plus cher : mon PC et les clefs de ma Jaguar. S'il me fallait quitter la ville, autant ne rien laisser dans cette chambre d'hôtel. Fabian me suivit du regard et quand bien même il fut surpris de me voir prête à partir, il n'en dit rien. Nous nous éloignâmes lentement de l'immense bâtiment hôtelier en suivant la direction de l'opéra.

Dans les ruelles du centre ville nous nous taisions. Fabian me proposa de marcher le long des berges du canal du Danube, j'acceptai à contrecœur. Nous étions seuls, personne ne se promenait à une heure si matinale. Et dans la ville au réveil insouciant je me sentais la proie de cet homme dont je croyais avoir percé le secret et qui soudain me faisait peur. Je tentai de ne pas songer à Paulette et André, Sushi, Philippe, Ethan… Ethan… Une puissante envie de vivre battait dans mes veines, ne serait-ce que pour le revoir et entendre à nouveau la musique de ses doigts caressant les touches. L'endroit aménagé offrait aux promeneurs une vue luxuriante de la végétation. La fraîcheur apportée par le fleuve prodiguait un réconfort contre la chaleur estivale. Mais à cet instant j'étais loin de ressentir cette chaleur, au contraire le vent frais qui s'engouffrait dans les branches des arbres me faisait frissonner. La peur qui me taraudait me faisait souffrir, j'étais démunie. Cette sensation m'étouffait, me paralysait. Il était probablement temps que je quitte la Section et après dix années de bons et loyaux services peut-être pourrais-je demander ma mutation. Fabian s'arrêta sur un banc à l'abri d'improbables regards indiscrets, ses yeux sondant le fleuve puissant qui s'étalait à nos pieds. Il brisa le silence et ce faisant, me fit sursauter.

— Je crois avoir compris qu'un différend vous a opposé Philippe et toi au sujet de la mort d'Eva.

— Comment peux-tu savoir une telle chose ?

— Avant de te répondre, il me faut savoir ce que tu en penses.

– Pourquoi devrais-je te faire confiance ?

– Tout d'abord parce que ton erreur d'hier a un témoin et deuxièmement parce que je suis là pour t'aider.

– Qui es-tu réellement ?

– Donne-moi ta version pour Eva, ensuite je te dis tout.

Poings liés il fallait que je parle et, ce faisant, je pensais pouvoir gagner suffisamment de temps pour comprendre à qui j'avais affaire. De toute façon le Beretta au creux de ma poche pourrait m'épargner bien des problèmes. Je me ferais ensuite rapatrier et demanderais des explications à Philippe. Je me lançai, en proie au doute (de celui qui vous étreint quand vous savez pertinemment que vous êtes en train de jouer votre vie) et lui expliquai les circonstances qui nous avaient forcées à nous séparer Eva et moi. Je lui décrivis le paysage pyrénéen, la falaise… Puis je lui parlai du film trafiqué sur l'espace mémoire du satellite, les erreurs grossières et le dernier élément que j'avais trouvé : son blouson qui lui avait été arraché. À la fin de ce monologue mon cœur pulsait violemment dans ma poitrine mais je ne découvris rien sur le visage de Fabian qui aurait pu m'alerter. Il avait encaissé mes paroles et se dévoila enfin. Il m'avoua que son passé dans le quinzième arrondissement n'était qu'une couverture et qu'il n'avait pas été recruté par Philippe. Me faisant comprendre que la Section telle que je la connaissais n'existerait bientôt plus, il m'annonça que l'organisme tout d'abord constitué pour assurer le respect de l'État français, se déchirait entre deux groupes politiques aux visions opposées. Nous restions certes des exécutants mais notre but initial de venger l'État se fissurait par des actes de ressentiment personnel. En réalité, Philippe ne tenait plus ses ordres de l'État, il nous assignait à des missions vindicatives purement individuelles dont l'auteur hautement placé jouissait de la réussite.

La mission Ethan Lamberg prit une autre dimension. Ainsi je

ne m'étais pas trompée. La France n'avait aucun intérêt dans sa mort. Cependant, quelqu'un souhaitait sa perte et cette personne était suffisamment importante pour pouvoir utiliser nos services. En somme, dans cette histoire nous devenions de vulgaires assassins. Je m'interrogeais pourtant et après avoir longuement tergiversé j'eus le courage de demander :
— Tu savais donc depuis le début qu'Ethan n'était pas un danger pour l'État. M'aurais-tu laissé faire si j'avais eu le cran de le tuer ?
— Je n'ai pas réalisé immédiatement que nous avions affaire à l'une de ces missions de revendication personnelle et les choses se seraient passées différemment si j'avais eu l'impression que tu étais de taille à l'abattre *(moue dubitative de ma part !)*. C'est en te regardant lors du festival de Salzbourg que j'ai compris. Tu ne parvenais pas à détacher ton regard de cet homme. Depuis lors, tes agissements trahissaient tes émotions. Et tout d'un coup, une fille comme toi qui habituellement a la tête posée sur les épaules, se met à faire des choses incompréhensibles. Il me semble que cette photo en est une preuve suffisante.

Fabian me tendit la page d'un journal local qui couvrait le concert d'Ethan. Sur la photographie en noir et blanc, Ethan et moi semblions captivés l'un par l'autre. En petit caractère l'auteur indiquait : « *Ethan Lamberg, pianiste adulé mais pas encore marié trouvera peut-être chaussure à son pied parmi ses fans...* ». Le feu aux joues, je n'osais plus lever les yeux mais son rire sonore me permit de sortir de ma réserve. Fabian me donna une tape amicale sur l'épaule puis nous restâmes silencieux. Beaucoup d'incertitudes venaient de trouver une réponse mais il me semblait que ma vie allait se compliquer de façon exponentielle à présent.
— Que dois-je faire maintenant ?
— Mettre une tenue correcte pour dîner avec Ethan puis nous

tâcherons de comprendre qui peut bien lui en vouloir pour souhaiter sa mort. Ensuite, c'est toi qui vois. Pour ma part je pense que continuer à sortir avec lui vous mettrait en danger tous les deux. Pour le reste nous trouverons une solution pour déguiser notre trahison.

Il nous restait une semaine avant de rentrer au bercail, sept jours pour profiter d'Ethan avant de l'abandonner. Je tentais de ne pas trop y penser, doutant cependant de ma capacité à l'oublier. Vêtue plus sobrement que la veille je le retrouvai au Purstner dont l'ambiance décontractée eut l'effet d'un baume apaisant sur mes angoisses. Ethan patientait sans paraître inquiet, simplement naturel, optimiste en l'avenir. Du moins c'est ce que je ressentais. Il se leva galamment à mon arrivée et selon les coutumes de la vieille école tira le lourd fauteuil qui m'était destiné. Assis en face de moi il rompit le silence que je lui imposais malgré moi et commença par s'excuser de s'être montré si peu maître de lui durant notre première entrevue. Puis il m'annonça qu'il souhaitait ardemment mieux me connaître. C'était tout à son honneur. Cherchant mes mots, je lui demandai soudainement s'il parlait français et à sa réponse positive je m'empressai de lui répondre dans ma langue maternelle. S'il en fut surpris, il ne m'interrompit pas pour autant. Je souhaitais avant toute chose lui proférer mes sentiments par rapport à son art puis, parce que je n'avais pas énormément de temps devant moi, je l'interrogeai sur ses voyages en France ainsi que sur ses relations politiques. Bien entendu Fabian entendait et enregistrait notre conversation via un mouchard. Ethan ne perçut pas mes allusions et me répondit innocemment. Je le remerciai intérieurement d'être à ce point naïf et m'en voulais immédiatement de le juger comme tel. Si Fabian avait pu capter mon trouble ainsi que mes cogitations il n'aurait plus rien compris à la conversation.

À aucun moment Ethan ne mentionna une raison valable à sa mise à mort. Personne en France ne paraissait avoir de motivations compréhensibles pour prononcer une telle sentence. Alors pourquoi ?

Fabian et moi firent nos adieux à la capitale autrichienne trois jours plus tard afin de suivre Ethan dans ses déplacements. Nous réintégrâmes nos chambres de l'hôtel Berstein avec un plaisir évident. Son ambiance plus sobre n'était pas pour nous déplaire. Il me restait quatre jours pour trouver le lien entre le pianiste et la Section, quatre jours durant lesquels je mis à profit mes connaissances en espionnage. Malheureusement rien ne vint éclairer ma lanterne et le temps continuait de s'égrener au rythme des festivals et des concerts privés qu'il m'offrait dans son appartement au cœur du centre ville de Salzbourg.

La veille de notre départ Fabian me regarda avec compassion. Il savait à quel point je redoutais la déchirure. Il comprenait que le terme de cette idylle allait m'ébranler. Pour être franche j'avais envie de tourner le dos à la Section mais ce n'est pas de cette façon que l'on quitte la branche la plus meurtrière de l'espionnage français.
Ethan m'accueillit d'un sourire franc en ce jour ensoleillé où il avait prévu de me faire visiter les sites les moins connus de la ville. Mon air farouche dut le perturber puisqu'il resta sans voix un long moment. La journée était déjà grandement entamée car j'avais eu besoin de beaucoup de courage pour faire ce que Fabian attendait de moi. En refermant la porte, je jetai un regard à la ronde. L'appartement qu'il possédait était bien agencé et d'une décoration moderne de bon goût. Manquant peut-être un peu de meubles, les pièces recelaient cependant quantité de tableaux d'art contemporain. Dans la

pièce centrale qui servait de salle de réception trônait un magnifique piano à queue dans les tons de brun, probablement d'un prix exorbitant. Ethan restait muet, cherchant à comprendre ma réaction. Comment aurait-il pu deviner ce qui se tramait ? Avant que l'un de nous n'entame une conversation difficile, Ethan reçut un appel. Regardant discrètement le nom sur mon propre écran je constatai qu'il s'agissait de son amie aux sous-vêtements provocants. Bien sûr il ne pouvait se douter que je savais à qui il parlait mais les intonations de sa voix étaient cassantes. Je tentai de ne pas écouter mais une partie de moi voulait savoir ce qui se passait entre eux. La conversation en allemand fut vite interrompue puis il vint se planter devant moi.

- Que se passe-t-il, Naïva ?

L'heure de souffrir venait de sonner.

Deux options, deux méthodes et il était évident que je n'étais pas douée pour la cuisine douce. J'aurais aimé oublier ce geste devenu hélas une habitude, j'aurais aimé pour une fois oublier qui j'étais, n'être plus qu'une femme qui écoute ses sentiments. Mais la tueuse n'avait pas dit son dernier mot, loin de là. Comme il fut alors aisé de sortir mon arme, d'attraper Ethan par le col et de le plaquer contre un mur. Je n'avais jamais rompu avec tant de célérité mais il était clair qu'aucun retour en arrière n'était possible.

- Il faut que je comprenne Ethan... J'ai besoin de savoir ce que tu as trafiqué en France.

- Non mais qu'est-ce que tu fais ? T'es malade, ou quoi ?

- Joue pas au con, s'il te plaît ! Dis-moi simplement pourquoi l'État français souhaite ta mort ?

- Naïva, calme-toi et pose ton arme. Tu es qui d'abord ?

- Peu importe ! Quelles sont les relations que tu as eues en France ? Dépêche-toi de me répondre !

J'haussai la voix pour ne pas pleurer, je maintenais la garde

56

pour ne pas m'effondrer.

- J'ai seulement eu une liaison avec Lucie Degrammont mais j'ai rompu rapidement.

- Et c'est tout ?

- Notre séparation a été assez houleuse, elle a fait une tentative de suicide... Et je n'ai pas eu la décence de prendre de ses nouvelles depuis. Je mérite la mort à ton avis ?

La dernière pièce de puzzle venait de s'insérer dans l'image.

- Ethan, je pourrais te tuer là et tout de suite... Je le dois d'ailleurs. Je suis la Justice obscure de la France : aveugle et déterminée.

- Alors qu'attends-tu ?

- La vérité... Ecoute on va faire un deal, le premier de toute ma carrière. Tu disparais de la scène jusqu'à nouvel ordre ou je te bute sans sommation. Tu ne seras jamais en sécurité et si c'est pas moi ce sera un autre qui finira le travail. Les balles perdues ça vaut pour les salles de concert, les restaurants ou les galeries d'art, c'est clair ?

- Jusqu'à quand ?

- Jusqu'à ce que je te fasse signe et dans le cas contraire jusqu'à ta mort.

- Est-ce que tu te rends compte de ce que tu me demandes ?

- Je suis désolée Ethan, mais pour moi aussi c'est un sacrifice. Nous sommes tous deux en sursis, alors sois prudent car tu as nos vies entre tes mains.

- Naïva c'est ton vrai prénom ?

Un sourire amer, des larmes refoulées, un « oui » déposé sur ses lèvres. Un adieu. Mon premier échec. Depuis la mort d'Eva rien ne va plus. Je me détournai, espérant qu'il sache se tenir du moins jusqu'à ce que je trouve une solution à son problème. Pour ma part, j'avais les renseignements dont j'avais besoin et je pouvais en déduire que l'État français était sérieusement touché par la corruption. En bref, ma vie allait devenir un enfer et tout ça pour une affaire d'honneur bafoué, quelle connerie !

Sur le chemin du retour, seule une musique infecte envahissait l'habitacle. Voulant me préserver vis-à-vis de Fabian, je gardai secrètement un CD de l'enregistrement de l'un des concerts d'Ethan dont je n'avais pu me défaire. Acheté depuis quelques jours à peine, je savais qu'il induirait de violentes émotions en mon for intérieur et ne souhaitais aucun témoin lorsque je l'écouterais. Il attendait ainsi sur l'une des plages du chargeur aux côtés de celui de la mort d'Eva. Le bitume se déroulait à une vitesse pesante, je ne souhaitais que deux choses : un bon verre de whisky et mon lit. Lorsqu'un bruit explosif retentit et que la direction de la voiture se braqua, le désespoir m'envahit. Décidément, ces derniers temps étaient tragiquement difficiles. Stoppant, non sans mal, ma XK sur le bas-côté, je sortis constater les dégâts. Le pneu arrière gauche venait de rendre l'âme, un trou énorme déformait le caoutchouc. Fabian me proposa son aide mais je n'aurais laissé personne toucher ma Jaguar. C'est du moins ce que je lui affirmai tout en pensant à la honte d'accepter d'être secourue de la sorte. Il avait ses principes, j'avais les miens.

Ce n'est qu'en ouvrant la trappe pour atteindre la roue de secours que je sentis les larmes inonder mon visage. La goutte d'eau venait de faire déborder le vase. Je me sentais à cet instant lamentable et faible, trop malheureuse pour continuer à faire semblant. Les derniers mots d'Ethan tournaient en boucle dans ma tête, mon cœur se serrait à l'idée de ne plus jamais le revoir. Mais par-dessus tout, en dehors du fait que l'organisation pour laquelle je travaillais depuis dix ans venait de s'effondrer, une angoisse oppressante me taraudait : quelqu'un allait forcément finir le travail que je venais de laisser en plan. Moins de dix minutes me furent nécessaires pour changer la roue et camoufler les sillons que mes pleurs avaient engendrés. Quand enfin je fus prête à repartir, une idée obscure s'insinua en moi. Me saisissant de la lampe torche dans la boîte à gants, je ressortis précipitamment. Fabian sur mes talons, je me couchai à plat dos et tentai d'observer l'état de l'ensemble des pneus. Mon regard fut capté par des irrégularités identiques sur chaque roue. Me glissant davantage sous la voiture, je tendis le doigt pour suivre ces traces et la conviction qu'il s'agissait de lacération me percuta. Je connaissais cette technique qui permettait de transformer un meurtre en simple accident. Habituellement seuls les pneus avant étaient ainsi mutilés pour créer une perte totale de la direction. Cependant, pour ma part, il semblait que le zèle du saboteur venait de me sauver la vie. Les imprécations que je n'avais pu retenir donnèrent les réponses aux questions que Fabian se posaient.

– Comment est-ce possible ?

C'était la première fois de ma vie que j'étais prise pour cible et je ne pus m'empêcher de le questionner.

– Tu crois que c'est le juste retour des choses au sujet d'Eva ?

– Non, je ne pense pas Naïva. Je crois tout simplement qu'elle n'était pas la bonne cible, ou alors que votre duo causait trop d'ennuis au sein de la Section.

– Je n'y comprends rien…

– Nous allons devoir éplucher vos missions en détails, je ne serais pas surpris que vos agissements aient perturbé un membre actif de nos opposants.

Nous n'avions plus d'autre choix que de faire appel à un dépanneur et malgré toute ma volonté, je fus incapable de ne pas grincer des dents en voyant ma Jaguar traînée comme une vulgaire épave. Nous étions à la hauteur de Nancy quand je crus que j'allais commettre un meurtre. L'homme à la salopette bleue qui nous avait recueillis dans sa fourgonnette ne cessait de jacasser en imaginant la tête de ses collègues lorsqu'ils verraient de leurs yeux une XK dernier modèle attachée à sa grue. À croire que mon supplice n'aurait pas de fin. Situé en centre ville, le garage devant lequel il s'arrêta était de taille modeste voire ridiculement petit et sans ambition. Je gardai mes réflexions pour moi, après tout ma Jaguar était désormais entre leurs mains. Je brûlais d'envie de la faire transférer jusqu'à la concession Jaguar la plus proche mais cela aurait nécessairement engendré un délai supplémentaire et bien évidemment nous manquions de temps. Malheureusement pour le chef d'atelier, je ne le lâchai pas d'une semelle, contrôlant ses gestes et surveillant par la même occasion qu'il n'abîme pas l'une de mes jantes ou qu'il n'érafle pas la peinture. Je considérais qu'avec la facture qu'il allait me remettre, je pouvais bien le stresser un peu. Fabian ne broncha pas lorsque la secrétaire aux joues rebondies et à la décoloration foireuse lui transmis la note, il se contenta de lui sourire faiblement avant qu'elle ne détourne ses yeux agrandis par des verres aux multiples foyers. Sur le papier bleuté elle n'avait rien oublié : marque des pneus, prix unitaire, tarif horaire de la main d'œuvre, temps de travail effectué, sans compter le dépannage et les frais annexes. Soit presque une dizaine de lignes pour justifier les 1352,09 euros demandés. Je priai brièvement pour ne pas avoir à renouveler l'opération et que ceux qui souhaitaient ma mort ne touchent plus à ma voiture. Ils avaient eu tort de s'en prendre à ma Jaguar et je me promettais de leur faire payer au centuple la somme que je déboursais ce jour.

Les quatre heures qui nous furent nécessaires pour rejoindre Paris furent une histoire sans parole. Il faut avouer que les quatre pneus Pirelli flambant neufs me restaient en travers de la gorge. J'avais bien l'intention de déposer la note sur le bureau de Philippe mais entendais déjà les réserves qu'il n'omettrait pas d'énoncer. La première serait sans aucun doute celle de ne pas utiliser une voiture de fonction. Comment pouvait-il encore s'imaginer me faire entrer dans une Clio banalisée ? Après avoir déposé Fabian devant la porte de la Section, je m'enfonçai dans la circulation parisienne et rentrai chez moi. Philippe attendait probablement notre rapport pour le lendemain, je passai sans m'arrêter devant son bureau. Après tout, il pouvait bien attendre encore une nuit. D'autant que ce délai me permettrait de réviser une nouvelle fois le mensonge que j'allais lui servir.

Sushi me regarda sans broncher tandis que je traversais le hall d'entrée, son air méprisant me fit comprendre qu'il ne souhaitait pas être approché de sitôt. Respectant sa décision de bouder, je me déshabillai afin de profiter de la douche. Pour ne pas manquer à la tradition, je pris une cuite mémorable : la bouteille de Stolichnaya, pure vodka russe, reçut une sacrée claque.

3 Georges Bernard

Les chiffres rouges du réveil indiquaient 4:56 lorsque je m'éveillai en sursaut. À demi comateuse, je parvins difficilement à ne pas vomir l'intégralité de l'alcool qui s'appesantissait encore dans mon estomac. Ma mère aurait détesté me voir ainsi, nauséeuse et dans un état comparable à une loque, mais qu'importe... Je balayai les préceptes de mes parents tout en me levant tant bien que mal. Je n'étais pas partie de chez eux en claquant la porte pour me morfondre avec leurs principes vieillots et moralistes. Je n'allais quand même pas m'infliger toute seule leur désapprobation ! Passant dans la salle de bain, je m'aspergeai le visage d'eau glacée puis descendis au rez-de-chaussée me préparer un café noir. La pièce unique attendait patiemment d'être illuminée par les rayons du soleil, relativement précoces en ce début d'été. Je m'assis sur un tabouret de bar tandis que la cafetière travaillait bruyamment, regardant les murs vides ainsi que le peu de meubles qui tâchait de rompre la monotonie des lieux. Lorsque trois ans plus tôt et l'acte notarial en poche je venais de prendre possession de cette villa, je pensais sérieusement à l'aménager confortablement. Aujourd'hui, seuls un canapé en cuir brun et une bibliothèque contrastaient avec la peinture grise appliquée sur les murs. Appartenant autrefois à un couple et leurs trois enfants, la maison possédait quatre chambres dont deux m'étaient quasiment inutiles. Je laissais par conséquent tout le loisir à Paulette de s'en servir à son aise. Désirant la vendre rapidement pour cause de divorce, mes prédécesseurs n'en avaient pas demandé un prix excessif, me permettant par la même occasion de quitter rapidement mon studio minable au loyer exorbitant que je louais dans le quinzième arrondissement de Paris.

Il me fallut trois tasses de café corsé pour enfin sortir des brumes de l'alcool. À 8H30, j'enfourchai ma cylindrée bleue pour m'engager dans la circulation dense du matin. Trente minutes plus tard je longeais la rue Rottembourg et fixais désespérément la porte rouge du hall de l'immeuble abritant la Section. Je n'avais pas remarqué la Golf de Fabian, mais peut-être m'attendait-il déjà. Arrivée à l'étage, je fis tourner la clef et fus envahie par les rires gras de mes collègues. Un bref regard me confirma ce que je soupçonnais : Fabian se gaussait devant une assistance virile sur des prouesses d'un genre machiste. Préférant ne pas m'immiscer dans leur conversation dégradante, je détournai le regard en souriant intérieurement des talents d'acteur de Fabian. Sans l'ombre d'un doute, il leur donnerait les détails d'une nuit digne d'un film de cul. Toutefois, je préférais ne pas entendre le nom de la préposée aux gémissements. Passant pour un mec à l'affût du moindre coup, il réussissait à merveille à ne pas éveiller de soupçons sur sa mission. *Bravo* ! Pour ma part, il me serait certainement plus difficile de ne pas me trahir ; j'avais toujours la désagréable manie de m'emporter là où il aurait fallu la boucler. Après avoir frappé deux coups discrets contre la porte de Philippe, je patientai. Contre toute attente, ce dernier vint ouvrir la porte au lieu d'énoncer l'éternel « entrez ! » d'une voix bourrue. Je sentis Fabian derrière moi, il était trop tard pour reculer. Nous prîmes place tandis que notre patron se saisissait de documents dans un tiroir de son bureau. Quand il les étala devant moi, je compris immédiatement où il voulait en venir. L'ensemble des articles de journaux parlaient d'Ethan. L'un des quotidiens parlait d'une disparition suspecte tandis qu'un autre relatait l'étrange comportement du pianiste renommé juste avant de disparaître. Muette, je sentais la tension monter dans le petit bureau bien ordonné de Philippe. Je patientais donc, faisant semblant de lire les articles auxquels je ne portais aucune crédibilité. Philippe se déplaça et vint s'asseoir à l'angle du meuble qui grinça légèrement sous son appui. Je pus sentir son parfum et de vagues souvenirs refluèrent. Sa peau, ses mains, la sensation de ses cheveux dans mon cou, son souffle au creux de mon épaule… Je pris conscience de mon absence lorsque j'entendis mon prénom prononcé abruptement.

– Naïva, je t'ai posé une question.

Mon regard incisif lui fit reprendre un ton plus courtois, malgré la fureur qui couvait dans ses veines. Je percevais sa déception, le cas Ethan Lamberg serait une incompréhension de plus entre nous. Je ne pouvais que reconnaître qu'il m'avait tout appris dans ce métier ; cependant il devait sentir que sa protégée ne parcourait aucunement la voie qu'il avait tracée à son intention. Du temps où je travaillais à ses côtés, jamais nous n'avions laissé une victime s'évaporer dans la nature. Avec Philippe, les missions étaient réglées à la minute près et sans bavure. À présent il devait être déçu d'avoir formé une élève comme moi.

– Je veux tout savoir. Qu'est devenu M. Lamberg ?

– Nous nous en sommes débarrassés. Ethan Lamberg est mort. Fabian parlait d'une voix neutre, habitué semblait-il à mentir à son supérieur.

– Comment ?

Il me semblait que je devais intervenir, sous peine de paraître domptée, ce qui aurait forcément paru douteux à mon ancien amant.

– Philippe, nous avons abattu Ethan juste après son dernier concert à Salzbourg. C'était une personne publique, pensais-tu que nous allions le tuer devant les caméras ?

– Ne me prends pas pour un débile Naïva, mais grâce à vous je n'ai aucune preuve à fournir quant à son décès, comment dois-je m'y prendre à ton avis ?

Le ton montait sensiblement, nous ne pouvions donc pas

discuter sans nous emporter, comme toujours. Fabian intervint à l'instant où j'allais me lever et menacer Philippe d'envoyer ma démission dans une partie intime de son anatomie. Il nous calma tous deux en énonçant de façon crâneuse les phrases pour lesquelles j'allais lui faire payer l'affront :

— Si vous avez tant envie l'un de l'autre, je peux m'éclipser ! Mais pour répondre à ta question initiale, Philippe, nous avons enterré le corps d'Ethan dans l'une des nombreuses forêts d'Autriche. Naïva lui a tiré une balle dans la tête tandis que je creusais sa tombe. Il gît à plus de deux mètres sous terre. A priori, personne ne devrait le déterrer avant un bon moment.

La brutalité de ses mots me donna la nausée ; il parlait d'un homme encore vivant et pourtant les violentes images de sa mort imaginée m'écœurèrent au plus haut point. Penser à mon arme buttant contre la tempe du pianiste ainsi qu'à la détonation sourde de mon silencieux me firent frémir. Je voyais son corps souple s'effondrer lourdement dans la terre meuble tout juste retournée. Je savais pertinemment que c'était ce qui risquait de lui arriver et bien malgré moi j'en étais anéantie. Ma première réaction fut d'envoyer une gifle magistrale à mon collègue, ce qui collait parfaitement à mon personnage. Je fus soulagée de voir Fabian me faire un clin d'œil derrière le dos de Philippe, nous étions d'accord. Presque honteuse devant la marque rougie qui s'affichait sur la joue de mon coéquipier, je venais néanmoins d'infléchir Philippe pour la mission suivante. Il reprit alors d'un ton froid.

— Je ferai passer l'info à mon supérieur toutefois que cela ne se reproduise plus. Je veux des preuves sous peine d'être discrédité.

Nous hochâmes la tête docilement, espérant qu'Ethan ne fasse pas le con. Nous nous étions quittés trop brutalement pour pouvoir compter entièrement sur sa discrétion. Dans le cas contraire je lui promettais un mauvais quart d'heure. Philippe me procura un dossier peu épais portant le nom de Georges Bernard, ma prochaine victime. Je soulevai la première page sur laquelle se trouvait sa civilité ainsi que sa situation financière. Le sourcil interrogateur que je levai fut capté par l'homme qui me faisait face. Il y répondit par le traditionnel « Raison d'État ». Il me faudrait donc éplucher les multiples aspects de sa vie avant de comprendre la raison de sa mise à mort. *Soit !*

– Vous serez de nouveau ensemble pour cette mission, ça vous aidera peut-être à vous supporter mutuellement.

Je tentai une objection, juste pour la forme, puis me fis renvoyer à mes occupations sans un regard. Fabian pour sa part fut retenu par Philippe. Je pouvais parfaitement deviner l'objet de la conversation et me délectai doucement en riant sous cape. Philippe n'était pas du genre à se laisser haranguer et surtout pas par l'un de ses employés. Fabian regretterait certainement ses recherches quant à nos passés respectifs. Et puisqu'il avait osé fouiller dans ma vie personnelle, je n'allais pas me gêner pour en faire autant. Me jurant intérieurement de faire étalage de sa vie privée en cas de force majeure, je lui promettais de faire rejaillir l'intégralité de ses actes les plus affligeants s'il m'y contraignait. Il comprendrait alors sa douleur. En faisant gronder ma moto, je me sentais à la fois furieuse et excitée. La mission qui se profilait promettait d'être palpitante.

Georges Bernard était un industriel. Possédant une entreprise de métallurgie dont la rentabilité était indéniable, l'homme d'une cinquantaine d'années jouissait d'un revenu substantiel. La fabrication de pièces automobiles lui permettait de déclarer plus de dix millions d'euros de bénéfices dont pas moins du quart lui était reversé comme salaire. Profitant bien évidemment de niches fiscales, l'industriel se trouvait dans une position d'insolvabilité presque à égalité avec un chômeur, encore que contrairement à lui, Georges Bernard aurait pu bénéficier de la prime pour l'emploi. L'étude attentive de sa fiscalité via le serveur du centre d'imposition ne révélait rien qui puisse paraître douteux ; néanmoins, l'achat d'un appartement meublé à but locatif ainsi que le remboursement d'un voilier de sept mètres étaient autant de preuves qui dénonçaient indéniablement sa volonté de ne pas payer d'impôts. Georges Bernard utilisait vraisemblablement les services d'une société de défiscalisation mais jusque-là ses agissements restaient blancs.

Le train s'arrêta en gare de la Part-Dieu. Fabian et moi descendîmes promptement sans pour autant nous manifester le moindre intérêt. Nous n'étions pas censés nous connaître et c'est en empruntant des directions opposées que nous nous séparâmes. Sous l'abri venteux le brouhaha constant des annonces de trains au départ et l'agitation des milliers de voyageurs suffirent à me faire regretter ma XK. Les ordres de Philippe me paraissaient parfois injustes mais là, ça dépassait l'entendement. Laissant la librairie emplie d'une foule dense derrière moi, je me dirigeai vers l'espace de location automobile. La devanture en verre auréolée de traces de doigts à moins d'un mètre du sol me confirma ce que je craignais : la majorité de leurs voitures devait être des familiales informes aux moteurs essoufflés. Je maudissais Philippe d'avoir pris en charge la location de mon véhicule et je me maudissais encore plus de lui avoir obéi. Patientant bravement jusqu'à ce que le couple devant moi choisisse un véhicule, je contemplais la place pavée s'étalant devant l'édifice. Inondée de lumière, elle contrastait particulièrement avec le hall sombre de la gare, ne me donnant qu'une envie : celle de sortir profiter des rayons du soleil de ce mois de juillet. Après avoir choisi une Mégane 1,2L munie de sièges auto le couple sortit enfin. J'en profitai pour présenter ma carte d'identité ainsi que mon contrat d'assurance. La jeune femme derrière le comptoir me sourit gentiment avant de me tendre une clef et de m'indiquer la direction du parking où je pourrais retirer mon véhicule. Je coupai court à toute autre explication, je n'avais nul besoin d'entendre ânonner les clauses et garanties ou encore les directives en cas de dommages... Cela concernerait Philippe. Pour ma part je me foutais pas mal de connaître le prix du kilomètre hors forfait ! À cet instant précis, ce qui me préoccupait était de savoir quel modèle mon chef m'avait réservé. Jouant distraitement avec le porte-clefs Mercedes Benz, je me hâtai d'atteindre le troisième sous-sol du parking. Un homme portant un tee-shirt aux couleurs de l'enseigne m'accosta en me demandant mon nom. L'employé tapota tranquillement sur son ordinateur avant d'imprimer un papier titré « Fiche de bord ». L'homme, affable, m'accompagna jusqu'à mon véhicule, en fit le tour afin de noter les minimes imperfections de la carrosserie et me demanda ensuite d'apposer ma signature. Les formalités terminées, je m'empressai d'ouvrir le coffre et d'y déposer mon sac à dos. Lorsqu'enfin je fis démarrer le moteur de la petite Classe B aux 109ch, je pus pousser un profond soupir. Une fois encore j'évitais la honte suprême de me traîner en Twingo, voire pire en Punto! M'engouffrant dans la circulation lyonnaise relativement fluide en ce début d'après-midi, je me laissai guider par le GPS. L'industriel en sursis logeait dans le sixième arrondissement, en bordure du Parc de la Tête d'Or. Stoppant le moteur devant le numéro 18 du boulevard des Belges, je me saisis de mon téléphone portable pour envoyer un message codé à Fabian et activer par la même occasion le mouchard qui lui indiquerait ma position. Je remontai jusqu'à l'auvent en forme de fleur de l'hôtel Park-Palace où je fus accueillie dans l'établissement par un homme d'âge mûr aux épaules voûtées et à la voix rauque. Son manque d'enthousiasme me fit bouillir alors qu'il bredouillait quelques évènements touristiques typiquement lyonnais à ne pas rater. S'il savait à quel point je me fichais des danseurs aux tenues loufoques s'agitant sur les chars de la biennale !

Ma chambre se situait au troisième étage et le seul luxe qu'elle possédait à mon sens était la vue sur la maison de ma prochaine victime. D'autres auraient manifesté leur plaisir de pouvoir contempler le Parc de la Tête d'Or de si haut, en ce qui me concernait la roseraie et le lac ne m'intéressaient guère. Ce que je pouvais distinguer de la propriété de Georges Bernard me confirmait ce que j'avais pu préalablement en déduire : il profitait pleinement de ses 2,5 millions d'euros annuels mais avait le mauvais goût de rouler en BMW série 3 break. Ne voyant rien bouger, je délaissai quelques instants la fenêtre afin de mettre de l'ordre dans mes affaires. J'en profitai pour brancher mon PC et me connecter sur le serveur qui serait mon seul lien avec Fabian. Nous avions décidé de mener notre enquête chacun de notre côté, laissant Philippe dans l'ignorance. Fabian s'occuperait de remonter la piste des commanditaires pendant que je me chargerais de Georges Bernard et, le cas échéant, de mettre un terme aux agissements de mes détracteurs. Le mobilier vieillot de la pièce offrait peu de commodités pour ranger mon matériel, mais la cuisine intégrée ainsi que le salon juxtaposé adoucissaient mon jugement. J'avais trois semaines pour mener à bien ma mission, c'était amplement suffisant pour se charger d'un homme tel que ma future victime. Un léger tintement m'avertit d'un message posté sur ma boîte et, installée sur le lit moelleux, je cliquai sur l'icône de la messagerie. Un texte codé apparut. Une fenêtre s'ouvrit instantanément, me signalant la détection d'un virus risquant d'endommager l'intégrité de mes données. Deux possibilités s'offraient à moi, celle de tenter de décrypter le message pour connaître son auteur ou détruire l'envoi en espérant qu'il n'ait pas enregistré l'ensemble de mes données. La curiosité fut plus forte ; dans la mesure où le message avait préalablement passé la barrière de mon anti-virus ainsi que du Firewall installé en amont de la réception, il me semblait dénué de sens d'éradiquer le seul indice que je possédais. Priant intérieurement pour que les multiples écrans de façade ralentissent conséquemment l'intrusion, je procédai à l'activation des programmes de recherche jusqu'au lien précurseur du message. Pendant que les différentes cascades informatiques s'enchaînaient les unes aux autres, j'effaçai le plus de données possibles. Le déstockage massif entraîna l'exacerbation du virus qui tentait dans un dernier sursaut de récupérer le maximum d'informations. Lorsque le système s'effondra, seul un encart gris persista quelques secondes, mentionnant une adresse internet que je m'empressai de noter sur mon avant-bras droit. Par la suite mon écran se teinta en bleu puis ce fut le black out. Mon portable était HS. « Et merde !». Retirant la carte wifi, je la brisai pour qu'elle ne puisse plus émettre. Ne pouvant plus rien obtenir d'elle, mieux valait qu'elle ne me trahisse pas. La même sentence attendait mon téléphone portable. Rageuse après avoir détruit la carte Sim, je n'espérais qu'une seule chose : que Fabian comprenne rapidement la situation et n'émette rien d'important sur le serveur car, inévitablement, son adresse serait enregistrée. La désactivation du mouchard indiquerait à Fabian qu'il se tramait quelque chose, cependant je me trouvais dans une position plus que délicate. Remballant prestement l'ensemble de mes maigres affaires, je dévalai les escaliers et sortis précipitamment de l'hôtel. Dans la mesure où la dernière marque de ma présence était rattachée à cet édifice, mieux valait que je m'en éloigne promptement. Dans le flou total, je ne pouvais avoir aucune certitude sur l'avancement de mes poursuivants. Etaient-ils au fait de ma mission ou agissaient-ils à l'aveugle ? La partie était en train de se corser sérieusement dans la mesure où il me fallait dorénavant exterminer l'industriel sans pour autant me faire piéger.

Longeant le boulevard des Belges, je tentai un regard derrière la grille appartenant à ma victime. Son break garé dans la cour pavée patientait tandis que l'homme en costume bleu foncé téléphonait en faisant les cent pas autour de sa piscine à débordement. Quand enfin il raccrocha, il fit signe à une personne invisible pour moi, monta à bord de sa BMW et appuya sur la télécommande de l'ouverture du portail. À cet instant je me détournai du jardin et remontai l'allée ombragée par les nombreux platanes bordant la chaussée. Il me fallait en priorité trouver un autre hôtel puis partir à la recherche d'un magasin informatique. Il serait toujours temps de m'occuper de l'homme bedonnant au costard hors de prix.

La chambre que j'acceptai à l'Oscar me parut d'une simplicité déconcertante par rapport à celle que je venais de quitter. 72 euros la nuit se révélait le budget le plus abordable qu'il me fut possible de trouver dans cet arrondissement. Préférant ne pas utiliser le compte de mon employeur pour cette dépense je sortis suffisamment d'argent pour payer cash les trois nuits suivantes. En quittant le hall de couleur rouge je m'attendais à tout sauf à trouver des chambres pâlichonnes. Cependant et malgré le lit un peu dur, l'essentiel était de ne pas m'être trop éloignée du boulevard des Belges. Renseignements pris auprès de l'hôtesse d'accueil, je trouvai un magasin d'informatique non loin de là où un jeune homme au tee-shirt noir se proposa de m'aider. Il ne devait pas s'attendre à l'objet de ma visite car avec une clientèle principalement masculine, il me semblait que les seules femmes osant pénétrer en ces lieux le faisaient en désespoir de cause et ne possédaient que peu de connaissance en la matière. Ainsi, la posture légèrement désinvolte de mon interlocuteur se modifia peu à peu en assimilant ce que je venais me procurer. Le ton qu'il employa pour me répondre fut non seulement cordial mais je pouvais également percevoir une pointe de curiosité. Je ne souhaitais qu'une chose, pouvoir à nouveau me connecter mais paraître transparente lors des transferts d'informations. En réalité, il me fallait créer un serveur fantôme pour abriter mes données durant mes recherches. J'avais suffisamment de connaissances en termes de virus pour parvenir à infester celui qui tenterait de pirater le lien ; cependant parvenir à effacer toute trace d'intrusion dans les systèmes lors de mon passage serait autrement plus compliqué. L'homme en face de moi leva un sourcil interrogateur lorsque je lui énumérai en détail les éléments de mon prochain PC, mais en aucun cas je ne répondis à sa curiosité. Je ressortis moins d'une heure après avec sous le bras mon nouvel ordinateur 13 pouces muni d'un processeur Intel Core 2 duo possédant la capacité non négligeable de doubler la portée de réception d'un signal Wifi et de quintupler le débit de connexion sans fil. Avec Linux, un disque dur SATA de 320 Go, 4096 Mo de mémoire bicanale et une carte graphique Nvidia 6500 ultra, je m'assurai une optimisation fulgurante de son utilisation. Je réglai sur mon compte personnel la somme astronomique puis m'achetai un sandwich avant de retourner à l'hôtel. Cette nuit-là, je la passai à paramétrer différentes sessions sur le net. Je m'étais fait avoir comme une bleue n'ayant pas été préparée à cette attaque et ne souhaitais pas renouveler l'opération. Si mon passé à la Section s'était déroulé sans aucun problème jusqu'à présent il paraissait évident qu'il me faudrait réajuster le coche. Je n'aurais pas cru possible qu'on s'en prenne à moi, les choses changeaient, je devais m'adapter...

Lorsque 2 heures sonnèrent, je m'étirai puis contemplai mon travail : je venais de créer une dizaine d'adresses Hotmail munies de mots de passe différents pour chacune ainsi qu'un serveur pouvant stocker les données que je ne pourrais pas garder sur mon PC. Je paramétrai mes connexions en état d'alerte maximum et si je ne pouvais garantir le fait d'être totalement invisible sur la toile, mes détracteurs, eux, ne pénétreraient pas mon système sans que j'en sois avertie. Lorsque j'éteignis la lumière, une once de plaisir s'infiltra en moi, j'étais fin prête pour affronter mes ennemis.

Sur le tarmac de l'aéroport de Saint-Exupéry, Georges Bernard fit ses « au revoir » ou plutôt ses adieux à sa petite famille qui partait en vacances dans le sud de l'Espagne pendant qu'il clôturerait ses dernières commandes. Après quelques signes il se retourna et d'un pas décidé regagna son break puis sortit du parking. La surveillance que j'exerçais sur l'industriel durait depuis quarante-huit heures et il ne m'en avait fallu que douze pour me rendre compte qu'il était infidèle. Son comportement le trahissait, son épouse ne semblait pas le savoir ou c'était un sujet déjà débattu dont il n'avait plus à se soucier. J'avais souvent l'impression que les hommes aux finances aisées jouissaient d'un statut à part concernant leur libertinage. Accepté ou tu, un grand nombre profitait de l'appât du gain pour drainer une population féminine illégitime autour d'eux. Les épouses n'avaient vraisemblablement pas leur mot à dire et peut-être se taisaient-elles également pour ne pas voir la rente s'éloigner trop loin, emportant par la même occasion l'opportunité de vivre dans un confort certain sans avoir à trimer. Quoi qu'il en soit et qu'elle le sache ou non, en quittant le domicile familial, Mme Bernard facilitait amplement les relations extraconjugales de son époux. Je restais sceptique vis-à-vis de sa maîtresse, tout du moins concernant ses motivations. Certes son amant avait dû être bel homme par le passé mais au vu de son ventre disproportionné, ses cheveux blancs, son nez empâté et ses doigts boudinés, il me paraissait difficile d'y prendre goût, surtout à trente-cinq ans. Evidemment, 2,5 millions d'euros pouvaient favoriser les penchants mais en toute honnêteté il me semblait difficile de croire que Georges Bernard en fut dupe. Quoi qu'il en soit et malgré le fait qu'il recelait sans aucun doute de multiples qualités, il n'en avait pas assez pour attendrir l'État.

La première semaine s'écoula sans incident notable hormis que ma chambre de l'hôtel Park-Palace fût visitée. Selon toute vraisemblance, l'attroupement de policiers en tenue au matin du mardi 9 juillet concernait une chambre payée d'avance mais non utilisée. Et je doutais fort que nous soyons nombreux dans ce cas. La traque venait de commencer. Sans nouvelle de Fabian, je m'en tenais au plan échafaudé initialement, à savoir, surveiller notre victime le plus longtemps possible et ne l'éliminer qu'au dernier moment afin de lui laisser suffisamment de temps pour mener à bien ses recherches. Ce fut au détour d'une communication avec un homme d'origine slave que Georges Bernard éventa son secret. Ils devaient se rencontrer dans un grand restaurant de la région afin d'évaluer une marchandise dont bien sûr à aucun moment ils ne prononcèrent le nom. Ce jour-là, je ne fus pourtant pas déçue d'avoir passé cinq heures avec des écouteurs sur les oreilles. Pirater sa ligne téléphonique s'était révélé un jeu d'enfant. Comme le commun des mortels, Georges Bernard faisait entièrement confiance aux packs de sécurisation d'internet et n'aurait certainement pas été déçu de voir à quel point pénétrer dans ses comptes téléphoniques était simple. Ainsi je n'avais eu aucun mal à entrer dans le serveur de son opérateur téléphonique et à inscrire son propre numéro et le mot de passe inchangé qui semblait servir à l'ensemble de ses opérations sur le net. Comme tout le monde, il jugeait inutile d'inventer des codes différents à chaque fois qu'il en fallait un et comme tout le monde, le prénom de l'une de ses filles ou la date de son mariage lui paraissait amplement satisfaisant. Parvenue sur la page de gérance des comptes, quelques clics suffirent à faire diverger les appels sur mon PC resté relié au serveur nuit et jour pour enregistrer chaque conversation émise. Bien évidemment, si j'avais pu obtenir l'aide du centre de mise sur écoute judiciaire cela aurait réduit considérablement la difficulté de la tâche. Cependant dans la mesure où il me restait encore dix jours à patienter avant le meurtre, je tentai de m'occuper l'esprit. Le rendez-vous avec son interlocuteur slave fut pris pour midi le surlendemain à l'auberge du pont de Collonges chez Paul Bocuse. Je m'empressai donc de réserver une table, ravie finalement à l'idée de sortir de l'hôtel et de pouvoir profiter pleinement d'un vrai repas, d'autant que je commençais à me lasser des sandwichs et pizzas que j'emportais rapidement dans ma chambre afin de ne pas perdre le fil conducteur de la vie ennuyeuse de ma victime.

Je dus abandonner jean et débardeur pour enfiler une tenue autrement plus correcte afin de déjeuner chez Bocuse et mes cheveux relevés en chignon complétèrent la mise en scène. Parachevant le tout avec un peu de maquillage, le rimmel rehaussa le gris de mes yeux et le blush, appliqué sur mes joues, redonna quelques couleurs à ma peau blanche d'être restée enfermée pendant dix jours.

Les deux hommes arrivèrent à peu près en même temps. Pour ma part, je me régalais déjà avec du saumon mariné à la scandinave. Préférant être en avance sur eux pour ne pas me faire remarquer, je n'espérais qu'une chose : que leur table et la mienne ne soient pas trop éloignées. Assise près d'une baie vitrée, je pus aisément surveiller leur entrée dans le parking et d'un regard qui se voulait détaché, les observer attentivement. Georges Bernard s'était habillé avec classe : costume gris souris finement strié sur une chemise d'une blancheur irréprochable, le tout complété d'une cravate anthracite. Il se maintenait avec un charisme indéniable et quand bien même son ventre proéminent gâchait sa silhouette il n'en était pas moins impressionnant. Avec le regard franc de celui qui sait se faire respecter, ma victime se comportait en véritable homme d'affaires. Pourtant je restais persuadée que l'homme qui lui faisait face ne jouait pas dans la même cour. Son accent slave n'était pas démenti par sa physionomie et son attitude à l'affût promettait quantité de cadavres éparpillés le long de son trajet. Je doutais sérieusement que Georges Bernard se rende compte de la situation extrême dans laquelle il baignait. Sous des apparences classieuses, l'homme portant un costume crème et une chemise bleu clair devait, sans aucun doute possible, appartenir à une mafia de l'est. Mafia réputée pour son intransigeance et sa volonté d'acquérir suffisamment de pouvoir en Europe de l'ouest pour faire mainmise dans des domaines aussi variés qu'incongrus. Cependant et selon toute vraisemblance, les objectifs de l'invité devaient être suffisamment conséquents pour oser sortir de l'ombre et prendre contact avec un industriel français réputé et reconnu. Installée deux tables plus loin, je poussai un soupir de mécontentement. Il m'était impossible d'entendre quoi que ce soit, je ne pouvais que les regarder discuter à voix basse. Tandis qu'ils commençaient leurs entrées je me levai en direction des toilettes mais à mon passage les deux hommes se turent, rôdés semblait-il à converser dans le plus grand secret. Soit ! Mais je n'allais pas baisser les bras pour autant, c'était mal me connaître.

Quand je repris place, je déboutonnai la veste de mon tailleur noir en prévision de ce qu'il me restait à manger. Ayant choisi un carré d'agneau côte première rôti à la fleur de thym accompagné d'un Pinot noir d'Alsace, je me contentais de jouer à la femme d'affaire en attendant de pouvoir faire mieux. Leur repas s'éternisa si bien qu'il me fallut additionner d'autres mets tous aussi délectables les uns que les autres mais qui faisaient gémir mon estomac peu habitué à de telles orgies. Après le fromage blanc en faisselle, je crus mourir à l'idée qu'il me faudrait en plus ingurgiter une salade de fruits frais pour pouvoir sortir de table en même temps qu'eux. Je refusai cependant l'expresso alors qu'ils rajustaient leurs vestes. Je me précipitai vers la réception pour régler l'addition et m'engonçai dans la petite classe B qui m'attendait sur le parking. Soulagée de 133 euros, je mis le contact alors que les deux hommes se serraient la main pour reprendre chacun leur véhicule. Qui devais-je prendre en filature ? Georges Bernard ou l'étranger pour en savoir un peu plus sur son commerce ?

Quand l'Alfa Roméo Spider gris métallisé et jantes alliages de 17 pouces passa devant moi, sans même me remarquer, un sourire dénué de sympathie allongea mes lèvres. Délaissant ma victime, j'enclenchai la première et suivis, l'air de rien, la voiture du trafiquant. Ce mot était bel et bien le seul qui me venait à l'esprit en le toisant. S'il eut le moindre soupçon sur ma filature, il n'en laissa rien paraître. Il conduisait vite, à la manière assurée de celui qui croit avoir tous les droits sur la route, de celui qui s'estime supérieur aux autres puisque roulant dans une voiture bien plus coûteuse. À ce genre de mecs imbus d'eux-mêmes et méprisants au possible, je ne souhaitais pour ma part qu'une chose : se faire défoncer la tête par un gars tout droit sorti d'une R5, cela favoriserait certainement une remise en question fort à propos. Après s'être engagé sur le périphérique, l'homme emprunta la sortie du port Edouard Herriot puis bifurqua vers le terre-plein de déchargement des containers. Ainsi la marchandise était déjà sur place. Inutile pour moi de pousser l'enquête plus loin sous peine d'être prise en chasse. Je pris donc la direction de Gerland et m'enfuis le plus vite possible vers le sixième arrondissement. Il était presque trois heures et l'après-midi ébloui de soleil offrait une température des plus clémentes. J'étais pressée d'ôter mon tailleur et envisageais une douche avec convoitise.

Les cheveux encore humides, j'enfilai un jean délavé quand le téléphone de Georges Bernard retentit. Dans un souffle je me saisis des écouteurs et tendis l'oreille. J'expirai un soupir quand j'entendis la voix câline de sa maîtresse. Ma cible proposa gaiement de la rejoindre et concocta un programme qui me laissa perplexe. Lorsque les bips caractéristiques retentirent, je reposai les écouteurs, légèrement écœurée. À l'idée de son corps épais s'agitant sous les coups de fouet, bandant d'être dominé par une jeune femme enveloppée de cuir, un fou rire me saisit, incontrôlable. Puis la pitié s'insinua en moi, il devait être bien accablé de responsabilités pour avoir envie de souffrir sous le joug d'une autorité pour le moins scabreuse. Préférant ne pas en découvrir plus, j'optai pour une balade dans le Parc de la Tête d'Or puis une bonne nuit de sommeil, le lendemain risquant d'être bien moins palpitant pour moi.

Il me restait six jours avant d'accomplir ma funeste mission, et je les passai à surveiller, non sans lassitude, M. Bernard qui évoluait entre son bureau et sa maîtresse jusqu'au jour où il reçut un coup de téléphone de son interlocuteur slave. La commande était prête et le transport semblait réfléchi de manière minutieuse. À aucun moment ne fut énoncé le contenu mais à leurs intonations je devinais la tension qui augmentait entre les deux hommes. Me frottant les mains d'avance, je pris note du lieu de rendez-vous prévu pour le lendemain.

À l'arrêt depuis trois quarts d'heure, j'attendais. La zone industrielle où devait avoir lieu l'échange était relativement étendue et recelait quantité d'entrepôts sans aucune enseigne pouvant les distinguer. Le chauffeur du 19 tonnes qui stoppa devant les portes de l'un des bâtiments émit trois coups de klaxon puis patienta sans sortir de sa cabine. Les portes s'ouvrirent promptement et le camion recula en bipant. Le déchargement se fit après que le chauffeur ait pris position au devant de l'entrepôt dont on refermait les lourdes portes. Quand l'homme habillé d'un short et d'un tee-shirt informe put récupérer son poids lourd, la marchandise était certainement déjà chargée dans des coffres de voitures banalisées qui l'achemineraient par la suite jusqu'aux destinataires. Le silence redevint total jusqu'à ce que le break de Georges Bernard fasse son apparition. De là où je me tenais, je ne pouvais pas distinguer le visage de ses interlocuteurs quand ils vinrent lui ouvrir les portes mais peu importait, seule ma victime m'intéressait. L'entretien ne fut pas long et je soupçonnais que son coffre ait été lourdement chargé à la manière dont l'arrière s'abaissait lors de son départ.

La réponse sur la nature du trafic ne me fut donnée que le lendemain, lorsque je m'introduis chez lui. L'attente avait été longue durant cette mission et je trépignais d'impatience, d'autant plus que je n'avais toujours pas de nouvelles de Fabian. La serrure du garage n'émit pas la moindre objection à mon effraction, j'étais trop habituée à démonter les montants des portes grâce à mes outils et les conseils provenant d'un « ami » serrurier. Je fus donc presque déçue par la facilité du défi, mais bon… Je fis le tour de la propriété pendant que ma victime s'empiffrait au Lounge, le restaurant gastronomique du quartier, en compagnie de mademoiselle « talons aiguilles et shorty cuir ». La décoration trop épurée rendait la résidence très impersonnelle, presque froide. Une cuisine américaine ouverte sur un grand salon de couleur uniforme qu'aucun élément ne contrastait : ni le canapé de cuir blanc ni la colonne centrale. Seuls quelques tableaux contemporains réveillaient l'ensemble. La famille Bernard se complaisait dans l'uniformité. Pas étonnant que le chef de la maisonnée prenne son pied dans un capharnaüm de cuir et de latex. Mes recherches aboutirent dans la cave de la propriété où je découvris enfin la nature du trafic. Plusieurs caisses de bois grossier patientaient contre un mur, il ne fut pas bien difficile d'en ouvrir une et de constater l'objet du délit : des armes. Ainsi M. Bernard s'était-il laissé tenter par la contrebande d'armes tout droit venues d'Europe de l'est. Afin de leur faire passer la frontière sans encombre, l'industriel devait avoir des contacts pour les éparpiller sur le sol français sans prendre de risque. Le gain d'argent me paraissait bien faible par rapport aux conséquences de son geste mais il faut prendre en compte les notions de pouvoirs inhérentes à ce genre de trafic. Quoi qu'il en soit, il était inutile d'extrapoler, je savais d'ores et déjà comment me débarrasser de l'industriel. Les trois derniers jours me semblèrent mornes tandis que je déambulais entre ma chambre d'hôtel et la petite pizzeria à l'angle de la rue. Je souhaitais laisser à Fabian le plus de temps possible. Aussi, dans cette attente pénible, je finis par ressasser d'anciens souvenirs douloureux qui n'eurent pour effet que de m'enfoncer un peu plus dans un état d'hébétude obsédant. Quand enfin sonna l'heure des préparatifs, un doux stress s'infiltra en moi, l'appréhension typique qui précède le meurtre. 1h30 s'affichait sur ma montre quand je sortis de l'hôtel, le gardien de nuit ne prit même pas la peine de lever les yeux sur mon passage, trop abruti par le poste de télé qui lui faisait face. La nuit sans lune amplifiait l'obscurité et favorisait ainsi mes déplacements. Mon sac sur le dos, je n'avais pas l'intention de retourner à l'hôtel par la suite, j'avais également prévu de ne pas garer ma voiture trop près de la résidence afin qu'il ne puisse pas y avoir de corrélation lors d'une éventuelle enquête a posteriori. Je pénétrai dans le jardin en escaladant la grille puis me calai contre le mur du garage, patientant quelques instants en vérifiant que mon effraction n'ait pas été remarquée. Dans mes vêtements noirs, je ressentais une chaleur due aux palpitations accélérées de mon cœur. Le silence était total, l'immobilité régnait autour de moi. Cette sensation d'angoisse mêlée d'excitation me rappelait ma toute première mission, celle où pour la première fois je fus confrontée seule à seule avec ma victime. À n'en pas douter Philippe vérifiait l'intégralité de mes gestes et surveillait mes arrières, même s'il ne l'avait jamais avoué. L'homme d'une trentaine d'années qu'il me fallait abattre était un opposant farouche de l'État et ses agissements anarchistes déséquilibraient fortement le gouvernement. D'un commun accord ils avaient signé mon ordre de mission, préférant embrouiller la presse avec des communiqués alambiqués plutôt que de subir des agressions quasi-quotidiennes de sa part. L'homme vivait en plein cœur de Paris et en pénétrant dans sa villa spacieuse j'étais presque étourdie par la portée de mon geste. J'avais simplement prévu de l'empoisonner de la manière la plus sournoise qui soit mais je n'étais pas parvenue à être aussi discrète qu'il aurait fallu. L'homme n'était pas particulièrement robuste mais lorsqu'il me saisit par le col, je crus que ma fin était proche. Ma vitesse de réaction fut ma seule chance et quand il finit par expulser son dernier souffle, il gisait à mes pieds, le corps rompu par les coups. Soulagée de l'issue du combat, j'étais ressortie promptement sans essayer de maquiller mon meurtre, trop contente d'avoir mené à bien ma mission. Ce n'est que trois jours plus tard que Philippe et moi étions convoqués par notre chef afin de lui communiquer notre compte-rendu. En entrant dans le bureau, je sentis immédiatement que quelque chose ne tournait pas rond et ce ne fut que lorsque Philippe m'accompagnât à la morgue que je compris mon erreur. Le médecin légiste qui nous reçut ne prit pas la peine de nous expliquer ce qu'il attendait de nous, il hocha simplement la tête à l'intention de mon collègue qui s'éclipsa d'un pas résolu. Restée seule dans la salle mortuaire, je sentais mes mains trembler et mon cœur battre à tout rompre. Quand l'homme en blanc ouvrit le capot et attira à lui le brancard métallique sur lequel reposait un sac noir qu'il entreprit d'ouvrir, je crus paniquer. Pourtant je me retins de tout geste en appréhendant la suite. Je reconnus tout de suite l'homme que j'avais abattu trois jours avant mais son corps exposé à la lumière crue de la salle, m'écœura profondément. Le médecin afficha ensuite plusieurs clichés du scanner autopsique sur le négatoscope puis d'une voix monocorde s'efforça de m'expliquer ce qu'il voyait sur les images en dégradé de gris. Les seules choses dont je me souvenais étaient le fait que les cavités cardiaques étaient vides signifiant que l'homme s'était vidé de son sang et que la majorité des organes était réduite en bouillie. Après ce cours magistral, il passa aux travaux pratiques en disséquant la victime. La peau du visage retournée comme un gant sur le massif facial, la scie s'attaqua dans un bruit odieux à la voûte crânienne histoire de vérifier un éventuel AVC. Mais par chance il n'y avait aucune hémorragie à déplorer. Ce fut une autre affaire quand le bistouri incisa la peau du sternum jusqu'au pelvis en un Y magistral et je crus défaillir lorsqu'il s'attaqua au thorax côte après côte avec une pince ressemblant étrangement à un sécateur, du genre pour branches récalcitrantes. Le médiastin à découvert, ce fut une joie de découvrir que notre patient avait un passé de tabagique tandis qu'un peu plus bas et parvenant mal à ne pas m'effondrer, je suffoquai en constatant l'amas immonde des viscères éclatés dans le ventre béant de ma victime. Au comble de la honte, je dois avouer ne pas avoir supporté lorsque le médecin commença à fouiller à pleines mains dans le corps inerte. Sortant précipitamment de la salle, je trouvai les toilettes et vomis jusqu'à n'en plus pouvoir. En regardant mon reflet dans la glace devant le lavabo, l'humiliation m'égratigna. Le teint blafard et les cheveux défaits, j'étais loin de ressentir la confiance en moi qui s'était sournoisement installée depuis la fin de ma mission. Philippe m'attendait devant l'institut médico-légal et ce n'est qu'en montant dans la voiture que je constatai son petit sourire en coin.

Morveuse, je ne décochai pas un mot de tout le trajet. La leçon était suffisamment claire pour ne pas avoir à en entendre davantage, surtout de la bouche de Philippe. Le seul but de cette punition était de me rappeler que le meurtre ne s'improvise pas, *super !*

Revenant à la réalité, je jetai un dernier coup d'œil aux alentours puis déverrouillai la porte du garage. L'obscurité était totale, M. Bernard devait dormir profondément. Sans faire de bruit je me glissai dans la résidence puis grimpai jusqu'au premier étage. Je fis quelques vérifications d'usage, histoire de ne pas être surprise par un détecteur de présence ou une caméra tout juste installée puis, tenant mon Beretta d'une main ferme, une cartouche chambrée, le chien rabaissé, j'appuyai sur l'interrupteur. La lumière intense réveilla brutalement Georges Bernard qui s'assit précipitamment sur son lit. Il ne comprit qu'avec un temps de retard la situation dans laquelle il se trouvait. Le prenant pour cible, je patientai jusqu'à ce que sa lucidité soit complète, alors seulement je lui demandai de se lever et de descendre dans la cave. Bégayant des paroles incompréhensibles, il sortit des draps en faisant un pas pour récupérer sa robe de chambre mais un seul mot de ma part détourna son geste puis, soumis à l'autorité, il prit le chemin du rez-de-chaussée. Je lui intimai fermement de ne pas se retourner ni de commettre une erreur de direction sous peine de l'abattre sans sommation. Lorsqu'il s'arrêta devant le mur où étaient entreposées les armes, il osa émettre une question.

– Dois-je comprendre que vous êtes déjà venue ici ?

– Ouvre la première caisse.

– Et ensuite vous allez me flinguer ?

– Non.

Je vis ses épaules s'affaisser, probablement soulagé à l'idée de survivre à cette nuit. Il s'activa à l'ouverture de la caisse puis ne sachant ce qu'il devait faire, patienta en contemplant les Sig-Pro modèle 2340 qui s'étalaient devant lui. Je lui intimai d'en saisir un et ce faisant je m'approchai jusqu'à toucher son cuir chevelu avec le canon de mon semi-automatique. Il resta pétrifié un instant puis reprit la parole.

– Que voulez-vous ? Pourquoi cette séance d'intimidation ?
Je ne répondis pas, préférant le faire pivoter afin de remonter les marches menant au salon. Là, j'exigeai qu'il s'asseye à même le sol, contre le pilier central. Me tenant toujours dans son dos, je pris appui contre la colonne sans rompre le contact physique. Je déposai devant lui douze cartouches et lui donnai l'ordre d'en chambrer une. Sa peau blanche s'était recouverte de sueur et ses doigts boudinés serraient l'arme jusqu'à faire blanchir ses articulations. Il me parut soudain minable dans son caleçon rayé, bien loin de l'homme d'affaire qui conversait avec un trafiquant d'armes devant un copieux repas.

– À présent tu vas appuyer le canon de ton arme contre ta tempe.

– Mais vous êtes folle ! Que me voulez-vous ? Qui vous envoie ?

– Exécute-toi et ferme-la !
Je pressai un peu plus mon flingue contre sa tête rejetée en arrière, le forçant à baisser le regard sur son ventre proéminent se secouant à chaque rebuffade. Il finit par s'exécuter d'une main tremblante. Aussitôt je lui fis glisser son arme jusqu'à ce que le canon passe sous sa mandibule, à l'endroit exact où la veine jugulaire et l'artère carotide se croisent. Je lui promettais une mort rapide mais surtout immanquable.

– Il est temps de tenir ton arme correctement, je te laisse deux secondes pour poser ton doigt sur la queue de détente. Il fit ce que je lui demandais et d'une voix chevrotante me demanda pourquoi ? Je lui répondis d'une façon dédaigneuse : « Raison d'État ». Au moment où je passai ma main gantée par-dessus la sienne, Georges Bernard sut qu'il n'avait aucune échappatoire. Dans la vie il y a deux types de personnes : ceux qui fuient et ceux qui sont paralysés par la peur, c'est comme ça, c'est viscéral ! Votre volonté ne pourra rien y faire, si vous êtes dans la deuxième catégorie vous mourrez en courbant l'échine sinon vous prendrez une balle dans le dos, à vous de voir. Appuyant sur la détente en reculant derrière le pilier, je laissai retomber brutalement le bras de ma victime. Le sang qui jaillit éclaboussa la pièce de taches sombres et nombre de débris osseux s'éparpillèrent sur le sol. Le seul endroit épargné fut l'arrière du pilier, à l'endroit exact où je me trouvais. Lors de l'enquête personne ne pourrait émettre le moindre doute quant à la présence d'une tierce personne dans cette salle et la thèse du suicide écarterait rapidement celle du meurtre.

En sortant de la résidence, un vent frais balaya mon visage, me procurant l'effet d'une gifle. Ma victime gisait dans son salon, mutilée au point de ne plus pouvoir être reconnue, sa famille ne s'inquièterait que dans quelques jours et l'on découvrirait alors sa dépouille déjà putréfiée. De la bile inonda soudainement ma bouche, il était temps de quitter Lyon. Passant par-dessus la grille du jardin, je longeai ensuite le boulevard des Belges puis tournai dans la première rue sur la droite. Je rejoignis la petite Mercedes stationnée un peu plus loin puis, soufflant de soulagement, j'empruntai le trajet qui me mènerait à la gare de la Part-Dieu. Ce n'est que dans le train, après avoir laissé la voiture au dépôt, que je me permis un appel. Je laissais sonner deux fois puis éteignis mon portable. Fermant les yeux, je fus envahie par des rêves effrayants ne m'offrant que peu de repos. J'avais hâte de mettre la main sur une bouteille de scotch et pouvoir rester dans mon lit jusqu'à ce que les journaux parlent du suicide de l'industriel. Priant intérieurement pour que son corps ne soit pas découvert avant au moins trois jours, je descendis de la rame déserte à la recherche de mon Hayabusa pour enfin rentrer chez moi.

4 Ellian Cutterfield

Deux jours. Seulement deux jours de repos avant d'entendre l'ensemble des médias annoncer la mort de l'industriel. Et moi qui rêvais de rester enfermée pendant une semaine, c'était foutu. Philippe devait déjà avoir lu l'intégralité des articles sur le sujet, « et merde ! ». Fabian n'avait pas refait surface, il me faudrait donc me présenter seule à la Section. Ayant attrapé le premier tee-shirt à ma portée je me hâtai de m'habiller tout en fouillant dans les placards de la cuisine à la recherche des filtres à café. Trop heureuse d'en trouver un, j'enclenchai immédiatement la cafetière en zappant sur les chaînes d'information du câble. La vie de l'industriel s'étalait dans la presse, ne laissant aucun doute sur une possible liaison : j'espérais toutefois que sa femme en était déjà informée. Des images de personnalités aux yeux rougis succédaient aux détails des comptes de son entreprise ainsi que sur sa volonté de pénétrer le monde politique en se présentant aux prochaines élections municipales. Ainsi ce n'était pas uniquement le trafiquant d'arme qui était en jeu. En prenant mes fonctions auprès de la Section la mention de corpuscule apolitique paraissait être le rouage majeur de l'organisation, avec le temps la réalité s'effritait. En sortant ma cylindrée du garage nul remords ne me faisait douter ; après tout, il était un trafiquant et mieux valait qu'il n'atteigne pas ses objectifs quels qu'ils soient. 10h30 sonnaient quand j'éteignis le moteur devant la porte rouge de la Section. Un nœud d'angoisse, jusque-là négligeable, me fit regretter la deuxième tasse de café. Un rapide coup d'œil dans les locaux me confirma ce que je craignais, Fabian n'était pas ici. Prenant, probablement pour la première fois, le temps de discuter avec quelques collègues, surpris de mes dispositions, je tentais de retarder mon entrée dans le bureau de Philippe. Peine perdue. En entendant le son de ma voix, ce dernier sortit précipitamment de sa pièce personnelle en criant presque le fameux « Naïva, au rapport ! ». Râlant à voix haute afin de lui montrer mon mécontentement d'être traitée ainsi, je le suivis, dans le doute. Pour la première fois l'idée qu'il ait pu arriver quelque chose à Fabian me traversa l'esprit et je me sentis presque honteuse de ne pas m'être préoccupée plus sérieusement de son silence. Philippe s'installa en face de moi, les yeux rivés sur la couverture du Monde sur laquelle un gros titre parlait de « découverte macabre à Lyon. ». Je préférai me taire en luttant contre les doutes qui m'assaillaient. Philippe poussa un soupir puis coupa court au silence.

— Pourquoi est-ce toujours aussi difficile avec toi, Naïva ?

— ...

— J'entends par là ton attitude. Ne peux-tu pas tout simplement entrer avec un «Bonjour » sur les lèvres puis enchaîner sur les détails de ta mission, les frais annexes, les dépenses imprévues, les incidents ou je ne sais quoi encore ? Enfin comme tout le monde ici, quoi !

Effectivement je me souvenais parfaitement des entretiens que je subissais quand Philippe n'était encore que mon collègue. Notre chef de l'époque n'avait guère de questions à poser tant Philippe lui exposait minute par minute notre emploi de temps, tout en lui remettant les notes de frais annotées pour l'occasion. La seule et unique fois où l'étonnement se peignit sur le visage de notre patron fut au terme d'une mission qui nous avait entraînés jusqu'en Andalousie. Non pas que nous avions foiré notre objectif mais au souvenir des nuits torrides que nous avions partagées, Philippe n'avait rien trouvé pour combler le silence pesant qui alourdissait l'ambiance. Pour une fois il ne parla pas des hôtels dans lesquels nous étions descendus, ni des restaurants expérimentés. Seule la méthode du meurtre fut exprimée et même les frais annexes furent passés aux oubliettes. Lorsque

le regard franc d'Eric Devert se posa sur moi je restai de marbre, je n'avais rien à ajouter, comme d'habitude. Par cette attitude à la fois risible et touchante, Philippe s'était grillé, l'entretien était clos. À présent que je me trouvais confrontée à lui avec un bureau entre nous les choses étaient différentes. Je laissai mon chef s'appesantir sur nos relations sans participer à la conversation, que pouvais-je bien lui dire ? Après s'être emporté il se ressaisit et me fixa sans parler. Nous avions vécu tant de moments silencieux que cela me paraissait presque naturel de rester près de lui sans broncher. Comme à son habitude il finit par reprendre la parole.
— Comment s'est passée ta mission et où est Fabian ?
Le ton qu'il avait employé était sans contexte celui de mon chef. Avant d'avoir pu ouvrir la bouche le téléphone retentit, me procurant un répit fort à propos. Philippe se saisit du combiné en prononçant son nom à l'intention de son interlocuteur puis patienta silencieusement le temps que ce dernier se présente à son tour. Je pouvais presque suivre la conversation inaudible pour moi simplement en regardant les traits de Philippe ainsi qu'en entendant ses réponses toujours concises. Mon chef reposa le téléphone puis resta un moment pensif, les mains jointes, le regard absorbé par quelque chose derrière moi. Je le connaissais suffisamment pour comprendre que l'appel était source de mauvaises nouvelles. Le silence fut rompu par trois coups frappés contre la porte, puis l'ordre d'entrer. Je tournai la tête, curieuse de voir qui osait déranger le boss durant un entretien de fin de mission. À la surprise générale, Fabian se tenait devant nous, le visage tuméfié et couturé, l'allure sombre. Dans sa posture je devinais la douleur irradiant ses côtes ainsi que sa jambe droite. Heureusement que je tournais le dos à Philippe tant mon expression devait afficher mon étonnement. Fabian vint s'asseoir à côté de moi puis d'un air impertinent me sourit.

– Alors, qu'est-ce que j'ai raté ?

Tentant de reprendre une expression dédaigneuse je lui répondis sans même consulter Philippe.

– Tu ne souhaites pas prendre un café ? On n'est plus à ça près, on peut t'attendre encore un peu. Après tout, il n'est que 11h.

Un sourire sur mes lèvres et si Philippe en fut dupe, il sous-entendait simplement mon soulagement de voir mon collègue encore en vie.

– Ton aspect est-il inhérent à ta mission ?

Fabian répondit par la négative aussi lançai-je à la volée :

– Une maîtresse éconduite peut-être ?

– Merci pour tes déductions Naïva, si tu veux bien on va passer aux choses sérieuses à présent. Je dois m'absenter cet après-midi alors autant conclure au plus vite.

Je pris donc la résolution de lui expliquer les tenants et les aboutissants de notre mission. Je me forçais à lui communiquer nombre de renseignements inutiles afin, je dois l'avouer, de noyer le poisson. Fabian hochait la tête de temps à autre afin de manifester son assentiment, histoire de paraître présent mais je savais pertinemment qu'il attendait un tout autre rapport de ma part. Ses yeux marron se posèrent sur moi avec intensité quand j'énonçai la mort de Georges Bernard et dans son attitude je soupçonnai une once d'admiration, du moins je préférais en garder l'illusion. La réponse de Philippe ne tarda pas, il nous remit un dossier portant le nom d'Ellian Cutterfield puis nous indiqua la porte. La voix de notre chef parut glaciale tandis que nous nous apprêtions à sortir.

– Je n'ai plus de nouvelles de Lucas et Jérémy depuis dix jours et le service d'espionnage est dans l'impossibilité de retrouver leurs traces.

En voyant mes yeux se rétrécir Philippe leva la main en

supplication.

– Je sais ce que tu penses, Naïva, inutile d'en dire plus.

Fabian me tira par la manche, m'incitant à sortir de la pièce étroite tout en adressant un geste d'au revoir à Philippe. À l'extérieur, nos regards se rencontrèrent puis sans un mot nous quittâmes la Section, le dossier d'Ellian Cutterfield sous le bras. Devant le perron du numéro 6 de la rue Rottembourg nous n'osions plus parler, chacun dans ses pensées. Puis je me décidai.

– Je te paye un café ?

Un sourire se dessina sur les lèvres de Fabian, presque charmeur. Nous longeâmes la rue jusqu'au Boulevard Soult puis commandâmes un expresso dans le premier bistrot qui se présenta. La terrasse, bien que bruyante, nous offrait la possibilité de profiter du soleil tout en surveillant les alentours. Portant un tee-shirt noir sur lequel était inscrit *No Game,* Fabian maintenait constamment une expression d'amusement sur ses traits que la raideur de sa posture démentait. Il rajusta quelques mèches de cheveux en gardant le silence jusqu'à ce que nous soyons servis. Ensuite seulement et malgré les regards appuyés de passants sur son visage tuméfié il se décida à m'annoncer les résultats de sa mission. Lorsque nous nous étions séparés en gare de la Part-Dieu, Fabian avait immédiatement repris le train en direction de Bordeaux. Par le biais d'une source sur laquelle il ne souhaitait pas me renseigner, il était au fait de l'identité d'un membre actif de l'opposition et par « opposition » il sous-entendait traître à la Section. Fabian commençait sa filature lorsqu'il se rendit compte de l'arrêt du mouchard qui lui indiquait ma position. C'est à partir de cet instant qu'il comprit que nous étions menacés. Cependant, même à l'heure actuelle, il paraissait difficile de savoir qui de nous deux était traqué. Je me tus sur le fait que nous étions certainement dans la même merde, lui en tant qu'espion et moi en tant que témoin. Je le vis hésiter un moment mais lorsqu'il m'annonça l'identité de sa victime, son hésitation prit tout son sens : Lucas et Jérémy devaient se débarrasser du leader d'un cartel douteux. Fabian quant à lui, poursuivait sa filature jusqu'au terme de leur mission. Ne pouvant agir sans preuve, il patienta jusqu'au moment où, le corps inerte de l'opposant politique gisant à leurs pieds, Jérémy retourna son arme contre Lucas. Il n'y eut pas de sommation, pas de discours, simplement une balle tirée à bout portant. L'expression sévère de Fabian révélait ses remords. En y réfléchissant bien, je ne pense pas que l'on puisse prévenir ce genre de gestes impulsifs. Jérémy devait se débarrasser de son collègue, l'occasion était trop belle. Tandis que le traître tentait de maquiller son méfait, Fabian lui tomba dessus. Ne voulant pas le tuer sans avoir obtenu le plus de renseignements possible une lutte s'engagea entre eux. Il était inutile d'en dire davantage. Un sourire amer traversa son visage, le peu d'informations qu'il en avait tiré ne valait pas la vie d'un homme, loin de là. Mon collègue me regarda intensément puis hocha le menton en direction du dossier que je tenais toujours à la main.

— Cette fois-ci, on ne se sépare pas.

— Qu'est-ce qui te fait dire que je souhaite encore travailler avec toi ?

Un sourire franc apparut sur son visage à la vue de ma moue dédaigneuse.

— Peut-être auras-tu besoin d'un chaperon ?

Pris d'un fou rire, nous eûmes du mal à retrouver notre calme et pourtant, il nous fallait préméditer le meurtre d'Ellian Cutterfield.

En fermant l'antivol sur la roue de mon Hayabusa un

98

sentiment de frustration m'envahit. Comment avais-je pu céder devant Fabian ? En y repensant, ses arguments étaient parfaitement compréhensifs mais à l'instant où je vis sa Golf grise tourner dans la rue, la fureur m'étrangla. Je n'osais pas penser aux courbes gracieuses de ma XK sous peine de ne pas parvenir à retenir mon indignation de devoir rouler dans ce déchet. Fabian cacha son petit sourire en coin en voyant mon expression peu avenante. Il ne devait pas avoir envie d'entendre mes remontrances. Après avoir chargé mon sac dans le coffre, je m'assis sagement à ses côtés. Caricature affligeante du couple rétro. En bouclant ma ceinture je compris qu'en aucun cas il ne me serait possible de supporter le jeu de dés qui se balançait gentiment sous le rétroviseur central. Fabian capta mon regard mais ne dit rien, préférant certainement ne pas attiser ma colère. Trois virages furent nécessaires pour me confirmer que ces insupportables babioles hideuses allaient passer par la fenêtre. Tandis que Fabian faisait crisser les pneus en redémarrant en trombe, je tirai violemment sur le cordon jusqu'à le rompre. Puis d'un geste tout à fait désinvolte, je fis glisser la vitre électrique et me débarrassai du lot encombrant. Mon expression diabolique se transforma instantanément lorsque Fabian stoppa net le véhicule en gesticulant. Tournant la tête pour regarder la situation, nous étions tous seuls en plein milieu d'un carrefour. La voix de Fabian retentit alors.

— Mais qu'est-ce que tu fous, Naïva ? Ça fait à peine cinq minutes que tu as les fesses posées sur le siège et déjà tu te permets de faire le ménage dans ma caisse... Tu te prends pour qui ?

— Tu ferais mieux d'avancer car là a priori tu bloques tout le monde...

— Je m'en contrefiche ! À l'heure actuelle tu viens de balancer un jeu de mouchards mais comme mademoiselle ne pense qu'à son cul, il faudra que je me démerde autrement, n'est-ce pas ?

Quantité de voitures s'étaient rapprochées de nous et maints automobilistes énervés actionnaient leurs klaxons sans réserve. À la fois penaude et honteuse je lui proposai de les retrouver quand il enclencha la première et accéléra violemment. À ce moment précis je ressentis fortement les six petites secondes qu'il lui fallait pour atteindre les cent kilomètres/heure et je dus me retenir de ne pas crier en voyant se rapprocher dangereusement les véhicules à l'arrêt devant nous. Les jointures des doigts blanchies sous l'effet de la pression tant je me retenais au siège, je sentis les pulsations affolées de mon cœur jusque dans ma gorge. Lorsqu'il s'arrêta enfin, je le priai de bien vouloir m'excuser d'une voix que je parvenais mal à contrôler. Fabian tourna le regard vers moi puis partit d'un grand rire.

– Ah, ça me fait plaisir ! La grande Naïva prise à son propre jeu ! Pour sûr, l'ensemble de la Section l'apprendra…

– Qu'est-ce que tu veux dire ?

– Qu'il n'y avait pas de mouchards dans les dés, pauvre idiote !

– Tu m'as fait tout ce foin pour te foutre de ma gueule ?

– Absolument pas, c'était simplement pour te faire comprendre l'impolitesse de ton geste. C'est à se demander si tu as eu des parents !

La franchise de Fabian me perturba longtemps et même si j'étais soulagée qu'il n'y ait pas de conséquences provenant de mon geste idiot, je me sentais relativement chagrinée par la vision qu'il avait de moi.

Les 916 kilomètres que nous parcourûmes se firent malgré tout dans une ambiance relativement décontractée. Je tentais, faute de mieux, de rattraper mon erreur. Non pas que nous devenions intimes, les sujets familiaux restaient écartés de nos conversations, cependant nous tentions de nous comprendre. Je n'avais, sincèrement, aucune raison d'être à ce point inabordable et quand bien même j'essayais de me trouver des causes atténuantes, je me sentais minable. Je savais que je ne pouvais pas décemment faire peser la faute sur l'éducation de mes parents mais des questions restaient en suspens : que serais-je devenue s'ils ne m'avaient pas adoptée ? Qui pouvaient bien être mes vrais parents et pourquoi s'étaient-ils débarrassés de moi ? Je savais à présent que ces interrogations resteraient sans réponse, quel intérêt avais-je de fouiller le passé ? Fabian respectait mon silence et cet aspect de sa personnalité me plaisait car, contrairement à Philippe, il ne tentait pas d'analyser mes faiblesses. De l'avis de mon ancien amant, essayer de surmonter ses vieux démons permet d'avancer, de devenir plus fort. Ce qu'il n'aura jamais compris c'est que je ne souhaite pas me surpasser ; pourquoi le devrais-je ?

Les températures estivales dont nous allions profiter me contentaient pleinement. J'espérais que Fabian avait prévu une pause baignade, sous peine de devoir lui faire un caprice. Le panneau « Antibes » se présenta sous nos yeux, étirant un sourire sur mes lèvres, j'avais hâte de plonger dans la méditerranée. Nous descendîmes au Cap d'Antibes Sunset Hôtel. Situé sur le boulevard du Maréchal Juin, l'établissement à l'architecture ultramoderne offrait une vue imprenable sur les îles de Lérins. La suite que Fabian avait réservée possédait une baie vitrée donnant accès à la piscine privative agréablement ombragée par une végétation luxuriante. M'allongeant instinctivement sur le lit double, je vis Fabian hésiter une fraction de seconde avant de s'asseoir sur le canapé juxtaposé. Nous nous comportions comme deux amants maladroits, c'en était presque risible. Je mis fin aux tergiversations inutiles en déballant promptement mon sac, à la recherche de mon maillot de bain. Demandant à Fabian s'il ne voyait pas d'objection à ce que je prenne un peu de bon temps, je m'échappai dans la salle de douche. Fabian ne profita pas de l'eau à 27°, pas plus qu'il ne s'installa sur un transat en bordure de piscine. Je n'osais pas émettre de supposition, pas plus que je n'aurais été en mesure de le repousser s'il avait eu le cran de me faire des avances. Durant l'attente interminable de ma mission précédente j'avais eu le temps de faire quelques recherches sur son compte et la chose la plus affligeante qu'il eut jamais faite fut de s'être marié cinq ans plus tôt avec la fille d'un procureur. Pour l'instant le couple habitant Neuilly sur Seine n'avait pas d'enfant et je ne parvenais pas à comprendre pourquoi il s'était engagé dans la mesure où, à mon sens, cela ne créait qu'un biais d'atteinte pour des gens comme nous. Et cette faiblesse était impardonnable. N'arrivions-nous pas à éliminer nos victimes parce qu'elles-mêmes s'engonçaient dans des conditions de vie similaires ? Je chassai toutes ces idées d'un haussement d'épaules. Après tout, la vie de Fabian ne me concernait pas, du moins pas tant que ça. Coucher avec lui n'aurait fait qu'augmenter les difficultés entre nous : je ne souhaitais pas travailler avec un gars empli de remords d'avoir trompé sa femme en ne parvenant pas à contrôler ses désirs. Au moins, avec Philippe, les choses étaient claires, à l'époque il était libre et s'il se complaisait à présent dans une petite vie pantouflarde de célibataire endurci, cela ne m'importait pas. Devant la glace de la salle de bain, je terminai de sécher mes cheveux et tentai de reprendre une moue hautaine pour dissimuler mes faiblesses. Fabian m'attendait en étudiant la carte d'Antibes. Nous devions sortir dîner en ville, comme un couple normal. Cela me fît sourire, ma vie n'était finalement

102

que mensonge.

Au petit matin Fabian me tira du lit pour un footing sur les hauteurs d'Antibes. L'occasion de visiter la ville sans se faire remarquer était trop belle mais c'était sans compter sur la migraine qui m'assaillait. Bien évidemment j'avais abusé du vin la veille au soir et franchement si j'avais été en mesure de me rebeller contre mon collègue je l'aurais fait avec plaisir. Au lieu de ça, j'enfilai un short et un tee-shirt dans l'espoir qu'il la boucle. Mes grognements ne parvinrent pas à le dissuader, aussi est-ce avec un sourire charmeur qu'il ouvrit la porte et me fit signe de passer la première. Les premières foulées furent un vrai supplice et l'envie de renoncer se fit de plus en plus forte à mesure que je me faisais distancer par un Fabian presque moqueur. D'innombrables idées défilèrent dans ma tête ayant toutes pour but de pouvoir jeter l'éponge sans perdre la face. Du malaise vagal en passant par l'entorse de cheville ou l'insolation, rien ne paraissait susceptible d'être crédible. Maudissant intérieurement cet homme qui avait joué à merveille le mari aimant lors du dîner de la veille, je finis par me concentrer sur la vue exceptionnelle qu'offrait la ville d'Antibes. Autant profiter de cette matinée ensoleillée pour repérer les lieux. Quantité de villas aux dimensions imposantes se faisaient front dans des rues bordées de pins et de lauriers-roses et où la circulation presque nulle à cette heure, préservait l'intimité du quartier. Au sommet de la colline les joggeurs fatigués pouvaient admirer la baie de Cannes ainsi que la baie des Anges qui s'étendaient à perte de vue. Fabian m'attendait, assis nonchalamment contre un palmier, il étirait ses quadriceps avec une moue crâneuse. Ah ! Qu'il devait bien savourer sa vengeance après que je l'eus traité de petit joueur en constatant son manque d'aptitude à supporter l'alcool. Et de quoi pouvais-je bien avoir l'air si ce n'était d'une pochtronne en train de dessaouler. En observant le visage de mon collègue je pus constater que ses ecchymoses prenaient une teinte verdâtre et que ses cicatrices s'estompaient, lui rendant sa beauté sauvage. L'idée saugrenue de m'asseoir à côté de lui et de m'étirer dans des pauses aguicheuses me paralysa une fraction de seconde. Laissant dériver mon regard sur le panorama qui s'étendait à mes pieds j'oubliai rapidement ces pensées débiles. Nous restâmes un bon moment sans rien dire, nous enivrant de l'air marin. La réalité nous rattrapa avec une femme d'une quarantaine d'années au débardeur moulant dont le short ultracourt eut l'effet de contenter l'œil averti de mon collègue. Blonde sans effet racine et maquillée version Jet-Set by night, la joggeuse se lança dans un déhanché endiablé tout en faisant des moulinets et des ronds de jambes : un vrai plaisir ! Le MP3 accroché à la ceinture vrillait ses tympans tout en accordant aux témoins de la scène les rythmes du dernier album de David Guetta. Ses étirements terminés, la femme repartit en petites foulées dans un nuage de parfum entêtant. Fabian semblait avoir apprécié le spectacle, un sourire niais parcourait encore son visage. Voilà qui me renseignait un peu plus sur l'aspect que devait avoir sa femme. En comparaison, je devais faire pâle figure avec mon teint cireux, mes cheveux bruns en bataille et mes seins sans silicone. Refoulant mon manque d'estime je me levai, l'air revêche. S'il fallait supporter les penchants affligeants de Fabian, autant le lui faire payer.

— T'as fini ?

— Pardon ?

— Tu pourras aller à la plage cet après-midi si tu ressens le besoin de mater, en attendant il faudrait peut-être songer à bosser un peu !

— C'est bizarre on dirait de la jalousie... On n'est pourtant pas mariés, ni même amants !

– Je suis certaine que ta femme approuverait la philosophie de tes paroles.

– Comment oses-tu ?

– Oser quoi, mon cher collègue ?

– Fouiller dans ma vie privée !

– Parce que faire étalage de ma relation avec Philippe n'était pas une atteinte de ma vie personnelle, peut-être ? Ce n'est que le revers de la médaille.

– Très bien, on est quitte.

– Non je ne crois pas ! On sera quitte quand je l'aurai décidé.

– Naïva, ne joue pas avec mes nerfs, c'est un conseil.

Sa voix glaciale me fit l'effet d'une douche froide, cependant, il est de réputation notoire que le dernier mot m'appartient toujours. Aussi après un haussement d'épaule je lui lançai les mots assassins qui me restaient en travers de la gorge.

– Je détiens bien plus de pouvoirs sur toi que tu ne sembles le penser. Tu n'es pas en train de traiter avec une pimbêche écervelée, je suis sans aucun doute ta plus grande menace. Alors un conseil, fais pas le con avec moi.

Nous nous toisâmes un instant puis je tournai les talons et entrepris de redescendre à l'hôtel. Lorsque je sentis sa présence dans mon dos, une once de soulagement m'envahit : il était prêt à faire des concessions pour mener à bien notre mission. Dans un souffle il me demande de ralentir l'allure, ce qui me fit jubiler jusqu'à ce que je comprenne l'objet de sa requête. Nous étions Chemin des Ondes et la maison de notre victime nous faisait face. Le mas provençal devait posséder une vingtaine de pièces au bas mot et la piscine était entourée d'une véritable palmeraie luttant contre le soleil cuisant de l'été. À travers la grille en fer forgé on pouvait distinguer au loin la pelouse verdoyante et bien entretenue ainsi que le pool-house d'une taille démesurée.

Deux caméras postées de chaque coté du portail enregistraient les moindres faits et gestes des visiteurs et des simples passants. S'immiscer dans le palace d'Ellian Cutterfield n'allait pas être une mince affaire. Nous longeâmes en silence les cent mètres de façade de la propriété de notre cible puis reprîmes notre course, il était temps de nous préparer.

De retour boulevard Maréchal Juin nous fîmes halte dans une petite boulangerie puis retournâmes à l'hôtel. Je laissai l'eau s'écouler sur mon corps courbatu, tout en prêtant l'oreille aux allées et venues de Fabian de l'autre côté de la cloison. De nombreuses questions se bousculaient dans ma tête, à commencer par l'attitude qu'il me faudrait employer en sa compagnie. Sans compter Ethan, ma dernière relation remontait à plus de trois ans. À l'époque j'avais tenté d'oublier Philippe dans les bras d'un caïd des stups et rien qu'en évoquant son nom un frisson me parcourut le corps. Alexandre Tournier faisait partie des mecs machos à souhait, au corps musclé et à la volonté d'acier. Le plus risible alors était que je sois persuadée que je pouvais me satisfaire d'un homme ne jouissant qu'après une confrontation entre nos deux caractères si semblables. L'augmentation de la violence dans notre couple eut finalement raison de notre relation. Les attaques verbales se transformèrent insidieusement en joutes physiques si bien qu'à plusieurs reprises je dus me présenter devant Philippe avec des hématomes trahissant honteusement leur origine. À vrai dire, le silence pesant de mon ancien amant me blessait davantage que les coups d'Alexandre. Le jour où le jeu de la domination dérapa et que ma vie fut mise en question, les règles changèrent. Quand il ne fut plus question de coups ou d'injures mais plutôt d'un climat de terreur, je pris conscience de mon erreur. Alexandre ne souhaitait pas simplement exposer sa force ou m'humilier, il souhaitait avant tout me faire payer le refus de sa candidature à la Section. Et ça, je ne le compris que tardivement. L'homme avec qui je couchais depuis plusieurs mois souhaitait simplement atteindre Philippe à travers moi. Ce qu'il ne pouvait pas comprendre est que la force physique n'est pas un critère de choix lors du recrutement des éléments de la Section. Il pouvait me soumettre à volonté en tant que femme, mais jamais mon appartenance à la Section ne fut compromise. Jamais. Pas même lorsque je lui collai mon flingue contre la tempe après qu'il m'eut frappée au point de me faire perdre connaissance. Et encore moins au moment où la balle retentit dans un bruit mat en m'éclaboussant de sang. Voilà ce qui nous distinguait réellement : il n'était qu'un flic imbu de lui-même et moi l'élément le plus incontrôlable de la Section. Philippe s'imposa à moi après ce meurtre, il me permit de sortir la tête de l'eau. Il me fit plaider la self-défense dans un jugement de pure formalité et m'accorda deux mois de repos. Les ecchymoses s'estompèrent bien avant que ce dernier ne veuille me réintégrer au sein de la Section et lorsqu'il m'autorisa enfin à reprendre du service, je découvris mon nouveau partenaire : Eva.

Je prononçai son nom à haute voix. Une fois de plus je ne pus que constater à quel point elle me manquait. En y réfléchissant, Philippe devait, une fois de plus, vouloir me protéger en instaurant le premier binôme féminin de la Section. Il connaissait mes faiblesses et tentait de les pallier. Un sourire se dessina sur mes lèvres. À quoi avait-il bien pu penser en m'imposant Fabian ?

Ellian Cutterfield était de nationalité franco-américaine. Arrière-petit-fils d'un géant de l'agriculture aux États-Unis, la fortune familiale paraissait suffisamment conséquente pour faire vivre, plus que décemment, trois à quatre générations d'héritiers. Principalement basée dans le BosWash, la famille Cutterfield profitait pleinement des régions les plus riches des USA dont l'innovation et les expansions rapides faisaient écho aux stratégies politiques déterminantes pour l'économie nationale et internationale. Originaire de Boston, Ellian s'était octroyé un diplôme de management à l'université d'Harvard avant de s'expatrier en France et de mettre 6112 Km entre sa famille et lui. D'une petite trentaine d'années, l'homme que nous découvrîmes roulait en Ferrari 599 GTB dont la couleur rouge métallisée trahissait à mon sens le manque d'originalité. Avec son allure d'étudiant dans son costard de fashion victime, le jeune homme possédait plusieurs comptes bancaires parfaitement renfloués ne recelant, a priori, aucune transaction suspecte. Contrairement à Georges Bernard, Ellian Cutterfield semblait maîtriser les lois informatiques permettant d'éviter tout piratage sur son ordinateur tout en conservant des données d'interfaces nécessaires à prouver son innocence. N'importe quel organisme et notamment le fisc, pouvait se servir des relevés bancaires laissés à portée de main sans pour autant être capable de mettre à jour les probables fraudes commises par notre homme. Le cas Ellian Cutterfield nous entravait dans une impasse informatique. Tandis que Fabian s'angoissait à l'idée d'avoir en face de lui un hacker plus compétent, pour ma part je me réjouissais de pouvoir enfin délaisser l'ordinateur et d'approcher ma future victime.

La location de la Bentley Azure 500 ch. au style rétro me fit grincer des dents. Certes c'était une voiture parfaite pour le rôle que nous voulions jouer. Cependant, et malgré les efforts de Fabian pour justifier son choix, je ne pouvais me départir de l'image de luxe et de conservatisme désuet qui résidait dans ses lignes massives et sa boiserie « Peuplier ». Par ailleurs le tarif exorbitant de location à 1400 euros/jour me restait en travers de la gorge. Comment Fabian pouvait me faire cet affront tandis que ma XK aux courbes félines patientait dans un garage parisien ? Bien évidemment j'entrepris d'offrir au concessionnaire le plus beau sourire qui fut, tout en maudissant mon collègue pour son choix et notamment lorsque l'homme en costume classieux lui tendit les clefs. Fabian fut bien avisé de m'ouvrir la porte et de me pousser dans la voiture sous peine de devoir essuyer des insultes sur le fait qu'il en soit le conducteur. Après un hochement de tête à l'attention de notre interlocuteur, il s'installa au volant avec un sourire en coin qui en disait long sur le plaisir qu'il y prenait. Ce qu'il ne devinait pas, en revanche, fut que le trajet entre Cannes et Antibes, soit 12 kilomètres, allait se passer dans un climat de reproches incessants. Il eut beau me faire l'étalage du moteur V8 bi turbo, de son couple à 1000 Newton mètre, de ses jantes de 20 pouces et de sa vitesse de pointe à 288km/h, je n'acceptais pas le fait qu'il ait choisi une Bentley : la voiture par excellence de la vieille bourgeoisie ! Avant même que nous soyons sortis de la ville le ton initialement froid monta d'un cran et ce fut en braillant comme deux ânes que nous parvînmes devant notre hôtel. À peine fut-il arrêté que je claquai déjà la lourde porte de la voiture et sans un regard en arrière me précipitai dans notre chambre et en verrouillai l'accès. Quelques minutes plus tard, la voix qui perça à travers la cloison me fit sourire tant elle paraissait difficilement contenue :

– Naïva, aurais-tu l'obligeance de me laisser entrer ?

– Va te faire voir !

– Je ne suis pas certain de me retenir longtemps avant de

défoncer la porte, alors si tu veux bien on va rester calme et discuter comme les deux adultes que nous sommes. Derrière la porte, j'explosai de rire tant ses efforts pour rester courtois collaient parfaitement à l'image de la voiture qu'il avait choisie.

— Ecoute-moi bien Fabian ! Je ne vais pas supporter longtemps que tu régisses tout dans ma vie, à commencer par les véhicules ringards que tu as le don de m'imposer !

— Naïva, je t'offre une bagnole à plus de 350 000 euros, qu'est-ce que tu peux bien lui reprocher ? Bordel ! Sache que j'en ai rien à foutre de ta XK d'autant plus qu'elle est bien loin de valoir la moitié du prix de cette foutue Bentley !

— Quand on est assez abruti pour rouler en Golf, je ne crois pas qu'on puisse se permettre de critiquer une Jaguar ! Et quand on n'a pas assez de classe pour choisir une voiture décente eh bien on ferme sa gueule !

— Tu commences sérieusement à me gonfler avec tes goûts de pétasse pleine de fric...

La porte voisine s'ouvrit coupant court aux insultes de Fabian dont l'air pitoyable devait valoir toutes les Bentley du monde. Le silence se fit puis j'entendis un faible « Bonjour » ainsi qu'un déplacement dans le couloir. La voix d'un homme d'âge mûr parvint jusqu'à moi et je pouvais parfaitement deviner l'allure défaite de mon collègue.

— Jeunes mariés ?... Eh oui je sais, ce n'est pas facile tous les jours. Mes hommages à madame.

Lorsque les pas s'éloignèrent, Fabian toqua à la porte sans rien dire. Après une infime hésitation, j'entrouvris et le toisai. Lorsqu'il s'approcha, je tentai de rester droite et fière. L'espace entre nos deux corps diminua sans que je recule. Nos deux volontés se mesuraient à nouveau. Je sentis son souffle chaud sur ma peau et fermai les yeux. Cet instant me sembla durer une éternité, puis d'un geste désinvolte je claquai la

porte et tournai les talons. Je laissai Fabian dans le hall d'entrée pour m'enfermer dans la salle de bain et en ressortir vêtue d'un maillot avec seulement un drap de bain autour des hanches. En tournant la tête pour lui faire face je lui lançai à la volée :
– Puisque tu es censé jouer les gardes du corps, t'as qu'à t'entraîner pendant que j'irai faire quelques brasses !
Je me détournai en tentant de garder l'air hautain, sans aucune certitude d'avoir réussi.

Minuit était dépassé depuis plusieurs minutes quand je sortis de la salle de bain, habillée selon la dernière mode : bustier blanc pigeonnant, jean moulant et cuissardes. L'excès de parfum appesantissait l'air autour de moi et l'amas de fard sur mon visage transformait mes traits me faisant passer de la sobriété à l'extravagance. Fabian m'attendait, le regard froid et l'attitude douloureusement distante. Il n'avait pas décoché un mot depuis notre dispute et quand bien même cela renforçait nos rôles, j'en étais presque à regretter de l'avoir défié. Je tâchai, par conséquent, de ne pas penser à ce que nous aurions pu faire en attendant l'heure de sortir, et ce, en faisant semblant de ne pas remarquer ses mouvements crispés. Durant les vingt minutes de trajet, seul le ronflement du moteur de la Bentley se fit entendre. De la banquette arrière je pouvais observer à loisir le paysage cannois tout en jetant des coups d'œil à Fabian dont le costume noir faisait ressortir la carrure. Pour un garde du corps je n'aurais pas pu trouver plus agréable à regarder. Un sourire persista sur mes lèvres jusqu'à ce que nous soyons arrivés devant le VIP ROOM. À deux pas de la Croisette, la boîte garantissait des clubbers triés sur le volet. Notre entrée en matière restait donc notre seule chance de parvenir à pénétrer l'antre des peoples cannois. Il va sans dire que la Bentley rutilante fit son effet et cette attitude dérisoire m'arracha une moue de dédain. Ainsi le prix de la voiture semblait la jauge la plus fiable pour qualifier son propriétaire. Le videur fut berné au même titre que les prétendants à l'entrée, rassemblés devant les portes closes de l'établissement. Fabian fit le tour de la voiture afin de m'ouvrir la porte et de m'aider à en sortir. Son air grave et sa démarche irradiaient la force brute et lorsque nos regards se croisèrent une bouffée de fierté m'assaillit. Nous étions parfaits. Le voiturier se précipita sur nous pour récupérer les clefs tandis que l'immense physionomiste black nous donnait l'autorisation d'entrer. Nous gardâmes un air impassible en le dépassant, même si nous venions de remporter notre première victoire. L'ambiance électro était assourdissante tandis que les spots offraient des jeux de lumière bleue et rose. Fabian me suivait à chacun de mes déplacements, repoussant les inévitables dragueurs inhérents à ce genre de lieux. Après un premier tour, la déception de ne pas apercevoir Ellian m'entraîna vers le bar. Je captai le regard désapprobateur de Fabian tandis que je commandais une bouteille de Whisky tout en songeant à demander une facture à l'intention de Philippe. Je m'imaginais parfaitement exiger le remboursement du prix de la bouteille soit 280 euros, en guise de frais de mission. Je proposai, juste pour la forme, un verre à Fabian qu'il s'empressa, bien sûr, de refuser. Eh bien tant pis pour lui !

Accoudée au comptoir, un troisième verre à moitié vide devant moi, je contemplai, dépitée, la salle bruyante quand enfin il fut là ! Des boucles blondes retenues par une paire de lunettes de soleil, un costume ivoire par-dessus une chemise noire moirée et une gueule d'ange. Enfin je pouvais mater Ellian Cutterfield. Grand et mince, la démarche souple, il possédait un fin collier de barbe, un nez droit et un regard sombre. La grande classe ! Bien évidemment, à ses pieds s'étendait un chapelet de femmes s'ingéniant à attirer son attention sur leurs corps volontairement dénudés. La convoitise se lisait sur le visage de tous les hommes croisant son chemin mais pas autant que le désir des femmes qui observaient la scène sans pouvoir y participer. Ainsi il me fallait abattre cet homme au sex-appeal incontestable. Mon geste allait faire nombre de malheureuses mais les dommages collatéraux ne devaient pas être un frein. Entouré comme il l'était, l'approcher risquait d'être difficile mais après un dernier regard dans sa direction, je continuais à croire que le jeu en valait la chandelle. Etirant mes lèvres dans un sourire carnassier, je sautai du tabouret de bar et me coulai vers lui, la bouteille de whisky et deux verres dans les mains. Majoritairement blondes, ses prétendantes ne virent pas d'un bon œil que je me faufile entre leurs corps ondulant au gré des rythmes de la sono. Quel moyen existe-t-il pour atteindre un people si ce n'est le culot ? M'approchant jusqu'à le toucher, je lui tandis un verre que je m'empressai de remplir en le fixant droit dans les yeux. S'il n'avait pas l'intention de l'accepter, je ne lui en laissais pas le choix. À mon tour je me servis puis trinquai en lui adressant un sourire plein de sous-entendus. Il but avidement la boisson et pendant qu'il avalait je réalisai brutalement que j'aurais pu me débarrasser de lui en quelques minutes à peine. J'aurais très certainement procédé à la mission la plus rapide de la Section. *Dommage.* En y songeant, le fait qu'il ait accepté le verre si facilement paraissait difficile à admettre. Ne connaissait-il pas l'acide gamma hydro-butyrique que les médias préféraient nommer la drogue du viol ? Se croyait-il intouchable au point de ne pas se méfier ? Ne savait-il pas qu'il existe quantité de poisons inodores et incolores pouvant provoquer une mort rapide ? À ses yeux pourtant, je n'étais qu'une femme. Une de plus parmi ses groupies. Pleine de sensualité et désireuse de m'offrir à lui. Voilà sa faiblesse. Il ne devait pas être en mesure de me considérer comme une ennemie et c'était à ses risques et périls. Je me détournai soudainement, rompant le contact entre nos deux regards. En me voyant disparaître, il ne comprit pas qui venait de tomber dans le piège le plus rudimentaire qu'il soit. Celui qui consiste à exprimer ses désirs et puis les nier. En mettant le plus de distance possible entre nous, je provoquais son intérêt. Aussi est-ce sans grande surprise que je sentis sa présence derrière moi quelques instants plus tard. Fabian nous observa sans broncher pendant que, aguicheuse au possible, je me trémoussais devant Ellian. Le piège venait de se refermer sur notre victime. L'alcool aidant, l'homme parut apprécier d'être dragué de la sorte et parallèlement avec pas loin de 1.5 gramme d'alcool dans le sang, je n'avais qu'une envie : celle de me laisser aller malgré le regard brûlant de Fabian. Je pouvais parfaitement imaginer la nuit qui se serait profilée si je n'avais pas eu de binôme, mais à mon grand regret il me fallait quitter Ellian sans avoir pu caresser sa peau ambrée et sentir ses boucles soyeuses sur mon corps. Je ne souhaitais surtout pas que Fabian soit à nouveau témoin de ma faiblesse. Je ne voulais pour rien au monde qu'il détienne plus d'emprise sur moi qu'il n'en avait déjà. Je délaissai donc ma victime, lui offrant sans qu'il le sache un sursis. Il ne comprit probablement pas la raison de ma fuite mais ne fit pas de commentaire. Dans un dernier geste, il glissa sa carte dans mon décolleté et m'effleura d'un baiser tout en laissant ses doigts fins dans l'échancrure de mon bustier bien plus longtemps qu'il n'était nécessaire. J'eus soudain l'odieuse impression d'être une pute remerciée pour ses services, mais n'en laissai rien paraître. Après tout, c'était moi qui avais commencé.

Le retour se fit presque dans les mêmes conditions que l'aller mais pas pour les mêmes raisons. Dans l'angoisse de provoquer une nouvelle dispute je préférai rester silencieuse et à aucun moment Fabian ne m'adressa la parole. Nos relations semblaient monter crescendo dans les difficultés. Selon moi nous n'avions que deux issues possibles : coucher ou s'entretuer. Et tandis que nous traversions Cannes juste avant l'aube, je ne parvenais pas à déterminer qui ferait le premier pas.

Je patientai deux jours avant d'appeler Ellian. Rien ne servait de précipiter les événements, d'autant plus que Fabian et moi devions régler nos comptes. Mon collègue, habituellement prompt à sourire, gardait un air maussade depuis notre sortie en boîte. Plus aucun arrangement ne semblait lui convenir tandis que nous devions réfléchir aux ultimes détails de la mort d'Ellian. Nous finîmes par nous mettre d'accord sur le fait que nous n'exécuterions pas notre cible tant que nous n'aurions pas la preuve de ses méfaits quels qu'ils soient et pour cela le travail sur le terrain risquait d'être ardu. La mise sur écoute de son téléphone ne nous prodigua aucun élément intéressant à l'instar de notre filature. Ce ne fut qu'après avoir repris contact avec Ellian que Fabian tenta de renouer une entente cordiale entre nous. Je ne parvins pas à comprendre ce revirement de situation mais il me paraissait plus acceptable de faire une trêve plutôt que de continuer à s'ignorer de la sorte. Quand Ellian décrocha, nulle trace de surprise ne se fit entendre lorsque j'énonçai mon nom et lui rappelai les circonstances de notre rencontre. Bien évidemment, il me fit comprendre à demi-mot qu'il s'attendait à mon appel. C'était ce que l'on pourrait qualifier comme étant « le charme irrésistible d'Ellian Cutterfield ». Pour ma part je préférais qu'il soit dupe de mes intentions ; aussi me gardai-je bien de mener la conversation. Je ne souhaitais qu'une chose : parvenir à pénétrer dans sa villa. L'heure de sa mort n'était plus qu'une question de planning. Il m'invita pour une soirée spéciale à l'Eden Rock Hôtel du Cap d'Antibes trois jours plus tard puis parut soudainement se raviser. Pétrifiée à l'idée qu'il ait pu concevoir des doutes sur mon identité, je patientai tout en réfléchissant aux implications que cela aurait. Quand il reprit à nouveau de la voix, son ton badin s'était fait plus grave. Il me proposa alors de venir dîner le soir même chez lui afin de mieux se connaître, me confiant par la même occasion qu'il devait s'absenter la semaine suivante pour affaire. J'acceptai volontiers l'invitation puis, après avoir fait semblant de noter une adresse que je connaissais déjà, je raccrochai, impatiente à l'idée de percer ses secrets.

Fabian ne fit aucun commentaire sur ma tenue ; pourtant, la finesse de ma chemise noire offrait une vue à peine voilée de la dentelle de mes dessous. Pour le reste, je restai soft : un jean taille basse laissant deviner le motif tribal tatoué sur ma hanche. Je perçus le regard oblique de mon collègue regardant le dessin complexe qui striait ma peau, il ne paraissait pas surpris outre mesure mais son intérêt n'en était que trop évident. Optant pour le silence, je fis en sorte de ne pas croiser son regard, je n'avais pas l'intention de me dévoiler plus.

La résidence d'Ellian Cutterfield, d'une surface de 300m², datait du début du siècle dernier. Rénovée et aménagée avec goût, elle possédait sept chambres, trois salles de bain, une cuisine d'été, un garage double, un pool-house, une piscine chauffée de 9m sur 15 et un jardin, entretenu à la perfection, devant offrir une agréable fraicheur durant les chaudes après-midi estivales. D'une valeur approximative de 3 millions d'euros, la propriété jouissait d'une vue exceptionnelle sur le

Cap d'Antibes et la région cannoise. Le propriétaire m'accueillit le plus naturellement possible, comme si nous nous connaissions depuis longtemps et ce fut avec cette même désinvolture qu'il ignora superbement mon supposé garde du corps. Je pus constater dans la raideur des gestes de Fabian combien il aurait préféré sortir son magnum et en finir avec l'héritier de la famille Cutterfield. Cependant, je le laissai se rasseoir dans la voiture et patienter jusqu'à ce que j'aie à nouveau besoin de ses services. Bien entendu je possédais un mouchard sur moi, simplement pour le cas où les choses ne se dérouleraient pas comme nous l'avions prévu. Ellian entreprit de me faire visiter les lieux, sans se douter à quel point cela me facilitait la tâche ! Notre conversation tout d'abord axée sur l'architecture du bâtiment prit un autre tournant lorsqu'il entreprit d'en savoir un peu plus sur son invitée. Le mensonge que je lui servis était appris de longue date ; malheureusement pour lui, il restait très peu de personnalités dont je ne connaissais l'existence. Mon rôle était d'éradiquer les ennemis de l'État et par conséquent le monde politique et mondain ne gardait que très peu de secrets pour moi. Il fut donc facile de lui procurer nom et titre afin de faire taire ses interrogations. La soirée se déroula dans une entente cordiale, même s'il eut certainement préféré reprendre les choses où nous les avions laissées deux jours plus tôt ; mais alors les convenances n'auraient pas été respectées. Nous dînâmes dans un ballet de serviteurs, essayant de nous connaître un peu mieux ; du moins était-ce ce qu'il tentait de faire ; pour ma part, il allait me falloir plus qu'une conversation anodine pour apprendre les détails qui me manquaient. La fin du repas touchait à sa fin quand la perspective d'une soirée plus intimiste se profila. Je tentai de réfléchir rapidement afin de ne pas me laisser embarquer dans des suggestions non refusables quand mon portable sonna. Sans surprise, Fabian me proposait de me sortir du pétrin et je l'en remerciai intérieurement. Ma conversation téléphonique coupa court aux gestes sans ambiguïté d'Ellian me permettant ainsi de maintenir une certaine distance entre nous. Après avoir raccroché, je m'excusai en lui annonçant mon départ imminent, sans pour autant lui offrir une raison valable. À mon sens, l'intérêt résidait dans l'art du secret. Mon hôte ne tenta pas de me retenir. Cependant, en m'ouvrant la porte il se rapprocha de moi, le souffle court. L'espace d'un instant nos corps se touchèrent et je sentis dans son baiser l'intensité de son désir. Pourtant, lorsque je me dérobai à son contact, nul reproche ne se lut sur son visage. Il me raccompagna jusqu'à la Bentley qui patientait à l'extérieur de la résidence et Fabian eut la prévenance de ne pas en sortir. Ellian profita de l'obscurité pour me plaquer contre la portière arrière et caresser mon corps de ses mains douces. Là, à la fraîcheur de l'air marin, adossée contre une voiture de location, la scène me révolta. L'homme que j'avais aguiché deux jours plus tôt me démontrait les intentions résultantes de mon geste et je devais en supporter les conséquences. Je le repoussai gentiment, ne souhaitant pas le vexer. Dans un souffle il m'annonça que la veille de son départ il organisait une fête chez lui et qu'il souhaitait m'avoir à ses côtés, ce que je m'empressai d'accepter. Il ne pouvait pas deviner que ce serait son dernier jour et dans un sourire carnassier je lui promis d'être entièrement disponible pour lui. Lorsqu'il referma la porte et que Fabian fit démarrer la Bentley, le soulagement m'assaillit. J'étais persuadée que coucher avec Ellian ne m'avancerait à rien, l'homme n'était pas du genre à faire étalage de ses agissements. Mais quoi qu'il cache, j'allais le découvrir. Je restai muette durant le trajet, de toute façon Fabian avait déjà tout entendu. Ce ne fut qu'après m'être douchée que je tentai une approche auprès de mon collègue.

Il me semblait que nous devenions un vieux couple en sursis, en proie au doute et à la jalousie, mais malgré tout attaché l'un à l'autre. Habillée d'un vieux tee-shirt et d'un short, les cheveux encore humides, je proposai à Fabian de louer un film sur la VOD. Tandis qu'il se saisissait du sandwich acheté dans un drive, il me rejoignit sur le canapé. Je débutai la lecture de « Lord of War » où Nicolas Cage incarne un vendeur d'armes peu scrupuleux. Fabian s'endormit avant la fin du film à demi avachi sur moi, la tête reposant sur mon épaule. Etrangement sa présence me rassurait, et bien après que les dernières notes du générique aient retenti je n'osais toujours pas bouger de peur de le réveiller et de perdre son contact.

Nous avions deux jours pour tenter de percer les secrets d'Ellian avant la fameuse soirée Jet-Set organisée par ses soins. Le piratage de son PC n'ayant rien donné tout comme la filature, il ne nous restait que très peu de marge de manœuvre. Pourtant, la chance se profila lorsque notre victime reçut la confirmation de son vol sur sa messagerie de portable. Les références inscrites nous offraient la possibilité de nous connecter sur le site d'Air France afin de connaître sa destination. Ellian avait prévu plusieurs escales à quelques jours d'intervalle et ce, à travers l'Asie. Bangkok, Phnom Penh et Manille étaient les destinations de choix de notre victime et rien n'aurait attiré mon attention si les trois capitales citées n'étaient pas mondialement réputées pour le tourisme sexuel qui s'exerçait en ces lieux. Certes rien ne pouvait mettre en doute l'innocence d'Ellian Cutterfield, cependant comment ne pas s'interroger sur les raisons qui poussent un franco-américain à faire halte précisément là où la misère humaine côtoie l'horreur. Etant classé en troisième position des commerces illégaux derrière la drogue et les armes, l'esclavage sexuel faisait partie des plus rentables en rapportant chaque année aux gouvernements concernés plusieurs milliards de dollars. Bien entendu la manne financière favorisait le fameux cercle vicieux de l'offre et de la demande. Ne pouvant aller plus loin dans nos investigations, Fabian et moi décidâmes de patienter jusqu'à la réception, les dernières preuves ne devaient pas être bien difficiles à trouver.

Le lendemain, tandis que j'inspectais mon sac à main en y rangeant mon Beretta, Fabian me tapa sur l'épaule dans un geste à la fois macho et protecteur ; pourtant dans son regard, je pus seulement lire la confiance et les encouragements qu'il tentait de me transmettre. Nous savions tous deux que je serais très certainement seule face à Ellian au moment de sa mort mais le soutien de mon collègue m'aidait sensiblement. Dans la Bentley, les puissants haut-parleurs furent malmenés tant j'avais besoin de m'abrutir avec des sons électro bien loin des accords symphoniques jaillissant du clavier d'Ethan... Ethan... des souvenirs douloureux affluèrent, je les repoussai violemment tandis que Fabian garait la voiture devant la résidence d'Ellian. Après un dernier regard à mon collègue, je me faufilai à travers la foule dense agglutinée dans le jardin. Une sono installée pour l'occasion déversait de la musique techno pendant que des serveurs se promenaient avec d'immenses plateaux garnis d'amuse-gueule et de coupes de Champagne. Je me forçais à sourire à tous ces inconnus pleins de fric et tentai de repérer l'hôte des lieux. Le regard d'Ellian parut me déshabiller tant il fut insistant. Trop heureuse de mon effet, je félicitai intérieurement le goût de Fabian qui m'avait déniché cette robe plus qu'échancrée et au tarif inconcevable.

Personnellement je trouvais que les paillettes étaient ridicules et qu'une si faible longueur frisait l'indécence ; cependant, le

120

style pétasse extravagante semblait plutôt plaire dans le milieu de la Jet-Set. *Tant mieux !* Ellian me présenta à nombre de ses amis, aussi finis-je par croire que jamais je n'aurais le champ libre pour mes recherches. Quand enfin les premiers rails de coke firent leur apparition, la perception que j'avais de ce milieu ultra branché prit toute son ampleur. La drogue modifia radicalement l'ambiance, transformant une réception guindée en lieu d'assouvissement de plaisirs aussi dépravés qu'avilissants. Pour une fois où l'alcool et la drogue n'étaient pas un obstacle à ma mission, je me délectais à l'idée de poursuivre mes investigations. Ellian me proposa une dose de cocaïne et ne pouvant guère refuser, je tentai donc de sniffer sans pour autant inhaler l'intégralité. De vieilles sensations ressurgirent en moi, cela faisait bien longtemps que je n'y avais plus touché. Prétextant une nécessité rudimentaire, je délaissai mon hôte afin de pénétrer dans la résidence. La reconnaissance des lieux ne fut pas bien difficile puisque la visite guidée m'avait été fournie quelques jours plus tôt. Le bureau d'Ellian n'était même pas fermé à clef ; décidément, les ennemis de l'État se sentaient en parfaite sécurité de nos jours. Dans les nombreux tiroirs de son cabinet de travail, aucun document ne paraissait suspect hormis le relevé bancaire d'une banque Suisse dont le solde dépassait les 21 millions d'euros. Pourtant, cela ne constituait pas une preuve. Constamment aux aguets, j'entrepris d'allumer le Mac qui gisait sur sa table de travail. Après l'initialisation de la page de démarrage, je cliquai sur les différents icônes du bureau sans grand succès puis fis une recherche internet des derniers sites visités. Bien évidemment le site d'Air France faisait partie de la liste mais je pus également constater le nombre conséquent d'ouvertures d'une page web appartenant à une agence de tourisme américaine qui proposait des destinations exclusives pour découvrir le charme de l'Asie. Et par charme de l'Asie il sous-entendait sans aucun doute possible la peau douce des fillettes que l'on peut mettre dans son lit pour quelques dollars. Les codes préenregistrés permettaient d'accéder à la page de gestion du site, révélant ainsi qu'Ellian en était le propriétaire. Les pièces du puzzle étaient en train de s'imbriquer les unes aux autres. Je fis tout de même un petit tour dans le répertoire de sa messagerie, histoire de vérifier le nom de ses contacts puis, alors que des pas retentissaient dans l'escalier, je fis défiler les derniers mails consultés. Quand la voix d'Ellian retentit derrière moi, je sentis mes cheveux se hérisser sur ma tête tandis qu'une sueur froide me glaça le corps. En me retournant je ne pus que constater à quel point il était sobre, certainement trop habitué à inhaler des rails de came pour se défoncer si vite. La gorge sèche, j'attendis une réaction de sa part. Cette dernière ne tarda pas et contrairement à son attitude posée ce fut une explosion de violence qui m'assaillit. Il ne fut pas difficile de parer les premiers coups ; cependant, la force d'Ellian paraissait décuplée. Je sentis ma lèvre inférieure se fendre quand il me frappa avec son coude et malgré la douleur qui m'irradiait alors qu'il s'acharnait à me rouer de coups, je parvins à lui saisir les cheveux et à rejeter violemment sa tête en arrière. Un instant il s'arrêta puis tandis que je me déplaçai derrière lui, je vis la seringue qu'il avait lâchée sous l'effet de la surprise. Le souffle court, j'essayai de maintenir ma victime tout en m'étirant afin de récupérer la drogue. Ellian en profita pour se contorsionner et se libérer de la pression que j'exerçais sur lui. Les yeux injectés de sang, il se rua à l'extérieur de la pièce mais je le rattrapai après m'être saisie de la seringue. Le frappant dans le dos à l'aide d'un masque africain arraché du mur, je le traînai jusque dans la salle de bain la plus proche. Presque trop heureuse d'y trouver de l'héroïne, je m'enfermai à double tour puis profitais de son

122

état d'hébétude pour lui injecter l'intégralité de la seringue qui devait être un speed-ball, tout du moins j'osais l'espérer. Ellian se réveilla au contact de l'aiguille que je lui plantais dans la jugulaire et tandis que le mélange s'infiltrait dans son corps, se déchaîna jusqu'à me broyer l'épaule gauche. Sous le choc, je crus perdre connaissance mais cela aurait signé mon arrêt de mort. Dans un dernier sursaut d'espoir, je me saisis du sachet d'héroïne et l'éventrant entièrement, je le plaquai sur le visage d'Ellian en le maintenant fermement afin qu'il inhale son contenu. Les secondes qui s'égrenèrent me parurent dangereusement longues, puis quand ma victime s'effondra au sol je poussai un profond soupir. Sa perte de connaissance me laissa le temps de diluer une nouvelle dose de drogue dans une seringue puis je lui injectai de quoi faire une overdose ; je m'assis en face de lui et patientai jusqu'à sa mort. Les premières difficultés respiratoires ne se firent pas attendre provoquant alors une cyanose de sa peau. Son corps se recouvrit de sueur tandis que, pris de vertiges, il ne parvenait plus à se relever. Je le contemplai jusqu'à ce qu'enfin sa respiration saccadée s'arrête. Alors seulement, je me penchai sur le corps inerte et affreusement pâle pour tâter un pouls qui n'existait plus. Des larmes perlèrent dans mes yeux mais je les chassai rageusement. C'était bien la première fois que je me retrouvais dans une telle merde durant une mission. Comment avais-je pu être si près de l'échec et parallèlement si près de la mort ? En déverrouillant la porte, une once d'angoisse me saisit : je ressentais encore la drogue dans mes veines et comme un ancien drogué en ressent plus fortement les effets après une longue abstinence, je compris qu'il me faudrait combattre les hallucinations visuelles et auditives qui tentaient d'égarer mon esprit. Maîtrisant difficilement mes perceptions, je ne fus pas en mesure d'échapper à l'homme qui se tenait dans l'encadrement de la porte. Son visage me resta invisible mais lorsque je sentis ses mains s'abattre sur mon crâne, je me sentis glisser dans l'inconscience ou peut-être vers la mort.

5 Nordine Bengacem

– Naïva, allez putain ! Naïva, ouvre les yeux !

La voix de Fabian me vrillait les tympans, c'en était insupportable. Ne pouvait-il pas la boucler, bordel ! Le corps détraqué et des maux de tête à en vomir, mais qu'il me foute la paix...

– Naïva, faut pas que tu lâches ! Allez, regarde-moi... Fais des efforts, bon sang !

–Humm...

Mais pourquoi tant de haine ? Je n'étais pas en mesure de faire des efforts et pas même capable de lui répondre... Que voulait-il ? Je n'arrivais pas à ouvrir les yeux, pas plus que je ne pouvais ouvrir la mâchoire... Mais que m'avait-il fait ? Une fois de plus Fabian me parlait, je ne comprenais pas ce qu'il me disait, ça allait trop vite.

– Naïva, on est poursuivi, accroche-toi je vais le semer...

– Hein ?

Je n'étais pas en mesure de penser. L'espace d'un instant il me semblait même que mon corps ne me fournissait plus aucune information. La voix de Fabian cessa de retentir, tant mieux !

Je sentis des secousses tandis qu'à retardement je captai des hurlements... Ou bien était-ce autre chose ? À nouveau l'inconscience s'empara de moi...

– Naïva ? Naïva, c'est moi, Fabian. On est en sécurité pour l'instant, je vais m'occuper de toi. Attends, ne bouge pas, je vais t'aider...

Je perçus les mains de Fabian sur mon corps, puis plus rien.

À mon réveil, une intense fatigue parcourait l'intégralité de mon être. Comment avais-je pu en arriver là ? Le silence fut interrompu par un soupir non loin de moi. Aussi, tentai-je de tourner la tête pour voir qui se tenait à mes côtés. Je découvris Fabian, assis sur une chaise, je ne pouvais observer ses traits à cause du contre-jour, pourtant je savais qu'il me regardait. Je gardai le silence, attendant de comprendre la situation. Mes derniers souvenirs comportaient mon combat avec Ellian et en y réfléchissant bien, je n'étais pas certaine d'avoir réussi ma mission. L'endroit où je me trouvais ne me rappelait rien, nous n'étions donc pas au Sunset Hôtel. Fabian s'approcha de moi et posa sa main sur mon front. Après seulement il prit la parole. Ses mots jaillissaient avec difficulté, comme si le rappel des évènements lui était douloureux.

— Naïva, nous sommes dans un hôtel proche de l'aérodrome de Cannes, nous sommes en sécurité mais pas pour longtemps. Je ne sais pas ce dont tu te souviens, mais sache que nous avons été démasqués. Je ne sais pas comment cela se fait, mais à l'heure qu'il est nous sommes recherchés probablement par les agents infiltrés de la Section.

Fabian se passa les mains sur le visage puis reprit.

— Pour patienter, après t'avoir déposée chez Ellian, je suis allé faire un tour dans le quartier, histoire de me dégourdir les jambes. À l'arrière de la propriété, dans une rue parallèle, un groupe de trois hommes, tous en costard, semblait guetter les alentours. Leur attitude paraissait suspecte ; aussi ai-je attendu en retrait qu'il se produise quelque chose. En entendant dans l'oreillette ton combat avec Ellian, l'angoisse me saisit, car c'est à ce moment précis qu'ils se sont dirigés vers la maison. J'ai tenté de les devancer, mais quand je suis arrivé à l'entrée de la propriété, l'un d'eux montait déjà les marches du perron tandis que ses collègues avaient neutralisé les vigiles à l'entrée. Je n'ai pas fait dans la dentelle, j'ai tiré à bout portant sur le premier puis je me suis retrouvé face-à-face avec Clément Roche.

Fabian patienta le temps pour moi d'ingérer la nouvelle.

Clément Roche faisait partie de la Section. Je travaillais à ses côtés depuis combien de temps déjà ? Trois ou quatre ans, peut-être.

– Je n'ai pu reconnaître l'homme que j'ai abattu, je ne pense pas que nous le connaissions, mais peu importe. C'est un mouvement de foule qui a bousculé Clément, j'en ai alors profité pour foncer vers la résidence. Les sirènes de la police et du Samu retentissaient déjà dans le quartier quand je pénétrai à l'intérieur. En te voyant à terre, j'ai cru que c'était foutu. Inerte, du sang répandu autour de toi... Tandis que le troisième mec t'achevait à grands coups de pied. Je me suis avancé sans bruit pendant que ce gros porc soufflait sous l'effort et j'ai braqué mon flingue contre la tempe de cet enfoiré. Je lui ai défoncé la cervelle sans même qu'il se soit rendu compte de ma présence. Tu étais presque morte... Je t'ai portée jusque dans le jardin et j'ai traversé la foule agglutinée. Un flic a tenté de me barrer la route mais je lui ai montré ta figure en plaidant la nécessité des soins, il m'a laissé passer mais au lieu de te conduire dans le fourgon du Samu, je t'ai posée dans la Bentley. Te conduire à l'hôpital aurait signé notre arrêt de mort. Clément n'est pas à ça près, peu importe pour lui de nous flinguer dans un lieu public. D'ailleurs il nous a pris en chasse, mais heureusement pour nous, sa Golf n'a pas tenu le choc.

Fabian eut un petit sourire ironique quand il continua.

– Les 500 chevaux de la Bentley nous ont sauvés et dire qu'il existe des gens qui dénigrent ce genre de voiture. Même si le cœur n'y était pas, j'essayais de lui rendre son sourire, sans pour autant être sûre d'y être parvenue.

– Je me suis arrêté dans le premier hôtel que j'ai trouvé et tandis que je te laissais dans la voiture pour régler une chambre je n'avais qu'une appréhension, celle qu'il nous retrouve ; mais je n'avais pas le choix, tu nécessitais des soins et tu n'aurais pas supporté un trajet plus long. En revenant vers toi, ton teint pâle m'a bien fait croire que c'était trop tard mais en te saisissant tu as vomi et là j'ai su que les emmerdes n'étaient pas terminées. Faudra faire lessiver la caisse avant de la rendre, mais bon… Naïva, je sais que ça ne me regarde pas, mais… Tu t'es déjà droguée auparavant ? Non, attends, tu n'es pas obligée de répondre. Simplement, les effets que ça t'a induits me semblent particulièrement importants et je pensais que…

Pouvais-je vraiment lui mentir ? De toute façon quoi qu'il dise, je savais qu'il connaissait déjà la réponse. Je baissai les yeux, honteuse. Fabian posa alors sa main sur mon épaule puis prononça des mots encore plus douloureux.

– Naïva, il y a encore autre chose… Tu étais enceinte, n'est-ce pas ?

– …

– Je suis désolé de te le dire comme ça, mais je crois tu as fait une fausse-couche, probablement la drogue… ou les coups ?

Il y a des choses qui ne devraient pas être dites. Il y a des situations qui sont pires que tout et, quand ça arrive, on sait qu'on ne pourra jamais tomber plus bas. Et moi, j'en étais là. Des larmes coulèrent, mais de toute façon, paraître encore plus lamentable aux yeux de Fabian ne me faisait plus rien. Mon collègue s'assit sur le lit et se pencha jusqu'à me prendre dans ses bras. Il m'offrait un abri pour déverser ma peine et même si je n'eus pas le courage de le remercier, je profitai de son épaule pour pleurer sans honte.

Il était treize heures. Fabian posa son arme devant moi avant de quitter la chambre étouffante sous la chaleur estivale. Je l'avais supplié de m'emmener avec lui, mais il n'avait rien voulu savoir. Il souhaitait retourner au Sunset Hôtel pour récupérer nos affaires puis rendre la Bentley. Prétextant le fait que je n'étais pas en mesure de me lever et que par ailleurs je n'avais rien à me mettre, il me laissa seule. Je caressai un instant le magnum froid de Fabian tout en songeant au calibre 9 que j'avais probablement oublié chez Ellian. Mais quelle importance à présent ?

L'attente du retour de Fabian fut horriblement longue et quand enfin la clef tourna dans la serrure, je poussai un soupir. Mon collègue m'offrit un Coca à défaut de pouvoir manger un sandwich puis me proposa de m'aider à m'habiller. J'acceptai, plus aucune notion de pudeur ne pouvait me retenir puisqu'il m'avait intégralement déshabillée la veille. Il m'avait d'ailleurs certainement lavée car aucune trace de sang ou de vomi ne trahissait ma bavure et je le remerciai intérieurement pour sa discrétion. En découvrant mon visage dans la glace, je parvins difficilement à me retenir au lavabo. La moitié gauche était complètement bleue et de nombreuses entailles couturaient ma peau. Quelques-unes d'entres elles auraient mérité des points de suture mais c'était trop tard. Je ne pouvais plus me servir de mon épaule droite. De plus j'avais probablement plusieurs côtes cassées. Les lésions internes devaient être nombreuses d'après l'hématome qui s'était formé sur mon abdomen mais ce qui comptait était de quitter Cannes et de rejoindre la Section le plus rapidement possible. Fabian me porta jusqu'à la Golf qui patientait sur le parking et dès qu'il tourna le contact je me sentie apaisée. J'étais en sécurité. Je m'endormis avant même que Fabian ait pu emprunter l'autoroute qui nous ramènerait chez nous.

23h sonnaient lorsque nous pénétrâmes dans la région parisienne. Fabian me proposa de rester dormir chez lui, pouvais-je seulement refuser ? Moi Naïva ! Une once de désespoir s'empara de moi, j'inspirais la pitié. Le regard de Fabian trahissait ses sentiments à mon égard de la même façon que s'il avait prononcé tout haut ma déchéance. La grande et dangereuse Naïva s'enfonçait dans sa faiblesse. Mes rugissements s'étaient tus et d'indomptable j'étais passée à méprisable. La régression était difficile à accepter. Aurais-je seulement le cran de me présenter devant Philippe dans cet état ? Son soulagement de ne plus être mon amant se lirait sur son visage et ses paroles, aussi bien pensantes seraient-elles, ne feraient que juger de mon incapacité à mener ma vie. Ma vie… Deux mots vides de sens. Il me faudrait bannir à tout jamais de mon esprit ces quelques cellules mortes qui auraient pu être un enfant… Le nom d'Ethan flotta un instant dans l'air et un sourire désabusé parcourut mes lèvres. Peut-être mon inconscient souhaitait-il me faire entrevoir une autre route ? Cependant, il me paraissait inutile de tenter de comprendre comment j'avais pu faire une chose pareille. Et quoi qu'il en soit, la question ne se posait plus, d'ailleurs qui aurait envie que je sois la mère de ses enfants ? Un reniflement de dédain me força à regarder les choses en face, que me restait-il à présent ? Rien, j'étais seule.

La voiture s'arrêta, stoppant en même temps mes tergiversations. Nous étions garés devant un portail noir éclairé faiblement par deux lanternes de chaque côté. La voix de Fabian résonna étrangement dans l'habitacle, peut-être parce qu'il n'y avait plus de musique.

– Nous sommes arrivés. Je te ramènerai chez toi demain après l'entrevue avec Philippe.

J'acquiesçai. De toute façon je n'avais pas vraiment le choix, à moins de faire un caprice… Je me tus et me laissai guider par mon collègue au regard compatissant, honteuse. Pourtant je persistais à croire que le seul avantage de savoir que l'on est au fond du gouffre c'est qu'il suffit d'un pas pour commencer à remonter. La main de Fabian se serra sur mon bras pour me soutenir, il m'aidait à faire ce premier pas.

La chambre d'ami dans laquelle il m'installa était composée d'un lit double, d'une armoire et d'un petit secrétaire en chêne. Je profitai avec un soulagement certain de la salle de bain attenante avant de m'enfoncer dans les draps sentant bon la lavande, il serait toujours temps de réfléchir à ma situation affligeante plus tard.

Je me réveillai en sursaut tandis que le réveil indiquait 5h37. Le guépard en moi rugissait. Je patientai, le cœur battant, que les échos de sa course disparaissent, en guettant les bruits qui rompaient le silence de l'aube. Rien. Il n'y avait rien hormis la pluie battant contre les volets clos. Je me hasardai à éclairer la petite pièce aux murs tapissés de lés pourpres tachetés d'écriture asiatique. En tendant l'oreille je perçus la voix de Fabian donnant la réplique à sa femme dont le timbre clair trahissait la douceur. Quelques instants plus tard, j'entendis les bruits familiers de la vaisselle matinale ainsi que le poste de télé allumé en sourdine. Je descendis l'étage qui me séparait de la cuisine puis pénétrai dans la pièce aux proportions agréables dont la baie vitrée offrait une vue sur un jardin privatif. Fabian et sa femme étaient assis l'un en face de l'autre, ils observaient les images télévisées tout en se tenant la main. Ma gorge se serra. À mon approche Fabian tourna la tête puis m'accueillit comme si ma présence était tout à fait ordinaire et le sourire compatissant de la femme blonde aux yeux verts qui se présenta, égratigna mon égo. Habituellement les regards féminins trahissaient la jalousie ou tout du moins une crainte respectueuse, mais malheureusement je ne pouvais plus me gausser de posséder une attitude fière et déterminée. Non, j'étais devenue une loque... J'acceptai poliment la chaise qui me fut offerte et tâchais de remercier Isabelle pour son hospitalité. Fabian était déjà habillé tandis que sa femme était en robe de chambre élimée et en l'observant un peu plus je crus deviner une grossesse débutante. La jeune femme capta mon regard puis m'adressa un sourire poli avant de me proposer une nouvelle tasse de café que je déclinai. Je n'avais plus qu'une seule obsession, quitter la demeure de Fabian et Isabelle Delbart et m'enfermer chez moi avec une bouteille de scotch ou pourquoi pas du rhum ? L'amabilité de cette femme était plus que je ne pouvais supporter, mon collègue n'aurait jamais dû m'amener ici. Sa vie de couple me révoltait et notre relation semblait dès lors biaisée. Croyait-il m'éloigner de ses pensées en me présentant sa femme, pensait-il que j'aurais plus de remords à coucher avec lui sachant que je connaissais la courbe gracieuse de son visage serein ? L'attente ne fut pas bien longue avant qu'il me propose de retourner à la Section et je fus soulagée de saluer Isabelle avant de disparaître dans la Golf de Fabian. Je ne pus m'empêcher de les regarder s'embrasser sur le seuil de la porte, c'était dérisoire : l'image même du vieux couple. Quand la main de Fabian se posa sur le ventre de sa chère et tendre j'eus alors la réponse à ma question. Eh bien ! S'ils avaient décidé d'être parents cela les regardait mais qu'il ne vienne pas ensuite pleurnicher sur la monotonie de sa vie matrimoniale ! Quand nos regards se croisèrent tandis qu'il attachait sa ceinture je crus pourtant percevoir une once de mélancolie, mais peut-être me trompais-je ?

J'aurais aimé entrer dans les bureaux de la Section en crânant, en exposant mes blessures afin de m'en vanter. J'aurais aimé leur prouver à tous combien je méritais mon statut de tueuse impitoyable mais comment paraître crédible quand votre collègue vous soutient par le bras et vous jette des coups d'œil affolés à chaque pas ? J'en étais là, avec la tronche violacée, les cheveux ébouriffés et la démarche digne d'une ivrogne. Mes collègues eurent la décence de se taire, du moins devant moi mais je ne me faisais aucune illusion sur ce qui se dirait tout bas. À l'intérieur du bureau de Philippe les choses seraient bien différentes car lui ne se gênerait pas pour me dire ses pensées. Et sans surprise j'eus droit à la plus insupportable leçon de conduite. Je dois avouer que je n'en menais pas large et Fabian, tout comme moi, faisait profil bas. Bien entendu, le meurtre d'Ellian Cutterfield faisait couler de l'encre et nos méthodes peu orthodoxes étaient pointées du doigt dans les journaux. Certes, nous avions accompli notre mission mais l'enquête menée pour déterminer les raisons de sa mort ainsi que l'identité des deux autres victimes nous assuraient des problèmes en perspective. Je regardais mon patron nous faire la leçon comme si nous étions deux adolescents inconscients et tout d'un coup je fus prise d'une envie de rire presque hystérique. Oui nous avions commis des erreurs, et bien évidemment nous n'en étions pas fiers, mais c'était sans compter sur le fait qu'une partie de la Section s'était retournée contre nous ! Ne pouvait-il pas ouvrir les yeux sur la situation ? Je perçus dans la rigidité de Fabian son agacement, qu'allions-nous faire ? Je ne comprenais toujours pas pourquoi mon collègue ne voulait pas mettre à jour la conspiration dont nous étions victimes mais je respectais son choix. Philippe nous aiderait à sortir indemnes de l'enquête mais à son regard je compris combien il était déçu. Je préférai hausser les épaules et considérer que je ne lui devais rien. Ce ne fut que lorsqu'il me détailla et inspira profondément avant de parler que je sus que j'allais morfler.

— Naïva, je te relève de tes fonctions pendant trois semaines. Prends des vacances, fais-toi soigner, tu reviendras quand tu auras de nouveau une gueule agréable à regarder.

Voilà, c'était dit.

— Quant à toi, Fabian, tu feras équipe avec Stéphane pendant les congés de Naïva et si tout se passe bien tu continueras avec lui.

– Et pourquoi ça ? Tu n'as pas le droit d'éclater les équipes comme ça ! Et puis comment veux-tu avoir des binômes cohérents si tu nous sépares au premier incident ?

– Naïva, c'est moi qui commande, je me passe de ton avis.

– Mais j'en ai rien à foutre que tu ne veuilles pas m'écouter, c'est hors de question que je change à nouveau de partenaire.

– Dehors !

Philippe s'était levé et en joignant le geste à la parole me montrait la porte. Je sautai de mon siège et contournai son bureau afin de l'attraper par le col tandis que Fabian tâchait de me retenir.

– Tu peux pas me jeter à la rue comme ça !

– Naïva, c'est de vacances dont je te parle…

– Je m'en fous de tes vacances, laisse-moi rester avec Fabian…

Je crois bien que j'aurais pleuré s'il n'avait pas répliqué.

– Va faire un tour chez tes parents, trouve-toi un mec et reviens quand tu seras capable de flinguer un gars sans ameuter toute la presse, OK ?!

Je serrai la mâchoire tant la haine déferlait en moi, je le haïssais pour ses paroles acerbes, pour son autorité pédante et surtout pour son manque de discernement vis-à-vis de la situation dans laquelle nous étions, Fabian et moi. Je relâchai sa chemise blanche et reculai d'un pas. Nos regards s'affrontèrent, je sentais la présence de Fabian dans mon dos, nous étions si proches que son souffle caressait ma nuque. Je baissai les yeux et contournai mon collègue afin de récupérer ma veste sur le dossier de la chaise puis ouvris la porte.

– Tu n'es rien pour moi, Philippe. Vraiment plus rien.

Je claquai la porte et m'enfuis. Le contact avec mon Hayabusa me réconforta un peu mais beaucoup moins par rapport à la chaleur du rhum que j'allais ingurgiter avant de sombrer.

La voix de Paulette retentit, calme et aimante, elle me rassurait. J'étais rentrée chez moi depuis trois jours et n'en étais pas ressortie tant l'alcool qui circulait dans mon sang me paralysait. La main de cette femme que j'aimais plus que ma propre mère me caressait le front, me procurant un bonheur indicible. Il me fallait me lever et tenter de survivre en dehors du boulot, mais en étais-je capable ? Qui étais-je hormis Naïva, reine de la Section ? Rien. Je ne pouvais pas me définir autrement puisque je n'avais pas de mari, pas d'amant, pas d'ami ; en fait, sans la Section je n'étais rien. Je regardai un instant la vieille femme au visage ridé et au regard bienveillant, méritais-je vraiment son amour ? Ses paroles n'étaient jamais blessantes, son attitude toujours égale, contrairement à celle qui m'avait élevée. Je poussai un soupir en repoussant mes couvertures et sans prêter attention aux exclamations de surprise de Paulette, je m'habillai en hâte. L'hématome qui s'était formé auréolait plus de la moitié de mon abdomen, mais il disparaîtrait... Ce n'est qu'en descendant dans la cuisine que je pris conscience des douze appels en absence inscrits sur l'écran de mon téléphone portable. Merde ! Je m'étais vraiment saoulée cette fois. Mon répondeur m'indiqua que cinq messages avaient été enregistrés, je lançai la commande vocale afin de les écouter. Le premier était de Fabian me demandant comment j'allais. Comment voulait-il que ça aille, bordel ! Je m'étais fait virer tandis que lui pouvait continuer à bosser. J'avais été insultée par mon patron tandis qu'il s'en sortait indemne, l'injustice me serra la gorge. Qu'il aille se faire voir ! J'effaçai rageusement le message puis écoutai le suivant. C'était de nouveau Fabian, me proposant de le rejoindre chez lui, aucun motif n'agrémentait sa demande. Je le supprimai, puis passai à la suite. Philippe me demandait de le rappeler, dans sa voix le remords perçait. Grinçant des dents, c'était hors de question que je reprenne contact avec lui, qu'il aille au diable. Après l'annonce du quatrième message la voix de Marc résonna dans l'écouteur. Des larmes perlèrent dans mes yeux, le mari d'Eva me proposait de venir dîner un soir chez lui. Je fus tentée de le rappeler immédiatement mais je fis tout de même défiler le dernier message. Isabelle Delbart se présenta puis m'avisa que Fabian avait laissé une enveloppe à mon intention et qu'il souhaitait vivement que je m'en saisisse. Elle n'en disait pas plus. Je fis une croix sur le dîner avec Marc, trop de questions se bousculaient dans ma tête. Je rappelai la femme de Fabian afin de lui confirmer ma venue, notre conversation ne dura pas plus d'une minute. Elle acceptait de me recevoir dans son pavillon à l'heure qui me convenait. 14H38 s'affichait sur l'horloge devant moi, il me faudrait probablement quarante-cinq minutes pour la rejoindre ; aussi récupérai-je les clefs de ma XK et mon sac à dos dans lequel je fourrai mon PC puis m'engouffrai dans ma voiture après avoir remercié Paulette pour ses bons soins. La conversation avec Isabelle Delbart me revint en mémoire tandis que je longeais l'avenue principale du quartier résidentiel où je vivais. Il me fallut plusieurs minutes pour comprendre ce qui me perturbait et ce ne fut qu'en empruntant l'entrée du périphérique que je compris : nous étions sur écoute ! Le crissement caractéristique qui trahissait l'utilisation de la ligne par d'autres personnes aurait dû me mettre la puce à l'oreille mais j'étais probablement encore trop alcoolisée pour réagir à temps. Je fis crisser les pneus de ma voiture en réalisant qu'elle avait commis la plus grave erreur qui soit : avoir prononcé son adresse complète ! Etait-il possible que Fabian ne l'ait pas briefée sur les risques que l'on encourt à vivre avec des gens tels que nous ? L'angoisse me saisit. Je profitai du moteur V8 suralimenté de mon coupé pour atteindre les

250 Km/h ; peu importait de me faire flasher puisque, quoi qu'il en soit, j'enverrais la prime en spéciale dédicace à l'espèce d'abruti qui possédait l'avantage exclusif d'être mon patron. Vingt-cinq minutes plus tard j'arrêtai le moteur de la XK devant la villa des Delbart. Rien ne perturbait le calme du lotissement hormis des aboiements lointains. Je récupérai le Beretta dans ma boîte à gants puis me ruai sur la sonnette. À mon grand soulagement je n'eus pas à attendre longtemps la réponse d'Isabelle. Cette dernière m'ouvrit via l'interphone, je me précipitai et alors qu'elle apparaissait sur le seuil un écho retentit. Cet écho particulier qui n'était que trop familier à mes oreilles. Isabelle s'effondra dans un bruit mat. Je sautai par-dessus le corps de la femme de Fabian puis agrippai son bras afin de la dégager hors du passage et fermer la porte. Du sang s'écoulait de la plaie et dans un dernier sursaut de vie, Isabelle tentait d'inhaler de l'air. D'un œil pragmatique je constatai que la blessure était parfaitement ciblée ; à n'en pas douter le cœur était touché, je ne pouvais que féliciter mon adversaire quant à sa dextérité. D'un autre côté je ne pouvais détacher mon regard du flot rouge qui filtrait sous la pression de mes doigts. Je maintenais Isabelle contre moi et tandis que le parquet s'imbibait de sang, je calmais ses tremblements. Lorsqu'elle cessa de lutter, son corps se détendit. Il me fallut quelques secondes avant de pouvoir me séparer d'elle et, en perdant son contact, la réalité reprit le dessus. J'écartai quelques mèches de ses cheveux poisseux, ses pupilles complètement dilatées me confirmèrent ce que je savais déjà. Je me relevai péniblement en m'éloignant du corps inerte de la jeune femme. Un rapide tour d'horizon me permit de mettre la main sur l'enveloppe qu'elle souhaitait me donner. De la même manière qu'elle ne s'était pas méfiée au téléphone, Isabelle avait laissé les documents sur la table basse du salon. J'étais déçue et en colère contre elle pour sa

naïveté qui venait de lui coûter la vie mais l'heure n'était plus aux remords ; à présent, seule comptait la vengeance. Je resserrai mes doigts autour de mon arme et patientai. À n'en pas douter, l'homme qui l'avait abattue chercherait à faire d'une pierre deux coups. Cachée dans le couloir menant au bureau de Fabian je perçus le bruit de la balle traversant le double vitrage de la fenêtre de la cuisine. Qui qu'il soit, il venait de signer son arrêt de mort. Emiettant les morceaux de verre afin d'atteindre la clenche, l'homme fit coulisser le panneau et pénétra dans la maison. Il n'était pas question de lui laisser une chance, pas plus que je n'avais de temps à perdre ; cependant, connaître son identité et les raisons de ce meurtre me poussaient à ne pas l'abattre sans sommation. Tapie dans l'ombre du couloir, je le laissai s'approcher de moi, écoutant ses pas hésitants et sa respiration saccadée. Reculant petit à petit jusqu'à me retrouver au milieu d'une pièce emplie de documents portant le sceau du Ministère de l'intérieur, je jetai brièvement un œil sur l'ordre qui régnait en ce lieu. Après m'être glissée sous le bureau, j'attendis que l'homme pose un pied sur le parquet de la salle de travail de mon collègue. Aucune hésitation ne fit tressaillir mes mains tandis que je visais sa cheville droite. Le son mat fut instantanément remplacé par celui, plus bruyant, d'un corps qui s'effondre. L'homme tentait de se retenir au chambranle de la porte, me laissant relativement perplexe. À bien des égards il me semblait lutter contre un novice tandis que sa balle brillamment tirée démentait mes suppositions. Je me relevai promptement, gardant le canon de mon flingue dans la direction de ma prochaine victime. En découvrant le visage de l'homme qui me faisait front, je crus défaillir. Samuel se tenait devant moi, son arme pointée à la hauteur de mon thorax. Ainsi il me faudrait abattre mes propres collègues.

– Qu'est-ce que tu fais là ?

Un sourire ironique se figea sur mes lèvres.

– Je te retourne la question.

– Fabian est un traître, je suis ici pour en finir avec lui.

– Et ça méritait d'abattre sa femme ?

Samuel me fixa intensément avant de répondre.

– On peut appeler ça un dommage collatéral ! Tu comprends parfaitement la teneur de ces mots, n'est-ce pas ?

– Mais bien évidemment car ce sera exactement le terme que je servirai à Philippe pour expliquer la présence de ton cadavre sur le parquet de Fabian.

– Naïva, pourquoi t'es-tu retournée contre nous ?

– Ecoute-moi bien Samuel, je n'ai pas le temps d'entendre tes conneries, alors soit tu passes à table et je t'abats sans douleur, soit tu te tais et tu souffres. La balle est dans ton camp.

– Tu n'es pas en position de force ma chère collègue car il me semble que tu as un canon pointé sur la gueule.

– Certes, en revanche je suis toujours debout, moi !

– Si tu abaisses ton arme on pourra peut-être discuter mais dans ces conditions je ne peux rien te dire.

– Samuel, crois-tu vraiment avoir affaire à une bleue ?

Je m'avançais jusqu'à toucher du bout du pied sa cheville baignant dans le sang. Une grimace de douleur apparut sur son visage tandis que je l'effleurai.

– Je veux tout savoir. Pour qui tu travailles et quel est ton intérêt d'avoir trahi la Section ?

– Naïva, je te le répète c'est toi qui est dans le faux. Allons, ouvre un peu les yeux ! Nous sommes entourés de documents du Ministère de l'Intérieur tandis que la Section fait partie des affaires judicaires. Fabian est une taupe et il a pour but de nous éliminer un par un.

– Ah, ouais ! Et bien évidemment étant son binôme, il m'abattra la dernière n'est-ce pas ?

– Arrête de faire l'abrutie, tu sais pertinemment ce que je veux dire ! D'ailleurs, le meurtre d'Eva est resté impuni si je ne m'abuse.

– Oui, parlons-en du meurtre d'Eva ! Dis-moi pourquoi ? Que pouviez-vous bien lui reprocher ?

Samuel perçut sans doute la peine contenue dans ma voix ; aussi reprit-il un ton plus affable.

– Je n'en sais rien. Peut-être avait-elle découvert la machination de Fabian et le rôle prépondérant du Ministère de l'intérieur sur nos missions...

– Tu mens !

– Je peux comprendre que ce soit difficile à croire, surtout avec tout ce que tu as vécu mais rends-toi à la raison. Fabian s'est infiltré au sein de la Section à la demande du Ministre de l'Intérieur qui, probablement, souhaite s'accaparer le pouvoir que représentent nos compétences, mais pour ce faire il doit trier notre effectif. Eva devait lui barrer le chemin, tout comme Lucas et Jérémy. Naïva, je ne sais pas ce qu'il t'a dit mais il t'a bernée, aussi aide-moi plutôt à me relever et amène-moi à l'hôpital, on aura tout le temps d'en parler dans la voiture.

Samuel me tendait la main gauche sans pour autant reposer son arme. Un instant j'eus envie de le croire, de me dire qu'il suffisait de se débarrasser de Fabian pour que tout redevienne comme avant. Mais était-ce seulement possible ? Je m'approchai prudemment de mon collègue, la plaie de sa cheville ne suintait plus mais la vision des fragments osseux éparpillés non loin de lui était difficile à soutenir. Bien évidemment il était aisé de le croire : Edouard Degrammont, Ministre de l'Intérieur et commanditaire du meurtre d'Ethan Lamberg, pouvait parfaitement souhaiter prendre sous son aile la Section pour servir ses intérêts propres. Cependant, si Fabian avait été sous ses ordres il paraissait peu probable qu'il me laisse alors foirer la mission et me sauve la vie après mon dernier échec. Seules des réponses au conditionnel comblaient mes lacunes, pourtant une certitude était gravée en moi, l'innocence de Fabian ne faisait aucun doute. J'acceptai la main de Samuel et l'aidai à se relever. Un sourire s'ancra sur son visage en sueur où la douleur n'effaçait pas totalement la jubilation. Ce n'est que lorsque je lui frappai violemment la cheville tout en lui maintenant l'avant-bras droit qu'il laissa échapper un cri. Il s'effondra à nouveau mais cette fois je me positionnai derrière lui et lui arrachai son arme que je jetai à l'autre bout de la pièce. Haletant, le corps moite, Samuel s'égosilla tout en essayant d'échapper à mon étreinte.

– Mais qu'est-ce que tu fous ?! Tu commets une grave erreur !
– Je veux savoir qui t'emploie… Je veux savoir qui a poussé Eva !

De rage je hurlai à son oreille, le canon de mon arme contre sa tempe.

– Va te faire foutre !
– Crève alors !

Je me relevai et le frappai à la base du cou puis, tandis qu'il se vautrait sur le parquet, je lui broyai la trachée d'un coup de talon. Lorsque sa respiration sifflante s'arrêta, je me détournai et quittai la pièce. Dans le couloir, le corps d'Isabelle était devenu livide et son regard fixe me fit frémir. Je m'enfuis de ce quartier résidentiel qui serait bientôt envahi de flics, tout en tenant fermement les documents que Fabian avait laissés à mon intention. La direction à prendre me fut donnée par la fiche descriptive de sa future victime, un certain Nordine Bengacem habitant la banlieue de Grenoble. En prenant l'autoroute A6, je composai un numéro de téléphone qui ne figurait pas dans mon répertoire mais que je connaissais par cœur. Je ne pris pas le temps de laisser parler mon interlocuteur et seuls deux mots furent prononcés avant que je raccroche : « C'est l'heure ». Une once de tristesse me parcourut que je remisai au plus profond de moi, à présent il ne me restait plus aucune entrave.

Sur les douze radars automatiques placés entre Neuilly-sur-Seine et Grenoble, onze eurent l'honneur de faire briller la carrosserie de ma XK. Peu m'importait que les primes trouvent leur place dans ma boîte aux lettres ou sur le bureau de Philippe, seule la survie de Fabian comptait. En quittant l'A6 à la hauteur de Lyon, je pris l'A43 puis l'A48 jusqu'à Voiron et stoppai ma voiture, la précipitation ne servait à rien. Je devais tout d'abord étudier le dossier qui s'étalait sur le siège passager. Le hasard me conduisit à l'hôtel-restaurant Les Cèdres, petit établissement de dix-neuf chambres vantant sa cuisine traditionnelle faite de produits du terroir. En toisant la façade beige entrecoupée par un balcon, le dépit s'empara de moi mais je n'avais pas de temps à perdre, n'importe quelle chambre ferait l'affaire. L'hôtesse d'accueil n'émit pas la moindre remarque vis-à-vis de mon allure débraillée et du sang qui auréolait mon tee-shirt gris ; seuls son sourire figé et ses mains tremblantes me confirmèrent ses craintes. Je cherchai rapidement une excuse à présenter mais rien ne me vint. Je haussai les épaules en gardant le silence. De toute façon je ne ferais pas long feu dans cet hôtel, il me fallait retrouver Fabian au plus vite. La femme rousse au tailleur strict me tendit un badge et mentionna le numéro de la seule chambre disponible puis tâcha de détourner les yeux des traces de sang sur mes vêtements. Je savais pertinemment que j'aurais du mal à passer inaperçue dans cette tenue mais mon départ n'avait pas été prémédité et je me retrouvais à présent dans un état lamentable sans avoir de quoi me changer. Je pris les escaliers et, parvenue devant ma chambre, je m'y engouffrai avec soulagement. Mon premier geste fut de m'enfermer dans la salle de bain et de prendre une douche brûlante ; puis, enroulée dans une serviette légèrement rêche, je frottai mes vêtements sales dans le lavabo avant de les déposer sur le rebord de la fenêtre et de les faire sécher au soleil. Les cheveux encore humides, je me jetai sur le lit double et entrepris de consulter les feuillets de Fabian. Les premières pages étaient des photocopies du dossier Nordine Bengacem. Agé de 27 ans, l'homme était français d'origine algérienne. Quatrième garçon d'une famille de sept enfants, Nordine avait été élevé dans une cité au pied de la place des Géants à Echirolles. Sans emploi, il vivait toujours dans le quartier de son enfance, louant un modeste appartement dans un immeuble de dix étages. Inscrit sur les registres de l'agence nationale pour l'emploi, il ne comptait à son actif aucun diplôme, aucun emploi, en somme aucune place sociale. Menacé à deux reprises d'être expulsé du processus d'insertion pour son absence lors des entretiens auprès de son agent assigné, il parvenait cependant à toucher le revenu de solidarité active, l'allocation logement, une prime forfaitaire au titre de l'allocation solidaire spécifique, la couverture maladie universelle ainsi que la couverture complémentaire. Par ailleurs il jouissait d'une exonération de taxe d'habitation ainsi que d'une réduction sociale téléphonique. Père de trois enfants, Nordine bénéficiait également des allocations familiales et leur complément ainsi que de l'allocation rentrée scolaire. En somme, le foyer de Nordine Bengacem déclarait chaque année un montant de 19802 euros. L'histoire aurait pu s'arrêter là. Nordine Bengacem aurait pu continuer à jouir de l'argent des contribuables et profiter de sa vie mais comme beaucoup, Nordine était gourmand et contrairement à d'autres, il possédait énormément de temps. Le numéro de sa plaque d'immatriculation correspondait à une BMW M5, 507 CV, d'une valeur de 103350 euros dont la date de première mise en circulation était du mois de juin dernier. Certes, avec un peu de sacrifices et un bon crédit il était possible de s'acheter une telle voiture ; cependant, ses comptes étaient indemnes d'opération bancaire de cette envergure. Non, Nordine Bengacem ne s'était probablement pas endetté pour faire l'acquisition de ce modèle très prisé dans les banlieues. Monsieur Bengacem possédait également une deuxième voiture : une Audi A8 suffisamment classieuse pour atteindre les 75000 euros. Alors non, Nordine Bengacem n'appartenait pas au groupe de chômeurs sans-le-sou, faisant ses courses chez LIDL et roulant en Logan : son budget véhicule dépassait de loin les 7600 euros demandés par Dacia !

Je m'étirai et me retournai sur le lit moelleux drapé de blanc. Comme chaque fois, le forfait de la cible n'était pas mentionné ; cependant, il me semblait déjà sentir des relents de drogues. Peut-être avait-il, comme beaucoup, commencé par le deal de cannabis pour dériver dans le trafic de cocaïne devenu bien plus rentable. Le gramme de coke, autrefois inabordable, se vendait désormais entre 70 et 80 euros ; autant dire qu'il était, dès lors, accessible à un large public. Faisant vivre quantité de personnes, l'économie parallèle liée au trafic de drogue représentait une manne financière supérieure aux revenus de l'industrie des matières plastiques. En Rhône-Alpes, elle était même classée en quatrième position des économies les plus lucratives. Presque soulagée de ne pas avoir à m'immerger dans cette mission (mes derniers souvenirs de came étaient encore bien trop ancrés en moi) je délaissai le dossier de Nordine Bengacem pour feuilleter celui de Stéphane Bianchi, le binôme de Fabian. Mon collègue avait réuni quelques documents représentatifs de sa vie : une photocopie de son extrait d'acte de naissance m'offrant l'identité de ses parents, un RIB et le code bancaire internet pour que je puisse pirater ses comptes, son dernier avis d'imposition mentionnant son adresse et enfin la photo de sa femme et de ses trois filles. Fabian devait avoir de sacrées relations pour être en mesure de réunir de telles pièces. Sur la dernière page, plusieurs prénoms étaient griffonnés dont celui de Stéphane. En regardant plus attentivement je pus constater que certains d'entre eux étaient rayés tandis que d'autres s'auréolaient de points d'interrogation. Un seul de ces prénoms était entouré : Martin. Aucune mention des noms de famille, aucun lien entre eux, aucune explication. Un vague sourire prit naissance sur mes lèvres tandis que je tentais de déchiffrer ses notes. Fabian pensait très certainement que j'étais capable d'une telle prouesse ; aussi, récupérai-je mon PC et commençai-je à pianoter. Plusieurs prénoms correspondaient sûrement aux membres de la Section suspectés de trahison puisque celui de Samuel y figurait, tout comme celui de Jérémy.

Les comptes de Stéphane ne révélaient aucune illégalité, aucune opération suspecte et seul son salaire plus élevé que le mien me fit rager. Comme quoi l'égalité des sexes n'était qu'un doux rêve. Me hasardant sur les comptes joints du couple Bianchi, je relevai les multiples dépôts ponctuels aux montants inégaux. La source unique de ces provisions correspondait à un compte de la Société Générale sans mention du propriétaire. Les transactions remontaient à plusieurs mois, probablement même plus d'une année. J'eus envie d'appeler Philippe pour lui demander les dates de missions de Stéphane mais au vu de l'état de nos relations, il me paraissait difficile de justifier ma démarche. *Eh merde !* Je savais par expérience qu'il n'était pas dans mes compétences de pirater l'ordinateur de mon chef ; aussi devrais-je me débrouiller sans. En y réfléchissant, les divers montants me donnaient plutôt l'impression d'une prime de risque mais je ne pouvais en être certaine. Je connaissais bien une personne capable de pirater le compte approvisionneur ; cependant, je n'avais ni le temps ni la possibilité de l'engager pour une telle mission. Sur le point d'oser une nouvelle tentative d'intrusion dans la vie privée de Stéphane, je fus retenue par la sonnerie de mon téléphone portable. Sur l'écran s'affichait le numéro de Philippe. J'hésitai à répondre, devinant presque l'objet de son appel. Lorsque retentit la dernière note, je fis coulisser l'écran et portai le téléphone à mon oreille, sans rien dire.

– Naïva ?

Sa voix d'ordinaire si grave et franche n'était plus qu'un filet.

– Où es-tu ?

– Qu'est-ce que tu veux Philippe ? J'ai pas beaucoup de temps à t'accorder.

– Naïva…

Il semblait chercher ses mots et il me semblait presque le voir se passer une main sur le visage. Une once de pitié s'insinua en moi puis je me repris : la pitié est le pire sentiment que l'on peut ressentir pour quelqu'un d'autre.

– As-tu des nouvelles de Fabian ?

– Et pourquoi voudrais-tu que j'en aie puisque tu m'as reléguée au placard !

– Sa femme est morte et je n'arrive pas à le joindre.

– Dis plutôt qu'elle a été assassinée.

Comme au sortir d'un cauchemar, Philippe se retint pour ne pas crier.

– Comment tu peux savoir ça, Naïva ? Et pourquoi faut-il que tu sois toujours là où c'est le bordel ?

– Philippe, j'ai pas le temps de te dire quoi que ce soit mais sache que si tu ne fais rien, tu auras probablement beaucoup d'autres morts sur les bras. Rappelle-toi Eva !

- Ecoute, il faut qu'on se voit, Naïva. Si tu ne veux pas passer au bureau on peut se donner rendez-vous ailleurs.

- Là c'est pas possible mais si tu veux m'aider, annule la balistique et abstiens-toi d'annoncer la mort de Samuel. Je raccrochai, vérifiant instinctivement le temps de communication : 1.07mn, ce qui ne permettait pas d'être localisée. Je me levai et m'étirai, il était temps d'agir. En récupérant mon jean, je constatai qu'il était humide mais je n'avais pas d'autre choix que de l'enfiler quand même. Mon PC sur le siège passager, je fis gronder ma Jaguar, presque heureuse de ressentir le contact puissant de cette voiture dont je ne pouvais me détacher. Les souvenirs de son acquisition me revinrent en mémoire. À l'époque je faisais encore équipe avec Philippe, nous étions amants et pouvions nous gausser d'être l'une des meilleures équipes de la Section. Nos missions avaient le don de se dérouler sans heurt, sans bavure, en somme sans difficulté. J'étais d'ailleurs prête à croire que nous étions faits pour ça, que le meurtre coulait dans nos veines. Rien ne me faisait peur et plus la victime était coriace plus cela me plaisait. En y réfléchissant bien, la présence de Philippe rehaussait la confiance que je me portais. Il m'élevait parmi les plus puissants et dans ses bras je me sentais indestructible. Son enseignement et ses jugements de valeurs avaient sûrement contribué à me modeler telle que j'étais. En fait j'étais celle que Philippe souhaitait avoir à ses côtés, façonnée de telle manière que je sois l'identique réplique de ses désirs. Pouvais-je seulement le lui reprocher ? Je lui devais mon entrée dans la Section et mon indépendance d'aujourd'hui… Mais il semble que ce soit le félin qui vibrait en moi qui fut l'auteur de notre séparation : est-il possible de museler un guépard sans qu'il vous laboure le corps de ses griffes ? Philippe ne fut pas seulement meurtri physiquement, il fut piétiné, réduit à néant. Je ne peux qu'imaginer sa souffrance mais il devait savoir qu'il ne sert à rien d'élever sa partenaire vers les sommets si on lui a préalablement brisé les ailes. Ce fut sa seule erreur, du moins, la seule que je lui reprochais encore. Ainsi ma dernière mission avec Philippe fut celle où je fis l'acquisition de ma XK. Nous devions éliminer un homme d'une soixantaine d'années pour trafic de biens sociaux et abus de confiance. Cet ancien député s'était retiré de la politique mais nombre de ses détracteurs n'avait de cesse de l'éliminer pour combler les défaillances d'une justice peu encline à dévoiler les torts de ce fonctionnaire « modèle ». Notre rôle était donc d'appliquer un jugement quelque peu radical mais ô combien exemplaire pour tous les intouchables du système. Nous partîmes pour la Suisse et découvrîmes le lac de Genève, la beauté des lieux et la richesse de ses habitants. Nous faisions pâle figure avec l'Alpha Roméo 147 de Philippe mais tentions de garder la tête haute malgré les véhicules classieux qui nous entouraient. Nous étions des tueurs et cela avait plus de valeur que leurs habitacles spacieux et leurs jantes alliage. L'hôtel dans lequel nous descendîmes nous offrit un accueil des plus chaleureux, tout en nous dévoilant les charmes de l'établissement. La mission Louis Raymond était un véritable cadeau. Nous profitâmes pleinement des trois premiers jours avant de nous pencher sur notre objectif. Nous étions vraiment heureux, moi de sentir ses doigts caresser mon corps et lui de pouvoir contempler chaque jour la femme qu'il désirait plus que tout. Monsieur Raymond roulait en XK. Nous lui avions prévu un bel accident de voiture. Une mort brutale mais, a priori, juste. Mais c'était sans compter l'enfant qui ce jour-là monta à bord du véhicule. Les dommages collatéraux sont suffisamment durs à encaisser sans qu'il s'agisse d'une fillette de dix ans aux boucles blondes et aux yeux rieurs. C'est à partir de cet instant que nos routes se sont séparées. Je ne saurais expliquer pourquoi, mais au regard de Philippe, je compris que la vie de cette enfant lui était égale. Le mal était fait, les freins étaient inutilisables et Louis Raymond enclenchait déjà la première pour quitter son pavillon. Quel choix s'offrait à nous sinon celui de les suivre et de constater leur mort à dix-sept kilomètres en contrebas de la route pentue sinuant au travers d'une forêt. Pour ma part, je ne pouvais supporter le meurtre de cette enfant ; non pas parce que cela entacherait ma carrière, mais parce que la vision de ce petit corps inerte sur lequel pleurerait une mère m'était tout simplement inacceptable. Peut-être que si je n'avais pas arraché mon amant de son siège pour récupérer le volant, il m'aurait pardonné le crash de sa voiture. Mais voilà, je préférais de loin sacrifier son bien, notre couverture et la réussite de notre mission pour cette blondinette dépassant à peine de sa ceinture de sécurité. Profitant de la boîte auto selespeed pour faire un démarrage plus que sportif, je jetai un coup d'œil dans le rétro pour apercevoir Philippe qui se remettait debout. Je ne pouvais pas discerner ses traits mais je doutais sérieusement qu'il verrait d'un bon œil ce que j'allais faire de sa voiture. Monsieur Raymond n'était pas un fin pilote, je ne comprenais pas par conséquent pourquoi il roulait dans une voiture possédant 510 CV mais à l'époque je n'avais pas encore eu l'occasion d'essayer une XK. Il me fut aisé de rattraper le véhicule de ma victime et avec une dernière pensée émue pour la 147 de Philippe je freinai pour faire ralentir la Jaguar. Nous entamions la pente quand Louis Raymond klaxonna pour me signifier son mécontentement à l'égard de mon manque de respect ; cependant je continuais à ralentir tout en modulant ma direction afin qu'il n'essaie pas de me doubler. Je crois que la panique prit le dessus lorsqu'il s'aperçut que ses freins étaient HS. Un regard dans le rétro me confirma l'angoisse des deux occupants du véhicule, leurs visages livides étaient tournés en direction du virage se dévoilant devant nous. Je freinai de façon plus agressive jusqu'à toucher le pare-chocs de la XK, espérant toutefois que M. Raymond ait le réflexe de suivre la route tout en se reposant sur moi. Je sentis plus que j'entendis l'enfoncement de l'arrière de la 147 tandis que les pneus de la voiture de Philippe s'échauffaient sur le bitume. Le poids de la Jaguar, bien supérieur à celui de la 147, modifia grandement la distance de freinage de mon véhicule et au lieu de parcourir une cinquantaine de mètres j'en parcourus le triple avant d'exploser l'avant de l'Alpha Roméo dans le flanc de la montagne. L'hébétude que je pus lire sur le visage de M. Raymond me donna la force de sortir de l'épave appartenant à Philippe et de me rendre auprès du vieil homme et de sa petite fille. Je n'osais regarder derrière moi pour ne pas avoir à constater les dégâts tandis que la vision de M. Raymond serrant dans ses bras la fillette au visage inondé de larmes me conforta dans mon choix. Le regard que me lançait ma victime était au-delà des mots, au-delà de la compréhension. Une évidence s'ancra en moi : tuer, oui, mais pas à ce prix-là !

L'arrivée de Philippe rompit l'étrange silence qui s'était créé entre nous. Ses yeux parcoururent rapidement la scène : le vieil homme, sa petite fille, moi entre eux et l'épave qui gisait en travers de la route. Ce n'est que lorsqu'il retira son arme de son étui que j'eus la confirmation de notre rupture proche. Le voir braquer le canon en direction de la tête de Louis Raymond tandis que ce dernier serrait encore la fillette dans ses bras, me révolta. Le temps parut s'arrêter, je me vis alors lever mon arme et menacer mon propre collègue, mon amant, celui à qui je devais tout. Sa voix gronda dans l'air immobile.

— À quoi tu joues, Naïva ?

— Laisse-moi régler ça...

— C'est hors de question. Nous sommes là pour le buter et ton manque de discernement va nous causer de gros problèmes.
— Qu'as-tu peur d'affronter qui soit pire que de coller une balle dans la tête de cette enfant, car c'est bien ce que tu prévois de faire, non ?
— Si tu n'es pas apte à faire ton job tu n'as qu'à dégager.
— Philippe, encore un mot de ta part et tu ne seras plus en mesure de me nuire.

Je me déplaçai vers la XK et ouvris la porte, puis m'adressant à ma victime, je lui intimais de s'asseoir dans la voiture. Mon ordre ne supportait aucune supplication ; aussi, l'homme se dépêcha-t-il de faire rentrer la môme auprès de lui.
— Tu es en train de faire une connerie.
— Peut-être.
— Je me doutais que tu finirais par agir sans réfléchir aux conséquences de tes actes et que ton enfance maltraitée te pousserait à tenter de sauver la veuve et l'orphelin. Tu te trompes de chemin, Naïva.
— Mon passé ne te regarde pas et si tu pensais avoir une once de pouvoir sur moi, sache que tu l'as perdue.
— Tu n'as plus rien à faire dans la Section et, tout comme j'ai plaidé en ta faveur, je ferai en sorte de t'éliminer.
— Je n'ai plus besoin de toi pour m'en sortir.
— Rappelle-toi : je connais toutes tes faiblesses.
— Tes magouilles ne te serviront pas, espèce d'enfoiré.

En me détournant, j'orientai mon arme vers la 147 et tirai sur les deux pneus arrière puis je m'engouffrai dans la XK. J'avais l'intime conviction qu'il ne tenterait pas de me tuer mais ce fut les mains tremblantes que j'agrippais le volant. Bien plus tard, Philippe me fit l'aveu que je ne méritais même pas l'une de ses balles et qu'à l'instant où je fis démarrer le moteur, il ne me donnait que cinq cents mètres avant que je quitte la route ; mais c'était sans compter sur ma dextérité et mon entêtement à faire aboutir ma vengeance. Mes passagers n'eurent pas l'audace de me dire quoi que ce soit. Ils savaient tous deux que la mort rôdait autour de nous. Durant le trajet jusqu'à Genève, la boîte manuelle fut mise à rude épreuve et tandis que je rétrogradais pour faire ralentir la voiture, je fus subjuguée par la conduite souple et confortable qu'offrait la Jaguar, et ce même sans frein. Les quelques arrêts que nous dûmes respecter se firent au frein à main et ce ne fut pas sans fierté que, guidée par M. Raymond, je les déposai devant un garage agréé Jaguar. En me détournant d'eux, un sentiment de solitude m'égratigna. Il ne me restait rien, pas de voiture, pas d'argent, simplement un Beretta et très certainement une lettre de renvoi qui arriverait bientôt chez moi. Je bénéficiais d'une bien drôle de récompense pour avoir sauvé la vie d'une enfant. M'éloignant d'un pas incertain, mon cœur s'accéléra soudainement lorsque je sentis une main minuscule s'accrocher à la mienne. La fillette me sourit avant de m'entraîner vers son grand-père, il semblait que je n'en avais pas fini avec lui. Les explications que je fournis à Louis Raymond quant à sa mort programmée ne le surprirent aucunement, à croire que côtoyer les sphères politiques apprenait à vivre dangereusement. Nous étions attablés dans un café, Eléa sirotait une menthe à l'eau et pour la première fois de ma carrière, je dévoilai tous les tenants et les aboutissements de ma mission. M. Raymond finit par hocher la tête et briser le silence qui s'était installé entre nous. À l'évidence, ses yeux tristes trahissaient son émoi mais il prononça les mots qui allaient sauver ma carrière et me permettre de survivre face aux remontrances de Philippe. Le sexagénaire comprenait parfaitement que, même si j'avais renoncé à le tuer, d'autres viendraient et mettraient, à l'instar de sa petite-fille, les membres de sa famille en danger. Louis Raymond ne tenait pas à sacrifier qui que ce soit pour ses

154

fautes passées. Il m'hébergea trois jours dans sa demeure. Trois jours durant lesquels je tremblai à l'idée de voir rôder Philippe autour de la propriété. Au terme de ce délai, il me remercia grandement de lui avoir laissé le temps de faire ses adieux puis, après avoir accepté la capsule de cyanure que je lui tendais, il monta dans sa chambre, ouvrit le tiroir de sa table de nuit afin de se saisir d'une clef qu'il finit par me tendre. Cette clef, je la reconnaissais.

– Vous savez où la trouver, n'est-ce pas ?

Je hochai la tête puis, alors qu'il se couchait, je m'assis à côté de lui et patientai jusqu'à-ce que ses crampes s'arrêtent. J'abandonnai alors Louis Raymond dans sa chambre et descendis au rez-de-chaussée. Toute sa famille était réunie, certains avaient les yeux rougis tandis que d'autres, l'air sévère, discutaient à voix basse. Madame Raymond me raccompagna jusqu'au portail ; ne plus sentir les regards braqués sur moi me soulagea grandement. Nul mot ne fut prononcé, nous n'avions rien à nous dire. Un taxi m'attendait, sa course payée à l'avance, il me déposa devant le garage où patientait la Jaguar de Louis Raymond qui désormais m'appartenait.

Mon retour au sein de la Section fit grand bruit, je n'étais pas prête à laisser Philippe s'approprier tous les honneurs. Un seul regard vers Eric Devert me confirma que rien n'avait changé, Philippe n'avait vraisemblablement pas ouvert sa gueule. L'homme qui avait été mon amant durant trois ans devait avoir réfléchi au préjudice qu'il nous ferait endurer à tous les deux s'il étalait sur la place publique notre vie intime. Il s'était tu et j'avais fait de même. Notre chef n'eut cependant pas à officialiser la rupture de notre binôme tant la promotion de mon collègue arrivait à point nommé. Eric Devert laissa donc sa place à un Philippe rayonnant de fierté omettant de mentionner son dernier échec. Soit ! En le voyant jubiler ainsi je me promis intérieurement d'assister à sa déchéance... Peut-être pourrais-je alors oublier ce passé dégradant qui me collait à la peau et que l'image de Philippe me renvoyait constamment.

Un sourire amer sur les lèvres, je savais que ce n'était pas l'heure et le lieu de repenser à mon passé. Cela compliquerait la donne et il me restait encore Fabian à aider. Ensuite peut-être serais-je en mesure de faire face à ma vie, ou peut-être pas.

La place des Géants tenait son nom des multiples sculptures arrondies qui gisaient à même le sol ou patientaient sur des escaliers que des enfants les utilisent comme terrain de jeux. Entourée d'un centre médico-psychologique, d'un petit centre commercial, la place s'égayait à partir de 16h15, heure de la sortie de l'école. Durant les trois jours que dura mon observation il me fallut pister Nordine Bengacem en espérant qu'il me conduise à Fabian. Le soulagement que j'eus en constatant que la cible était encore en vie fut rapidement ombragé par l'absence flagrante de filature que mes collègues auraient dû exercer sur sa personne. Preuve s'il en fallait qu'il se tramait quelque chose. Malheureusement j'étais dans l'impossibilité d'entreprendre quoi que ce soit. En somme, j'étais piégée.

Les soixante-douze heures suivantes furent un véritable supplice. Chaque soir, tandis que la place des Géants profitait d'un moment d'accalmie après le braillement des gosses, dealers et clients y trouvaient un terrain d'entente. La facilité avec laquelle j'aurais pu me débarrasser de la cible était déconcertante puisque non content de dealer de la drogue, Nordine le faisait au pied de son immeuble, et ce sans même avoir l'impression d'être menacé. Les rares voitures de police dont les gyrophares auréolaient de temps à autre les façades ternes des immeubles ne semblaient pas émouvoir les trafiquants, à croire que les services douaniers et l'OCTRIS ne pouvaient rien contre eux. En les regardant négocier les tarifs et vanter les qualités du produit, on oubliait presque que la came en provenance d'Afrique ou d'Amérique latine avait transité via un passeur qui jouait sa vie contre un peu de blé ou encore que 6000 jeunes Européens trouvaient la mort chaque année pour avoir sniffé des rails de drogues impures. Peu enclin à quitter son quartier, Nordine Bengacem semblait malgré tout à la tête d'un réseau relativement important de narcotrafic. Bien que drainant une quantité d'argent non négligeable, le seul signe de richesse de Nordine était sa BMW. L'homme habillé généralement de façon plutôt décontractée ne faisait pas étalage de ses gains ; néanmoins sa prestance, son allure fière et déterminée, son beau visage à la peau mate et sa barbe naissante lui conféraient un pouvoir indéniable. Il gérait ses affaires rigoureusement mais avec le sourire aux lèvres et c'était certainement ce qui lui permettait d'obtenir le dévouement de ses passeurs et la fidélité de ses clients.

Pour la quatrième fois, je garai ma voiture rue du 8 mai 1945, bien avant le collège les Saules pour ensuite rejoindre à pied la place des Géants. J'étais presque lassée par cette monotonie qui me faisait tourner comme un lion en cage toute la journée en attendant le crépuscule. Je n'avais pas quitté la chambre d'hôtel de la Chaumière, les employés s'étaient faits à ma présence taciturne, surtout depuis que j'avais fait l'acquisition d'un lot de débardeurs, de quelques jeans et d'une veste à capuche.

La difficulté pour ne pas être repérée allait crescendo puisque ma présence, même furtive, ne pourrait plus paraître anodine. Tout du moins, si Bengacem ne se méfiait pas il risquait de descendre d'un cran dans mon estime. De plus en plus en retrait, la nuit me paraissait bien morne jusqu'au moment où la présence d'une tierce personne me réveilla subitement. Ne pouvant la distinguer tant elle jouait avec les ombres, l'intérêt que je lui portais en fut décuplé. Je restai à mon poste, derrière des buissons à l'odeur plus que désagréable, patientant jusqu'à la fin des négociations. Quand enfin Nordine salua son entourage, les choses se précipitèrent. La silhouette attendit que le dealer pénètre dans l'allée de son immeuble avant de sortir de sa planque. Il s'agissait d'un homme à la carrure imposante portant cagoule. Je le suivis en craignant qu'il s'agisse d'un règlement de compte car il me faudrait alors intervenir. Je ne pouvais pas le laisser se faire tuer puisqu'il représentait ma seule chance de retrouver Fabian. L'ascenseur atteignit le neuvième étage tandis que l'homme que je suivais grimpait les escaliers en colimaçon. Son souffle rauque parvenait aisément à camoufler mes pas et dans l'obscurité la plus complète, je fis glisser mon arme hors de son étui. Il devait être 23h45, la porte d'entrée des Bengacem était auréolée de lumière. Tous deux à l'arrêt, nous tendions l'oreille afin de discerner les bruits à l'intérieur du logement. Une discussion débuta mais fut immédiatement interrompue par des pleurs puis nous entendîmes le son clair du poste de télévision. Ce fut l'instant que choisit l'homme devant moi pour tirer trois fois sur la porte afin d'en faire sauter les verrous. Donnant un grand coup de pied, il fit presque sortir la porte de ses gonds puis pénétra, arme à la main, dans le hall d'entrée illuminé. Accourant à sa suite je ne pus que regarder le corps de Nordine Bengacem s'effondrer dans le salon, une balle en pleine tête. Waouh ! La dextérité de l'assaillant était sans faille, la cible n'avait même pas eu le temps de réagir. Intérieurement je me félicitais pour mon manque de réflexe ; une fois de plus il me faudrait passer un épisode peu glorieux sous silence. Avant qu'il ait pu se retourner vers moi, Mme Bengacem arrivait en hurlant et se jeta sur le corps de son mari. Pour ma part je tenais en joue l'auteur du crime, et quand bien même il me fallait reconnaître qu'il avait accompli sa mission sans bévue, cela restait un meurtre sans finesse, très loin de ce que j'aurais pu imaginer pour lui. Ma mauvaise foi n'était pas innocente dans cette pensée, mais bon, je ne pouvais pas tout lui concéder non plus. Ce ne fut que lorsqu'il recula d'un pas qu'il eut la surprise de sentir le canon de mon flingue contre son dos. Les pleurs de la femme nous vrillaient les tympans, il était temps de quitter cette cité. L'homme se retourna à demi et lorsque mon nom retentit je décidai de bluffer.

– Naïva ?!

De par sa voix grave j'eus la confirmation qu'il s'agissait de Stéphane.

– Samuel m'a tout raconté, où est Fabian ?

Afin d'assurer mon mensonge je cessai de braquer mon arme sur lui. C'était quitte ou double. Mon geste parut le rasséréner.

– Je vais t'y emmener.

Haussant la voix, je m'adressai à la veuve.

– Ferme ta gueule et arrête de pleurer ! Il fallait réfléchir avant aux conséquences de vos actes. Tu as trois jours avant que ses comptes soient bloqués, sors tout ce que tu peux et vends sa bagnole. Tu ne pourras pas en tirer plus de 80000 mais c'est déjà pas mal. Quitte cet endroit sordide, trouve-toi un boulot décent et élève tes enfants correctement sinon ils finiront comme leur père. Apprends-leur qu'il n'y a pas d'argent facile et que tout finit par se payer. Toujours.

La femme brune au visage rond cessa de geindre pour me fixer avec un regard dédaigneux.

– Reprends le commerce de ton mari et la prochaine fois ce

seront Amira, Kadir et Malek qui pleureront sur ton corps. La mention du prénom de ses enfants la stupéfia et nous la quittâmes tandis ·qu'elle restait interdite, les mains souillées de sang. Ensuite ce fut la course, nous ne pouvions nous attarder sans devoir faire face à de sérieuses emmerdes. Ce fut au pas de course que nous atteignîmes le Crossover CX90 de Stéphane. Doté de 315 Ch., le 4X4 signé Opel démarra en trombe, m'éloignant par la même occasion de ma XK et la sécurité toute relative dont je pouvais jouir jusqu'alors. Je ne parvenais pas à engager la conversation de peur de me vendre aussi préférai-je patienter en silence. Au bout de quelques minutes Stéphane alluma l'autoradio, les battements de son cœur avaient dû ralentir, sa mission achevée il pouvait enfin se décontracter. Je connaissais parfaitement l'état de relâchement qui nous saisit lorsque l'on a accompli sa mission, un état proche de l'hébétude. Dans les mouvements de mon collègue je devinais sa lassitude, la même qui me forçait à me saouler aux retours de mission. Le seul point commun que nous possédions était que nous avions été dupés tous les deux mais, malheureusement pour lui, il allait mourir le premier. Jetant un coup d'œil dans l'habitacle, je constatai les cinq places arrière et l'image de ses trois filles s'ancra dans mon esprit. Peut-être y avait-il un quatrième enfant prévu, pourquoi sinon avoir pris une sept places ? Je n'osais plus bouger sur le fauteuil en cuir, de peur d'attirer l'attention. J'allais irrémédiablement détruire une deuxième famille ce soir. Loin de connaître l'apaisement de Stéphane, une sueur froide me fit greloter. Après seulement trois kilomètres, Stéphane s'arrêta devant l'hôtel Riad d'Eybens. La façade blanche était éclairée par des spots conférant au lieu une allure sinistre, ou peut-être était-ce mon ressentiment qui biaisait mon objectivité.

Nous passâmes devant l'accueil sans que quiconque ne lève le nez puis Stéphane emprunta un couloir faiblement éclairé avant de s'arrêter devant la porte 107. Tâchant de rester neutre, je tentai de freiner les violentes palpitations de mon cœur et respirai calmement, quand bien même j'avais les oreilles qui bourdonnaient de par le flux sanguin qui vibrait dans ma tête. Je savais ce dont les traîtres de la Section étaient capables mais lorsque je pénétrai dans la chambre non aérée un haut-le-cœur me saisit. L'odeur du sang se mêlait à celle des excréments tandis qu'un vague soupçon d'éther flottait encore dans la pièce. Je fermai la porte derrière moi et suivait Stéphane qui s'apprêtait à parler. De deux balles je lui fusillai les genoux et le laissai s'écrouler. Au sol je maintins son thorax en m'agenouillant sur lui, son arme mise hors de portée. J'étouffai ses hurlements avec l'un des oreillers autrefois blanc qui était à présent maculé de sang. Ensuite seulement je levai les yeux vers l'homme attaché sur une chaise. Fabian était dans un sale état mais conscient. Bâillonné, sanglé, des traces de coups marbraient sa peau et du sang séché striait son corps, mais il était en vie. Enfin les battements de mon cœur se calmèrent et je pus être à nouveau objective. Sous moi Stéphane arrêta de se débattre. Je me relevai alors en gardant mon arme dans sa direction. Le menaçant de tirer au moindre mouvement, j'enjambai son corps pour atteindre Fabian. Je fis glisser le bâillon puis lui libérai les bras. Ses premiers mots furent pour sa femme. Que pouvais-je lui dire hormis que j'étais désolée puisque je n'avais rien pu faire pour elle. Il ne pleura pas, pas plus qu'il ne me demanda des explications. J'avais l'intime conviction que durant sa séquestration il avait fini par comprendre que le vent tournait et que les règles du jeu avaient irrémédiablement changé. Se levant difficilement, il enleva les vêtements en lambeau qui gisaient sur lui puis attrapa des affaires propres. Après un coup d'œil à Stéphane il me dit

d'une voix neutre que nous n'obtiendrions rien de lui ; aussi fallait-il s'en débarrasser rapidement. Je récupérai les sangles sales qui avaient maintenu Fabian ainsi que l'épais scotch gris qui traînait non loin et en recouvris la bouche de notre otage. Ouvrant la fenêtre je jetai mon matériel à l'extérieur puis, avec l'aide de Fabian, nous fîmes de même pour Stéphane qui suait à grosses gouttes tant la douleur de ses genoux brisés devaient s'intensifier. À deux nous le traînâmes à travers les buissons puis jusqu'à son 4X4. Le balançant à l'arrière, je récupérai les clefs puis démarrai le plus silencieusement possible. De retour vers la place des Géants je tournai dans le quartier afin de trouver l'endroit le plus discret possible. Satisfaite, j'attachai Stéphane à l'aide des sangles dans le coffre contre le dossier des fauteuils arrières et lui enroulai la tête de scotch en le fixant au revêtement en cuir du siège. Fabian m'attendait à l'extérieur du véhicule tandis que j'utilisai l'allume-cigare pour enflammer un bout de tee-shirt récupéré sur ma victime. Les yeux de Stéphane trahissaient sa peur et l'espace d'un instant, la vision de ses filles grimpant dans la voiture familiale me heurta. Cependant il était trop tard pour avoir des remords. Ouvrant le coffre en grand et tenant le chiffon embrasé je sortis mon flingue et tirai en direction du réservoir. Le liquide huileux s'échappa, imbibant la moquette du 4X4. Maintenu la tête haute par mes fixations, Stéphane me dévisageait. Après un dernier regard, je lançai le tissu enflammé dans le coffre. Les hurlements de notre victime furent faiblement contenus par le bâillon mais je patientai jusqu'à ce que le véhicule s'embrase entièrement. Me détournant des flammes, je m'approchai de Fabian et passai un bras sous ses épaules. Bientôt nous entendîmes la sirène des pompiers mais nous étions déjà proches de la Jaguar. Fabian monta à bord puis se tourna vers moi :
– Merci.

– Juste retour d'ascenseur.

– Nous sommes seuls à présent.

– Nous l'étions déjà.

– Non, je parle de Philippe.

– ...

– S'il n'est pas avec nous, il n'est plus rien.

Je ne répondis pas, sa déchéance tant attendue ne me procurait pas le bonheur que j'avais si souvent espéré. Non, il me semblait même qu'une partie de moi s'effondrait.

6 Alexandre Alonso

Le retour vers Paris fut morose, ce fut à peine si nous prononçâmes quelques mots. Fabian n'avait pas retrouvé son portable ; aussi se sentait-il coupé du monde et notamment de sa famille. Mon premier réflexe fut d'accélérer mais mon collègue me conseilla de ralentir, moins nous nous ferions remarquer mieux ce serait. Evidemment il avait raison, cependant je devinai qu'il souhaitait plus que tout faire des adieux décents à sa femme. Un temps gris nous accueillit, l'été s'échappait déjà. Fabian me conduisit dans les Yvelines, au Chesnay. Le lieu de résidence des parents d'Isabelle était une petite maison à étage avec une façade en pierres grises. Le quartier englobant la rue Pasteur était emprunt de calme, offrant un aperçu des villages anciens avec ses commerces de proximité, sa place de marché et son église. La déception de Fabian put se lire sur son visage lorsque nous nous garâmes devant l'entrée étroite de la résidence de ses beaux-parents. Personne n'était là pour l'accueillir. Je crus un instant qu'il allait craquer, mais non, Fabian se contenait afin de ne pas exposer sa faiblesse. Croyait-il pouvoir échapper à la souffrance en tentant de la masquer ? Nous restâmes une bonne demi-heure devant le portail, Fabian n'émit pas le moindre son et, pour ma part, je n'osais lui suggérer de sortir se promener dans le quartier jusqu'à ce que ses beaux-parents fassent leur apparition. Que pouvions-nous faire d'autre ? Quoi qu'il en soit, je restais silencieuse et immobile, noyée dans mes pensées. Quand la voix de Fabian retentit, je ne bougeai pas, l'écoutant simplement. Réfléchissant à voix haute, il devait avoir besoin d'évacuer son malaise : celui d'être dans une voiture avec une étrangère alors qu'il venait de perdre sa femme. Je fixai mes mains, comme si elles étaient encore souillées du sang d'Isabelle et l'espace d'un instant, le visage d'Eva remplaça celui de la femme de Fabian. Je fermai les yeux afin de cacher mes larmes, combien de corps me faudrait-il encore pleurer ? Fabian me demanda de démarrer, ce que je fis, puis m'indiqua la route à prendre. Je n'osais lui demander où il nous conduisait ; aussi j'enclenchai le lecteur de CD et me laissai guider à travers les accords majestueux de la musique d'Ethan Lamberg. Nous nous arrêtâmes devant le cimetière intercommunal de Clamart. Fabian sortit de la voiture, je le laissai s'en aller, je ne souhaitais pas violer son intimité. Le temps s'égrena lentement, les plages du CD défilèrent deux fois avant que je mette fin à la lecture et me laisse imprégner du silence. J'hésitais à sortir rejoindre Fabian, une part de moi se refusait à trahir mon collègue et l'autre ne souhaitait que lui tendre une main. Finalement je franchis les grilles du cimetière et dérivai à travers les tombes mornes. Je ne pouvais m'empêcher de regarder les inscriptions et souffrir à la vue des bouilles d'anges entourées de peluches condamnées à n'être plus que souvenirs et larmes. Comme tous les cimetières, celui de Clamart était parsemé de verdure et de fleurs et ses allées semblaient incrustées d'amour et de douleur. Ce fut à l'ombre d'un acacia que je trouvai Fabian. Son corps étendu sur le marbre rosé d'un caveau, murmurant son désespoir à la pierre froide. Des bouquets colorés ornaient la tombe ainsi que des prières sur les guirlandes de tissu. Ainsi s'achevait l'histoire d'Isabelle Delbart. Non croyante, j'envoyai pourtant mes plus sincères regrets à la femme de Fabian, en espérant qu'elle puisse m'entendre. Les cimetières m'ont toujours donné cette envie de croire mais leur pouvoir ne va jamais au-delà de leur grille. En reposant le pied sur leur parking attenant je redeviens cette femme terre-à-terre qui ne tressaille pas en appuyant sur la détente. Naïva, la fière et grande Naïva ! En cet instant, nulle fierté n'échauffait mon sang, simplement une envie de pleurer sur mon sort et celui de Fabian, car oui nous étions seuls... La dorure sur le marbre indiquait la date de sa naissance et celle de sa mort sans mention de l'enfant qu'elle attendait. Fabian avait dû le remarquer aussi et, après m'être agenouillée près de lui, je constatai qu'il les pleurait tous deux car leurs prénoms résonnaient dans l'air immobile : Isabelle et Enzo... Je me penchai sur lui et accolai mon visage contre sa joue mouillée puis l'entourai de mes bras. Que pouvais-je faire d'autre hormis lui insuffler la force de se relever ? Quand ses larmes se tarirent, il se tourna vers moi. Sur son visage strié de larmes un éclat nouveau brillait et dans ses yeux je pus lire toute la détermination de cet homme que je devrais suivre dorénavant.

Au retour chez ses beaux-parents, Fabian fut accueilli à bras ouverts et même s'ils me toisèrent d'un air méfiant, ils me reçurent courtoisement. Nous apprîmes le parcours difficile auquel ces parents endeuillés durent faire face, notamment l'autopsie et l'attente de la décision de justice afin de pouvoir récupérer le corps pour l'enterrer dignement. Il semblait que Philippe ait fait pression auprès des autorités pour accélérer le processus. Intérieurement, j'estimais que c'était la moindre des choses. La mère d'Isabelle, une belle femme aux cheveux grisonnants relevés en chignon, nous conta les obsèques de sa fille. Fabian écouta en silence, la tête reposant dans ses mains, cachant ses larmes. Nous apprîmes ainsi que la petite église Saint Antoine de Padoue ne pouvait accueillir tous ceux qui souhaitaient rendre un dernier hommage à Isabelle tant une foule dense s'était massée devant ses portes. Des chants et des prières résonnèrent durant la cérémonie religieuse auxquels se mêlèrent les pleurs de sa famille. Personne ne manquait hormis Fabian mais elle n'en fit pas mention. Isabelle fut ensuite inhumée en petit comité, entourée de fleurs dans un cercueil en chêne dans lequel Mme Thomassin avait glissé une photo de Fabian ainsi qu'une peluche que sa fille avait achetée pour Enzo. À ces mots, mon collègue s'effondra et tandis que sa belle-mère l'entourait de ses bras, je sortis prendre l'air. L'air frais me fit le plus grand bien mais un verre de Cognac n'aurait pas été de trop. J'errai dans la rue déserte puis m'arrêtai devant ma XK. L'avenir pouvait me conduire n'importe où mais une chose était sûre : j'allais obtenir les renseignements qui me manquaient. Fabian fit son apparition alors que je m'engouffrais dans la voiture.

– Où vas-tu ?

J'hésitai à lui répondre ; après tout il ne m'avait pas tout dit non plus. Je haussai les épaules puis lui avouai la vérité ; il serait toujours temps de réclamer les parties manquantes de l'enquête.

– Je vais chez Philippe.

S'il fut surpris il n'en dit rien.

– Je viens avec toi.

Je répondis par la négative. Si nous devions lui demander des comptes, il me restait aussi à achever dignement notre relation. Je fis démarrer le moteur puis le prévins que je repasserais le chercher. Sans lui laisser le temps de protester, je fis crisser les pneus de la Jaguar, histoire de vibrer un peu.

Philippe habitait un appartement tout près du boulevard Saint Germain dans le sixième arrondissement de Paris. En tournant dans le quartier je le maudis encore une fois de loger dans une rue où il est impossible de se garer. L'ensemble des commerces au pied de son immeuble rendait la rue bruyante, ce qui était d'autant plus désagréable que l'immeuble vieillot n'était pas correctement insonorisé. Je sonnai à l'interphone sans obtenir de réponse. Il était 16h, il me faudrait patienter jusqu'à tard le retour de Philippe mais en aucun cas je ne voulais me présenter à la Section. Il ne me fallut guère de temps pour pénétrer dans le hall d'entrée, profitant pour cela de la sortie d'une vieille dame. Ensuite je grimpai les trois étages puis pris place sur les marches d'escalier. Quatre heures plus tard, je perçus le souffle de mon chef qui montait. Je ne me relevai pas. Philippe arriva à ma hauteur, ses clefs dans une main, des documents dans l'autre. Lorsqu'il croisa mon regard, je crus qu'il allait hurler mon prénom mais il sembla se contenir. Tant de choses paraissaient se bousculer dans sa tête qu'il resta muet. Je coupai court à ses tergiversations.

– Tu me fais entrer ou tu préfères me regarder cul par terre à tes pieds ?

– Bonjour Naïva, moi aussi ça me fait plaisir de te revoir.

Il se retourna pour ouvrir la porte puis m'adressa un hochement de tête me permettant d'entrer. L'odeur était toujours la même, des traces de son parfum, la senteur du bois de son mobilier… J'eus l'impression de revenir en arrière, du temps où l'on se déshabillait dans le hall tellement nous avions faim l'un de l'autre. Ce temps était révolu. Nous étions à présent deux forces opposées, deux volontés distinctes. Comme à son habitude, Philippe déposa ses clefs sur le meuble de l'entrée puis mit en marche la radio où les infos en continu nous empêchaient de nous couper du monde. J'esquissai un bref sourire, cela m'avait souvent énervée auparavant. Je comprenais à présent que la vie de Philippe, tout comme la mienne, n'était viable qu'à travers la Section. Il me proposa un café, j'acceptai tout en prenant place sur le fauteuil en cuir couleur émeraude. Malgré moi je guettais les changements qui étaient survenus après notre rupture, ils étaient peu nombreux et ne modifiaient en rien l'aspect épuré de son appartement. Philippe revint de la cuisine alors que je posai le regard sur une photo de moi, peut-être la seule qu'il ait jamais détenue et que je croyais déchiquetée depuis longtemps. Il capta mon regard et ses lèvres s'étirèrent dans un sourire triste.

— Je n'ai pas pu me résoudre à la jeter, elle allait si bien sur ce meuble.

Les souvenirs refluèrent. Oui nous avions été heureux.

— Je ne te savais pas conservateur à ce point.

— Qu'est-ce que tu veux Naïva ?

— Probablement la même chose que toi.

Philippe me regarda d'un air sévère, celui d'un homme arrivé au point de non-retour. Un instant j'eus envie de m'asseoir à côté de lui et de poser ma tête contre sa poitrine, de fermer les yeux et de respirer son odeur ; mais il fallait en finir avec lui, nos chemins étaient en train de se séparer définitivement.

— Dis-moi ce qu'il se passe au sein de la Section.

— Mais putain Philippe, c'est qui le boss ? Comment peux-tu être à ce point ignorant de la situation ? Fabian et moi sommes dans une merde innommable et c'est tout ce que tu trouves à dire ?

— Pas besoin de monter sur tes grands chevaux Naïva ! Comment veux-tu que je comprenne ce qui se passe si mes propres employés ne me disent rien ?

Nous nous étions levés et pour ma part une furieuse envie de le gifler courait dans mes veines.

— Parce que tu es incompétent à ce point ? Non mais j'hallucine ! Comment t'as fait pour prendre la place d'Eric ?

— Cesse d'être insultante avec moi...

— Ah ! Parce que tu ne me traites pas de façon méprisante, toi ? Monsieur je suis supérieur mais incapable de comprendre que la Section a été infiltrée et que son effectif est en train de s'entretuer ? Tu attendais quoi au juste pour enquêter sur la mort d'Eva ?

— Pour ta gouverne, sache que j'ai mené mon enquête et que

je n'ai rien trouvé de suspect....

— Rien trouvé de suspect ? Te fous pas de ma gueule, le CD que je t'ai remis parlait de lui-même.

— Naïva, je n'ai pu remonter aucune piste...

— Quel pauvre con tu fais et dire que tu t'es vanté de m'avoir tout enseigné !

— Ecoute...

— Non je ne t'écoute pas, je ne veux plus. En te regardant je ne vois plus celui que tu as été. Tu ne ressembles en rien à celui qui était mon collègue. J'ai même du mal à imaginer que j'aie pu croire en toi.

— C'est une vengeance, n'est-ce pas ?

— Probablement. Que crois-tu que j'aie ressenti lorsque j'ai compris que tu t'étais servi de mon passé pour asseoir ta gloire ? Crois-tu sincèrement que j'ai apprécié de lire sur les rapports que tu t'étais porté garant pour moi ? Que malgré mon caractère « incontrôlable » tu devinais un avenir tout tracé dans la Section et que j'étais bien plus utile ici que dans une prison ?!

— Tu n'en serais pas sortie indemne, Naïva, loin de là. Je t'ai évité des emmerdes conséquentes et c'est comme ça que tu me remercies ?

— Les personnes qui entrent dans la Section ne sont pas n'importe qui ! Avoir envie de travailler dans la mort provient forcément des échos de notre passé ! Il n'y décidément que toi qui n'es pas à ta place.

— Quelle belle théorie ! Mais je ne crois pas que tu aurais été capable d'intégrer la Section sans moi. À l'heure qu'il est, tu devrais être en tôle pour homicide.

— Oh, alors il faut que je te remercie pour avoir crié sur les toits que j'ai abattu l'homme qui m'a violée étant enfant ? Décidément tu me dégoûtes.

— Mais que voulais-tu que je fasse ?

— Simplement que tu me présentes comme une tueuse potentielle et pas comme une victime juste capable de se venger.

— Eric ne l'a jamais pris en compte…

— De toute façon ça n'a plus d'importance. Tu n'es plus à mes yeux qu'un obstacle à contourner.

— Pourquoi réagis-tu comme ça ? Les choses auraient pu être si simples. Nous aurions pu vivre heureux ensemble si tu n'avais pas tout gâché.

— Tu fais allusion à cette enfant que tu aurais abattue sans le moindre remords ?

— Non, je fais allusion à tes perceptions déformées de la réalité. J'aurais tout fait pour toi, Naïva. Que tu ne l'aies pas compris me désole, mais la vérité est là. Cette gosse, je l'aurais sauvée moi-même si tu me l'avais demandé, mais tu ne pouvais pas t'abaisser à ça bien sûr !

J'esquissais un sourire. Comme il avait raison ! Bien sûr que non je ne pouvais pas m'abaisser à le supplier.

— Je t'en ai voulu, bien plus que tu ne peux le croire.

— Ça t'a pas empêché de prendre tes fonctions de chef et de faire comme s'il ne s'était rien passé.

— J'ai eu besoin de temps pour accepter que tu t'en ailles. En fait il m'a fallu plusieurs mois avant de comprendre que l'élève venait de dépasser le maître et que désormais je serais condamné à marcher à tes côtés sans plus pouvoir te toucher.

Je crus voir glisser une larme sur sa joue mais, par pudeur, je détournai le regard. À quoi bon remuer le couteau dans la plaie ? Il savait à présent combien il m'avait déçue et je ne pouvais plus le réconforter. Lorsque nos regards se rencontrèrent à nouveau je perçus un éclat particulier dans ses prunelles, quelque chose me disait que nous étions sur le point de nous faire nos adieux.

— Que faut-il que je fasse ?

Dans sa voix perçait la résignation.

– J'ai besoin d'obtenir tous les renseignements que tu possèdes sur les membres de la Section. Il me faut également connaître leurs positions actuelles et pour cela je dois récupérer les dossiers de leurs victimes.

– C'est une violation du secret d'État.

– Je sais.

– Si je te fournis ces documents, je suis un homme mort.

– Je n'ai pas d'autre choix, je suis désolée.

Philippe passa une main sur son visage, vieille habitude lorsqu'il réfléchissait. Un flot d'émotion emplissait mon sang, la peur, le regret et peut-être la sensation d'avoir été capable d'aimer au point de pleurer sur une tombe. L'espace d'un instant j'aurais voulu revenir en arrière, conserver en moi cette rage qui me maintenait éloignée de cet homme à terre.

– Repasse demain, j'aurai tes documents.

Je fermai les yeux. Il me semblait avoir signé son arrêt de mort.

– Je ne serai probablement plus en mesure de te venir en aide par la suite. Fais attention à toi Naïva.

J'aurais souhaité pouvoir détourner le regard et sortir de chez lui la tête haute, satisfaite d'avoir obtenu son accord mais j'étais loin d'être fière d'avoir abattu l'homme qui le premier avait cru en moi.

– Merci.

J'hésitai un bref instant avant de m'enfuir, j'avais envie de sentir une dernière fois son cœur contre le mien. Je me détournai pourtant, pouvais-je vraiment me laisser aller tandis que je lui reprochais d'avoir exposé ma faiblesse. Je refermai doucement la porte derrière moi et dévalai les escaliers. Les remords ne tardèrent pas à m'assaillir, après tout ne venais-je pas de condamner un homme ? C'est sans surprise que je fus envahie par un flot de souvenirs de mon passé. La faiblesse attisant la faiblesse, il me fallut combattre une fois de plus les démons de mon enfance. J'avais toujours espéré qu'avec la chute de Philippe le souffle écœurant de l'homme qui m'étouffait dans mon lit empli de peluches s'effacerait, mais il semblait que je devrais continuer à ressentir son corps sur le mien à jamais. Je ne vis pas les premiers kilomètres qui me ramenaient auprès de Fabian. Non, au lieu de ça je voyais l'ami de mes parents prendre un oreiller dans ses mains et me faire signe de me taire sous peine de l'appliquer sur mon visage inondé de larmes. Le reste n'était que douleur et honte. Puis la haine. La haine. Le meurtre ne vint qu'après. Bien des années après. Beaucoup trop tard pour annihiler cette fureur qui coulait déjà dans mes veines. Philippe n'avait peut-être pas tort en disant que je ne m'en serais pas sortie sans lui. Je pense qu'il avait compris que le seul exutoire de cette fureur était la destruction des deux seuls êtres qui auraient pu me protéger mais qui avaient préféré fermer la porte et détourner les yeux pour ne pas voir ma souffrance. Combien de fois avais-je eu envie de braquer mon arme sur mes parents ? Je ne savais que répondre. Mes parents : deux mots vides pour une fillette adoptée telle que moi. Deux mots d'une violence inouïe. À dire vrai ils représentaient les deux seuls mots qui gardaient le pouvoir de me blesser. Oui, Philippe m'avait sauvée. Grâce à lui je m'étais détournée de ma douleur, j'avais d'ailleurs tenté de l'oublier… Sans succès. Cet homme brun au regard profond et à la carrure rassurante m'a aidée tant qu'il a pu afin que je trace ma route. Et je lui demandais à présent de se sacrifier.

J'arrêtai ma voiture sur le bas-côté et tombai à genoux sur le bitume. Une violente crampe me saisit, je vomis de la bile sans en être apaisée. Des larmes coulèrent le long de mes joues, anéantissant le peu de fierté qui me restait. Philippe m'avait tendu une main tandis que, jeune agent de police, j'avais étouffé mon bourreau avec la mousse d'un oreiller. Rencontré sur le lieu de l'enquête, il m'avait fallu ravaler mon orgueil avant de le laisser diriger ma vie, chose que je m'étais jurée d'éviter. Philippe avait eu la patience et le courage de m'enseigner ce que mes parents n'avaient même pas essayé de m'offrir. Il avait réussi pour quelque temps seulement à calmer les rugissements du guépard qui vibrait en moi.

Bientôt le soleil céda sa place et je restai là, incapable de me lever et d'aller vers l'avant. Une brèche venait de céder sous le poids de la culpabilité. Philippe allait mourir pour moi et je n'étais pas sûre de pouvoir lui survivre. Il était déjà tard lorsque je garai ma voiture devant le pavillon des beaux-parents de Fabian. J'étais à peine descendue du véhicule que mon collègue se tenait devant moi ; il avait dû attendre toute la journée derrière la baie vitrée du salon, tournant comme un lion en cage. Je ne lui donnai aucune explication quant à mon allure débraillée, simplement que j'aurais les documents le lendemain, c'était largement suffisant pour le reléguer dans un coin de mes pensées. Pour l'heure je devais me battre pour sortir la tête de l'eau. Un soupçon d'horreur dans l'air : il paraissait évident que je méritais mon titre de tueuse hors pair. Je me félicitai intérieurement avant de sombrer dans le néant.

Je me réveillai au matin, la tête prête à exploser, la gorge nouée. J'avais l'impression de me relever d'une cuite dont je n'avais pas eu les bienfaits. La petite chambre dans laquelle je me trouvais était recouverte de tapisserie défraîchie conférant à la pièce l'impression d'avoir manqué un siècle tandis que le mobilier paraissait bancal. J'ignorai le miroir suspendu au mur, je n'avais pas envie de voir à quoi je ressemblais. En descendant les marches, je constatai qu'il était 10H passées mais une odeur de pain grillé persistait dans l'air. Fabian était seul, attablé devant les restes de son déjeuner, étudiant une carte sur laquelle plusieurs villes étaient entourées. La cuisine rustique m'apparaissait bien triste mais en prenant place devant mon collègue j'eus l'impression de ressentir la douce chaleur qui s'en dégageait. Fabian leva le regard dans ma direction et, esquissant un sourire, il alla me chercher une tasse et le café maintenu au chaud dans la cafetière, ainsi que des tranches de pain toastées. J'avalai sans rien dire, un gouffre s'étalait devant moi. Fabian ne me brusqua pas, peut-être comprenait-il combien je souffrais, peut-être sentait-il ma faiblesse sous-jacente.

Les heures s'égrenèrent lentement et quand bien même j'aurais voulu effacer le goût de la trahison rien ne semblait vouloir apaiser mes remords. Ce ne fut que bien plus tard, à l'instant où j'attachai ma ceinture de sécurité et m'éloignai du quartier résidentiel des Thomassin que j'eus la sensation de saisir les enjeux de ma prochaine mission. Fabian à mes côtés, nous étions prêts. Prêts à perdre le peu qu'il nous restait. Pour ma part je savais Paulette et André Renault ainsi que Sushi en sécurité. Tous trois devaient avoir fui la région parisienne comme nous en étions convenus il y a de ça plusieurs années. Tout du moins, j'espérais que mon appel avait trouvé l'écho correspondant. Une brève pensée me rappela les caresses de cette femme puis d'un geste rageur j'accélérai. Puisque je devais tout perdre, autant que ce soit comme je l'avais décidé. Fabian me dévisageait tandis que je me garai dans la rue de Philippe, je sentis son regard mais n'osai l'affronter, le doute et les regrets me paralysaient. Il tendit une main pour remettre une mèche derrière mon oreille, puis alors que je baissai les yeux il parla d'une voix grave.

– Nous allons réussir, je te le promets.

Un instant j'eus envie de le contrer, de lui dire que je

n'attendais rien mais d'un autre côté je ne voulais pas blesser le seul être susceptible de m'aider désormais. Je sortis précipitamment de la voiture lorsque je reconnus Philippe qui avançait à grand pas, un porte-document dans les bras. Nos regards se croisèrent et sans un mot il me tendit ce qui représentait la trahison suprême. Je vis son regard dévier vers l'habitacle de la XK, ses traits se crispèrent légèrement à la vue de Fabian mais peu importait dorénavant. Lorsque je m'engouffrai à nouveau dans la Jaguar, le pouvoir des documents que je tenais m'inonda. Je possédais le secret ultime de la Section. Je remis non sans un pincement au cœur le porte-document à Fabian puis me coulai dans la circulation parisienne dense en ce mois de septembre.

Nous prîmes une chambre d'hôtel, le temps pour nous d'étudier l'ensemble des identités de nos collègues. Après quoi il nous fallut choisir une cible. Le nom de Brice Imbert fut désigné et avec lui le début de la traque. Notre collègue, âgé de 37 ans, faisait équipe avec Clément Roche, du moins sur le rapport que Philippe nous avait fourni. Un vague soupçon nous fit douter de rencontrer les deux hommes sur la même mission mais il fallait bien commencer nos recherches, aussi jetions-nous notre dévolu sur l'homme censé nous rapprocher de notre cible principale. Leur victime était chef de service du Département d'Urologie au Centre Hospitalier et Universitaire de Limoges. M. Alexandre Alonso était un chirurgien d'une cinquantaine d'années, veuf depuis peu et habitant à la périphérie de Limoges dans la petite ville de Verneuil sur Vienne. Spécialiste en greffe rénale, Alonso proposait des consultations privées au sein même de l'hôpital, pour lesquelles les dépassements d'honoraires s'élevaient parfois à plus de 1000 euros. Comme d'habitude, il n'était fait aucune mention de ses méfaits.

Je dus faire quelques emplettes avant de prendre la direction de Limoges, histoire de pouvoir enfin me débarrasser des sapes immondes que je traînais depuis le meurtre de Stéphane. Il me semblait encore sentir l'essence et le sang sur ma peau. Faisant ronronner le moteur de ma voiture, je ressentis les vibrations de cette cylindrée de 5000 cc dont le couple surpuissant m'arracha un sourire malgré moi. Après un regard en direction de Fabian, une once de plaisir emplit mes veines. Mon collègue se tenait très droit sur le siège passager, un froncement de sourcil obscurcissait son regard, preuve s'il en fallait qu'il se sentait bien moins à l'aise dans cette voiture que moi-même. Un violent rugissement résonna en moi, le guépard brillait d'une force colossale, s'étirant en guettant la prochaine occasion de pouvoir s'exprimer, de sortir les griffes et de tracer un chemin sanglant jusqu'à ce qu'il soit enfin apaisé. Soudain la peur s'insinua en moi, celle de ne plus pouvoir m'arrêter et en songeant à la mort que j'allais répandre un frisson me parcourut l'échine. L'image de mes parents passa devant mes yeux, il resterait toujours du sang à faire couler... J'effaçais leur sourire affecté de ma mémoire, c'était la moindre des choses que je pouvais faire pour remercier Philippe de m'avoir aimée. Un haussement d'épaules plus tard je m'engageai sur l'A6 en direction de Nantes.

Il nous fallut approximativement deux heures pour atteindre le péage de Vierzon nord où, après nous être acquittés de la somme de 17,80 euros, nous suivîmes les panneaux indiquant le centre ville de Limoges. 1h30 de plus nous fut nécessaire pour arriver devant la gare Limoges-Bénédictin dont l'architecture grandiose offrait un sentiment de fierté dans cette ville aux pierres maussades. Un vent glacé nous accueillit et tandis qu'une petite pluie sapait notre moral nous nous arrêtâmes devant le premier hôtel. La façade beige entrecoupée d'un auvent rouge indiquait Hôtel Palladins en

lettres dorées. Nous pénétrâmes avec hâte dans l'établissement avec les maigres bagages que nous avions emportés pour l'occasion. Mon ordinateur sous le bras, je me renseignai auprès de la charmante hôtesse d'accueil qui ne pouvait s'empêcher de jeter des regards en coin à Fabian. Je me tournai bien malgré moi vers mon collègue pour constater son air maussade ainsi que sa posture d'adolescent incompris. Je ne pus me retenir de hausser un sourcil interrogateur, mais à quoi pouvait-il bien jouer ? Lorsque je fis à nouveau face à notre interlocutrice, un sourire niais traversait son visage poupon, je croyais rêver. Non mais qu'est-ce qu'il pouvait bien manigancer dans mon dos l'autre abruti à peine veuf ? Une once de désespoir m'envahit mais je gardai mon calme devant la jeune femme blonde qui avait l'air de prendre son rôle bien à cœur. Elle nous fit le traditionnel speech touristique sur les qualités de l'hôtel puis tandis que l'envie de jouer avec mon flingue me démangeait, je coupai court à son monologue. J'optai pour une chambre Twin version marocaine puisqu'il nous fallait choisir une « destination » entre les 15 chambres à thème proposées et avec un regard sombre, je lui tendis ma carte bleue qui fut délestée de 82 euros. Je ne jetai pas un seul regard en arrière, préférant m'engouffrer dans les escaliers qui nous mèneraient à notre chambre. Qu'il me suive ou pas, de toute façon ça allait barder ! Devant la porte, je sentis son souffle dans mon cou, hérissant mon épiderme. J'entrai et déposai mon sac sur l'un des lits jumeaux puis haussai la voix sans même me retourner.
– Tu jouais à quoi exactement avec la grognasse d'en bas ?
– De quoi tu parles ?
Me retenant difficilement de le gifler, je lui fis face et tandis qu'un sourire narquois se dessinait sur ses lèvres, je sentis la rage m'envahir.
– Te fous pas de ma gueule s'il te plait, je suis pas d'humeur à

plaisanter.

— Naïva... Comment te dire...

Son air moqueur me fit bouillir. Je m'approchai de lui. En deux enjambées je fus sur lui et l'attrapai par le col.

— Bordel, Fabian ! Nous sommes dans une merde sans nom et tout ce que tu trouves à faire c'est draguer une hôtesse d'accueil, mais ça va pas, non ?

— Naïva, quand cesseras-tu de t'égosiller pour un rien. Je cherchais juste à justifier le fait que nous prenions une chambre avec lits séparés.

— Mais qu'est-ce qu'elle en a à foutre qu'on couche pas ensemble ! Crois-tu vraiment avoir besoin d'une couverture pareille pour passer inaperçu ?

— Ne peux-tu pas me faire confiance pour une fois ?

— Ah ! Parlons-en de la confiance, tiens ! Je te suis depuis plus de quatre mois, j'ai tué des collègues pour toi, j'ai trahi Philippe, j'ai tout perdu et tu n'as même pas eu la décence de me dire pour qui tu travailles !

— Tu n'es pas la seule à avoir tout perdu...

— Oui mais contrairement à toi, moi je n'ai plus d'avenir...

— Comment peux-tu dire ça ?

Je le lâchai et m'assis sur le lit le plus proche, celui au-dessus duquel l'inscription Fès et Casablanca était censée nous faire rêver.

— Qui es-tu ?

Fabian prit place à mes côtés puis après un léger soupir s'exprima d'une voix monotone :

— Je travaille pour le Ministère de la Justice. J'ai été mandaté par Christophe Ferret pour démanteler le réseau infiltré de la Section. Nous avons donc le même patron toi et moi.

Effectivement la Section était placée sous la juridiction du Ministre de la Justice ; cependant cela n'expliquait pas tout et notamment les notes portant le sceau du Ministère de l'Intérieur que j'avais pu voir chez lui. Fabian continua à parler, comme s'il devinait mes doutes.

— J'ai été introduit à la Section via une lettre de recommandation signée de M. ferret lui-même et Philippe n'a pas eu d'autre choix que de m'accepter.

— Il se doutait de quelque chose ?

— C'est plus que probable. Tu sais mieux que moi comment sont triées les demandes d'intégration.

— Alors il savait...

— Philippe n'avait qu'une vision très limitée de ce qui se tramait et en aucun cas il n'était en mesure de saisir l'ampleur de la trahison. Il a agi avec moi comme avec n'importe quel agent, ce qui m'a permis de récolter quelques éléments de réponse.

— Pourquoi ne pas l'avoir mis dans le secret ?

— Il m'était alors impossible de savoir s'il ne faisait pas partie du complot.

— Et depuis combien de temps le sais-tu innocent ?

— Depuis qu'il t'a remis les dossiers. Philippe est quelqu'un de méticuleux, son seul tort est d'avoir eu confiance en sa hiérarchie.

Je haussai les épaules. Moi aussi je lui avais reproché son manque de discernement. Cependant cela était plus difficile de l'entendre dans la bouche de Fabian.

— Il s'est fait doubler par le secrétaire d'État chargé du recrutement.

Voilà c'était dit, nous avions une cible.

— Et qu'est-ce qu'il te faut de plus pour l'éliminer ?

— Cet homme n'est qu'un intermédiaire, il nous faut purger la Section afin de remonter la filière.

— Très bien, préparons-nous, j'ai hâte de rendre visite à Brice.

Après une douche rapide, j'enfilai mon blouson en cuir et récupérai les clefs de ma XK, nous avions prévu de faire un tour de reconnaissance autour de l'hôpital de Limoges. Les nuages lourds accompagnés d'un crachin désagréable nous poussèrent à entrer rapidement dans le hall où nous prîmes un café qui, bien qu'infecte, nous permit d'observer les lieux. Situé au deuxième étage, le service d'Alexandre Alonso se composait d'un unique couloir long de 250 mètres dont le carrelage blanc contrastait avec la peinture jaunie qui s'étalait sur les murs. Les vingt chambres qui se faisaient face fermaient via des portes colorées en vert clair et seuls quelques tableaux d'un goût incertain rompaient la monotonie du service de chirurgie urologique. La salle de soins et les trois bureaux de consultation étaient mentionnés par des pancartes vieillissantes et le personnel, peu nombreux, semblait courir dans tous les sens, entravant le couloir avec des chariots emplis de matériel de soin. Nous fîmes demi-tour rapidement en constatant que l'heure des visites était sur le point de s'achever. Je jetai le bouquet de roses acheté pour l'occasion, la nuit n'allait pas tarder et nous étions d'avis de prendre une table dans le premier restaurant qui se présenterait. Nous n'avions plus échangé de paroles depuis un bon moment, concentrés, semblait-il, sur nos objectifs personnels. La petite pizzeria où nous mangeâmes était de taille modeste et le peu de clients assis à table paraissait combler la salle. Je pris une pizza tandis que Fabian se régalait d'une escalope milanaise, nous devions donner l'image d'un couple et cette pensée me fit sourire, quel drôle de couple !

Trois jours de filature nous furent nécessaires pour parvenir à retrouver Brice Imbert. Ce dernier semblait déjà avoir pris contact avec Alexandre Alonso, et ce fut lors d'un repas au self de l'hôpital que nous pûmes enfin changer de cible. Jusque là nous avions suivi le chirurgien dans ses déplacements qui ne différaient guère du traditionnel métro-boulot-dodo. La monotonie s'était presque installée et pour ma part je fus heureuse de pouvoir enfin approcher de mon but. Comme nous l'avions prévu, Clément Roche n'était pas présent lors de l'entretien avec le chirurgien ; cela laissait planer un doute sur son implication dans la mission. D'aussi loin que nous nous trouvions, c'est-à-dire près de la halte café du hall, nous pûmes observer nos deux cibles. Habillé de façon cérémonieuse, un porte-documents à ses pieds, Brice hochait la tête devant son interlocuteur et semblait lui répondre en vérifiant ses notes dans un livret. Son air sérieux et ses manières affairées donnaient l'impression d'un commercial en démarchage. La fin du repas et une poignée de main plus tard, les deux hommes se séparèrent et tandis que nous prenions la même direction que Brice, je jetai un dernier coup d'œil au chef de service. L'homme portait un sarrau, ses cheveux grisonnants et sa barbe naissante lui donnaient l'air fatigué, usé. Le dos légèrement voûté, il s'engouffra dans la cage d'escalier et disparut à mes yeux. L'espace d'un instant je me demandai ce qu'il avait fait pour mériter sa mort prochaine puis je détournai le regard, je devais m'investir dans ma propre vengeance. Si Brice nous aperçut, il ne tiqua pas, continuant son chemin sur le trottoir entravé par les passants. Il était 13h30, quand nous l'abordâmes, chacun d'un côté. Sa surprise ne fut pas feinte ; cependant il ne prononça pas un mot plus haut que l'autre.

– Que me vaut votre visite ?

– Nous étions dans le coin.

– Ah ! Quelle coïncidence !

– Tu es seul ?

Je regardai Fabian, son ton suspicieux accéléra les battements de mon cœur.

– Comme tu vois.

– Où est ton binôme ?

– C'est un interrogatoire ou je me trompe ?

– Brice, nous ne te voulons aucun mal.

– Qu'est-ce que vous voulez alors ?

– Seulement des réponses.

Ma voix ne semblait pas assurée, je le sentis à la réaction de notre collègue. Brice s'arrêta et me dévisagea longuement, excluant Fabian.

– Il me semble que c'est bien la première fois que tu m'adresses la parole Naïva ; pourquoi devrais-je répondre à tes questions ?

Une fois de plus je payai mon ingratitude ! Que pouvais-je bien lui répondre hormis « dépêche-toi de tout nous dire sinon je colle mon flingue contre ta tête de con et je t'explose la cervelle ! » ? J'étais encore une fois face à un dilemme et je n'étais pas certaine de prendre la bonne décision. Fabian vint à mon secours en coupant court à mes cogitations indécises.

– Brice, nous recherchons Clément.

En regardant Fabian je compris pourquoi les épaules de Brice s'affaissèrent légèrement et son ton dédaigneux se transforma en un filet de voix à peine audible. Fabian était planté là, les épaules carrées, le regard ténébreux, sa prestance était presque palpable et sa force semblait inébranlable. J'eus l'impression de le voir pour la première fois tellement son charisme s'affichait autour de lui. Malgré moi je levai un sourcil soupçonneux, comment avais-je pu le mésestimer à ce point. Un début de réponse vit le jour quand je repensai à son parcours si différent du mien. Nous n'étions pas de la même trempe. La force de Fabian résidait dans l'accomplissement de sa tâche, dans la droiture et les règles préétablies, tandis que la mienne se confinait aux contournements de ces mêmes règles. Nous étions comme le jour et la nuit. La voix de Brice rompit mes pensées aussi sûrement que s'il m'avait giflée.

– Je ne sais pas où est Clément. Nous sommes simplement convenus que je devais le contacter quelques heures avant de tuer notre victime puis lui laisser mes coordonnées pour qu'il puisse me retrouver. Je n'en sais pas plus.

De deux choses l'une, soit il mentait très bien, soit il était vraiment dans l'ignorance la plus complète. Durant quelques secondes je regardai autour de nous afin de vérifier qu'il n'y ait aucun observateur suspect et malgré tout je restai en alerte. Nous nous enfonçâmes dans les rues piétonnières du centre ville où nous nous arrêtâmes dans un café. La chaleur du bistrot me fit quitter ma veste et tandis que je remontai mes manches, Brice semblait m'observer.

– Quoi ?

– Non, rien.

Je le toisai d'un air méprisant puis me levai pour passer commande. Qu'il ne veuille pas me faire confiance était une chose mais de là à me regarder comme un animal de foire il y avait un monde ! En revenant vers la table je les examinai : ils semblaient m'exclure royalement mais s'ils pensaient pouvoir se passer de moi ils se trompaient. Un sourire forcé sur les lèvres je m'assis devant Brice, Fabian se tenant sur sa droite. Nous étions dans de bonnes dispositions pour lui soudoyer des infos inestimables. Notre collègue faisait équipe avec Clément depuis peu mais c'était la première fois que son binôme le laissait gérer une mission tout seul. Les deux précédentes s'étaient déroulées de façon décousue mais Clément avait fait majoritairement acte de présence. Avant leur départ pour Limoges, ils avaient étudié le dossier « Alexandre Alonso » mais ce dernier lui avait fait faux bond juste avant de partir, mentionnant une affaire personnelle. Brice n'avait pas osé le contraindre à s'embarquer avec lui mais lorsqu'il mentionna la possibilité de le faire remplacer en appelant Philippe, Clément refusa catégoriquement. Il n'eut pas à le menacer deux fois, Brice prit le premier train et commença la filature du chirurgien. Depuis, Clément l'avait appelé deux fois pour connaître l'avancée de sa mission sans jamais le renseigner sur ses soi-disant « affaires personnelles ». Fabian ne jugea pas nécessaire de renseigner Brice sur nos objectifs ainsi que sur la déliquescence de la Section. Nous nous suffisions à nous-mêmes ! Je récupérai le numéro de téléphone de Clément puis lui proposai notre aide pour mettre un terme à sa mission. Brice sauta sur l'occasion et entreprit de nous dévoiler son plan. Lorsqu'il eut terminé son discours je contemplai mon collègue d'un œil nouveau, son imagination m'inspirait. Jamais je n'aurais cru qu'il soit capable de monter un meurtre pareil et pour une fois je m'inclinai, presque heureuse d'avoir rencontré quelqu'un susceptible de me surprendre. Ce soir-là nous dînâmes ensemble, mettant à profit le service extrêmement lent pour planifier les derniers détails de la mort d'Alexandre Alonso. Tard dans la nuit, tandis que le vin déliait les langues, Brice nous conta la vie sordide d'Alexandre Alonso et j'eus du mal à faire abstraction de son histoire aussi triste qu'ignoble. La vie de M. Alonso, chirurgien doué et renommé bascula le jour où, pour éviter que sa femme, diabétique, continue d'être dialysée, lui greffa un rein de provenance inconnue. Ce jour-là, il mit un pied dans le trafic d'organes, offrant la possibilité à tout un chacun de s'acheter un sursis tout en bafouant le droit à d'autres d'être en bonne santé. La voix de Brice résonna longtemps dans mes songes.

– Aucun chiffre en France ne peut mesurer l'importance de ce trafic, il semble même que les autorités démentent un tel phénomène par ignorance. Contrairement à la drogue, ce dernier ne fait vivre que très peu de personnes, tout d'abord parce que cela reste une marchandise pour les riches et que la technicité nécessaire aux prélèvements reste un domaine de spécialistes. Il serait dramatique de nier un tel trafic car ce serait spolier les victimes de leur humanité, bafouer leur identité et finalement renoncer à croire que nous sommes tous égaux. Nous ne sommes pas sans savoir que la Chine viole les corps de ses prisonniers afin que l'élite du gouvernement puisse profiter du confort non négligeable d'avoir des organes de rechange. Que dire de plus ? Hormis que pour certains tout est négociable et que la vie d'inconnus reste une source intarissable de promesses égoïstes. M. Alonso profita donc de sa réputation pour assurer un trafic florissant et altruiste à l'intention des nantis prêts à dépouiller leurs semblables.

Selon Brice, le chirurgien semblait s'être donné des limites et notamment ne procéder qu'à des greffes de reins : c'était tout à son honneur ! Nous aurions d'ailleurs dû le féliciter de ne voler qu'un rein par victime, après tout un seul rein n'était-il pas suffisant pour vivre ? Au comble de sa gloire notre homme perdit sa femme dans un tragique accident de voiture, seulement quatre ans après la greffe. L'histoire ne dit pas s'il accepta de donner les organes de son épouse ; ce que l'on sait, c'est qu'il intensifia son trafic en recrutant davantage de rabatteurs pour pouvoir répondre à la demande croissante.

– Une séance d'hémodialyse de 4H n'offre que 2 jours de sursis et malgré cela, le patient doit suivre un régime alimentaire très strict tout en se gavant de molécules pour masquer les effets de l'insuffisance rénale. En somme : c'est l'enfer ! Alors pourquoi se priver lorsque l'on peut squeezer les listes d'attente interminables de demandes de transplantation ? Pourquoi risquer de mourir par manque de greffon comme les 218 personnes qui sont décédées en 2008 en attendant une greffe ? Pourquoi ? Pourquoi ne pas se servir directement à la source au lieu d'attendre la prochaine mort encéphalique et d'être déçu car les familles endeuillées ont des difficultés à accepter le don et préfèrent de loin enterrer le défunt avec l'intégralité de ses organes qui pourriront au lieu d'offrir une chance de survie à un inconnu. Monsieur Alonso se posait là, préférant dénigrer le don synonyme de mort et tâchant de faire du vol un acte sublime, un acte de vie. Seulement voilà, ses choix et ses prises de position ne pouvaient pas rester impunis. Brice Imbert en était la preuve.

Tôt le lendemain je dus faire quelques courses : toujours ces mêmes histoires de crédibilité et de mensonges mais peu importait désormais, de toute manière pour moi plus rien n'existait. Sortant de la salle de douche, vêtue de la tenue on ne peut plus classique d'une infirmière de service hospitalier, je me saisis de mon Beretta et le glissai à la ceinture. Levant un regard en direction de Fabian, je constatai qu'il s'était habillé d'un costume sobre de couleur noire sous lequel une chemise blanche tranchait violemment. Je lui lançai à la volée que son allure siérait parfaitement à un croque-mort et tandis qu'il rajustait sa cravate noire il me toisa d'un air malicieux.
— Je me suis toujours demandé si les infirmières étaient nues sous leur blouse.
— J'imaginais bien que tu faisais partie de ces abrutis qui s'approprient un fantasme populaire par manque d'imagination.
Il resta bouche bée un instant et je considérai, sans remord, que sa tendance machiste méritait d'être méprisée. Enfilant mon blouson par-dessus mon déguisement d'un blanc immaculé, je jetai un coup d'œil à l'espèce d'idiot me servant de collègue avant d'ouvrir la porte et de sortir. La voiture chargée et la note de l'hôtel acquittée, nous nous dirigeâmes

vers l'hôpital. Il était 18H24 et le service se préparait doucement pour la nuit. Brice avait rendez-vous avec le chirurgien. Jouant à merveille le rôle de commercial, il était censé lui fournir des trousses d'interventions ainsi que du petit matériel comme du fil de suture et des compresses tissées. Je n'avais pas particulièrement fixé mon attention sur les documents qu'il possédait, tout comme il ne s'était pas appesanti sur la question ; mais il fallait avouer qu'il était bien impliqué dans son rôle et qu'il aurait fait un vendeur convaincant.

En arrivant au pied de l'hôpital, je tentai pour ma part de paraître aussi à l'aise que lui dans ma tenue en coton informe. Fabian me suivait à quelques pas, profitant certainement de la vue insaisissable qu'offraient mes sous-vêtements noirs sous le tissu blanc. Très peu adepte des couleurs pastel, je préférais de loin les dentelles sombres tranchant sur ma peau blanche. En tout état de cause, il semblait que je n'étais pas faite pour le milieu hospitalier. Je haussai les épaules et pénétrai dans le hall chaussée de sabots violets, la seule extravagance que je m'étais accordée. Il ne me fut pas difficile de récupérer une planche d'étiquettes de patient puis de partir à travers les couloirs étroits à la recherche d'un brancard disponible. Fabian m'aida à manœuvrer le lit et tout en faisant semblant d'être affairés, nous nous dirigeâmes vers le bureau de Monsieur Alonso. Frappant trois coups discrets nous patientâmes quelques secondes avant de voir apparaître le visage de Brice. En entrant je pus constater qu'il n'avait pas perdu de temps, le chirurgien était ficelé sur son fauteuil, un éclair de panique dans ses yeux. Le flingue de notre collègue reposait sur le plateau en verre du bureau tandis que Brice continuait à déballer son arsenal d'un sac en cuir. Il ne lui fallut guère de temps pour appliquer un garrot sur le bras droit du médecin et lui cathétériser une veine pour injecter une solution blanchâtre : neuroleptanalgésie couplée à du curare.

Alexandre Alonso transpirait à grosses gouttes en regardant le soluté passer dans la tubulure et envahir ses veines. Bâillonné, impuissant, il avait certainement compris où l'on voulait en venir. Quinze minutes furent nécessaires pour qu'il se relâche complètement et quand bien même respirait-il encore c'était probablement les dernières inspirations qu'il ne ferait jamais. Fabian fit entrer le brancard dans le bureau et nous patientâmes jusqu'à ce qu'infirmières et aides-soignantes aient terminé de distribuer plateau-repas et médicaments. Le départ fut donné et nous nous ruâmes dans les couloirs. Un drap recouvrant l'intégralité de son corps nous conduisions un mort, pas tout à fait mort, à la morgue de l'hôpital. Brice nous dirigeait à travers le dédale de couloirs, nous prouvant une fois de plus combien il avait étudié le sujet. En regardant bien, je pouvais voir le drap se gonfler lors des expirations du chirurgien ; cependant le curare dans ses veines inhibait encore suffisamment ses muscles pour l'empêcher de bouger. Le peu de personnes que nous croisâmes détourna le regard du cadavre masqué par le drap, à croire que la mort n'avait pas sa place au sein des murs blancs de l'hôpital. Le sous-sol, bien que peu accueillant, nous offrit l'avantage non négligeable de raréfier le nombre de soignants et nous pûmes en toute impunité frapper à la porte de la morgue. Par chance le gardien était encore là, à moins que Brice n'ait également programmé que l'heure de notre arrivée coïncidât à la minute près avec son heure de fermeture. Quoi qu'il en soit, l'homme habillé d'une tenue jetable bleue sur laquelle il portait un sarrau blanc poussa un soupir avant de nous ouvrir la porte. Brice le contenta immédiatement en lui annonçant que nous étions suffisamment nombreux pour nous occuper du cadavre et qu'il pouvait aller se changer pendant que nous nous occupions du corps. L'homme parut satisfait et nous donna le numéro du caisson. Nous ne pouvions pas rêver mieux. Encore une fois je soupçonnai Brice d'avoir tout planifié, décidément je le trouvais presque fascinant. Je souris intérieurement en me disant que nous aurions fait une équipe de toute beauté, lui et moi ; cependant je restais persuadée que son côté trop rigoureux aurait fini par me lasser. Nous n'eûmes aucune difficulté pour faire glisser Alexandre Alonso sur la table grise et froide du caisson qui lui était attribué, ses yeux grand ouverts trahissaient sa peur. Je ne pus m'empêcher de me pencher à son oreille et lui souffler quelques mots.

– Nous sommes vendredi soir, il est 18h54. La dose de curare qui coule dans vos veines va être éliminée par votre corps d'ici quelques minutes. Durant cette attente la température maintenue à 4° va vous provoquer une hypothermie et vous n'aurez probablement plus assez de force pour frapper contre les parois de votre cercueil. Dans le cas contraire, si votre organisme tient à se battre, sachez que le gardien est sur le point de partir et qu'il ne reviendra pas avant lundi ; à moins qu'il ne soit appelé durant le week-end pour accueillir un autre défunt, mais je ne pense pas que d'ici-là vous serez en état de vous manifester. Avant de mourir vous aurez le temps de penser à tous les innocents que vous avez charcutés pour quelques euros. L'État vous salue bien bas.

En repoussant la table rigide à l'intérieur de la chambre froide je frissonnai : Les ténèbres semblaient s'être emparées du médecin et dans un tressaillement de ses membres inférieurs j'eus l'impression qu'il craignait de faire face à ses démons. L'employé revint tandis que je collai une étiquette sur le tiroir après avoir scellé la poignée. L'homme paraissait content du week-end qui se profilait et c'est avec bonhomie que Brice remplit le cahier de réception des corps et il apposa sa signature juste à côté du double de l'étiquette. Les formalités accomplies, nous ressortîmes à la hâte. Brice alluma une cigarette pendant que nous nous dirigions vers la Jaguar garée non loin. Ecrasant son mégot après une dernière et longue bouffée, il sortit son portable et composa le numéro de Clément, la conversation fut brève.

– C'est moi.

– ...

– Je prends le train demain matin à 5h22, j'ai un arrêt à Vierzon entre 7h17 et 7h49, je serai à Paris Austerlitz à 9h18.

– ...

– Très bien, à demain.

Il se tourna vers nous et nous salua d'un hochement de tête. Rendez-vous était pris. Orientant la télécommande vers la XK, j'en ouvris les portes puis, après un dernier regard vers Brice, je m'engouffrai avec un plaisir évident dans l'habitacle. Nous avions de la route à faire et je ne souhaitais louper notre rencontre avec Clément pour rien au monde. Fabian s'installa à côté de moi et me sourit en matant ma tenue blanche. Je pris le parti de me taire, préférant augmenter le volume des haut-parleurs et tenter d'oublier la proximité de nos deux corps. Il nous faudrait près de quatre heures pour remonter vers Paris, la nuit promettait d'être longue.

7 Clément Roche

Je me réveillai la bouche pâteuse et des douleurs diffuses dans le dos. Fabian me regardait. Comme s'il ne suffisait pas de me retrouver dans une tenue lamentable, il fallait en plus affronter les yeux inquisiteurs de mon collègue ! Nous étions dans le parking d'Austerlitz, 8h venaient de sonner, nous étions dans les temps. L'habitacle sentait l'air vicié et la chaleur de nos deux corps laissait des traces d'humidité sur les vitres mais peu importait. Après une inspiration, je sortis afin de récupérer mon sac dans le coffre. La fraîcheur s'insinua à travers ma blouse d'hôpital et un frisson me parcourut l'échine. M'empressant de réintégrer ma place, j'entrepris de déballer mes affaires à la recherche de quelque chose d'acceptable. Je mis la main sur un jean et un débardeur puis jetai négligemment le reste sur les genoux de Fabian. Son visage traduit son étonnement lorsque je dégrafai les boutons de ma tunique blanche.

– Pas besoin de détourner le regard, surtout !
– Non mais je rêve ! Tu vas te déshabiller là ?
– Ça te pose un problème ? C'est pas comme si tu ne m'avais jamais vu nue.

Fabian tourna la tête et fit semblant d'être absorbé par un point précis dans le parking sombre et immobile de la gare. J'usai de contorsion pour ne pas le toucher, le coupé n'était toutefois pas assez grand et à plusieurs reprises je dus prendre appui sur lui. Je me fichais pas mal qu'il assiste à mon strip-tease, de toute façon il me paraissait improbable de ne pas partager un lit avec lui un de ces quatre... Quand il serait en mesure de faire taire ses sentiments pour sa femme. Je fourrai mon sac derrière son siège puis avec un sourire malicieux je lui proposai un café, nous avions besoin de nous dégourdir les jambes et de repérer les lieux. Nous arrêtant dans un bistrot à l'allure mélancolique, je commandai deux expressos tandis que Fabian prenait place à une table faisant face aux quais. Il me tournait le dos et dans ses épaules voûtées je détectais l'appréhension de notre prochaine mission, celle consistant à éliminer l'un des nôtres afin de remonter la filière des traîtres. Il m'adressa un bref regard lorsque je posai la tasse devant lui puis retourna à la contemplation des trains en partance. Celui de Brice était prévu pour 9H18 mais finalement on se foutait pas mal de son train puisque dorénavant seul Clément Roche comptait. Le silence tout relatif qui se créa autour de nous fut interrompu lorsque je sentis la main de Fabian sur la mienne. Je levai les yeux en cherchant du regard ce qui venait de provoquer son geste. Notre ennemi se tenait devant nous ; un journal à la main, il consultait le panneau des arrivées l'air décontracté. Un instant j'eus envie de me lever et de courir vers lui, mon arme au creux de la main. Aucun remords ne me traverserait lorsque, le canon contre son front, je tirerais. Fabian parut déchiffrer mes pensées rien qu'à mes traits crispés et alors que je réfléchissais encore sur mes possibilités, mon collègue me força à le regarder en attirant mon visage jusqu'à ce que je puisse sentir son souffle sur mes lèvres.

– Non.

Un mot, un seul. De sa part je n'étais pas étonnée mais pouvait-il seulement imaginer combien il me fallait me contrôler pour ne pas tout envoyer voler et laisser le guépard dans mes veines traverser le hall afin de déchiqueter l'homme en jean et blouson en cuir dont la seule présence semblait nous narguer tous deux. Je finis pourtant par céder. Non pas que sa force fut supérieure à la mienne mais notre partenariat souffrirait forcément de ce geste irréfléchi. Je ne parvins pas, toutefois, à baisser le regard, ni à m'empêcher d'embrasser ses lèvres. Ses doigts sur mon cou tardèrent à me relâcher mais il s'abstint de me rendre mon baiser. Nous restâmes un long moment sans plus bouger, donnant l'impression aux voyageurs autour de nous d'être un couple sur le point de se séparer. Pour ma part, cela me donnait un avant-goût de ce que j'escomptais obtenir de lui mais je n'aurais su dire ce qui se passait dans sa tête. Je brisai la tension en lui adressant un clin d'œil narquois, c'était tout ce que je pouvais lui offrir pour apaiser sa souffrance. Car telle était certainement la raison de son absence de réaction. Notre échange avait au moins eu l'avantage non négligeable de ne pas attirer l'attention sur nous et notamment celle de Clément. Ce dernier s'était installé sur un banc qu'il partageait avec un adolescent qui ne devait probablement pas fumer que des Chesterfield. Un pâle sourire s'afficha sur mes lèvres en songeant que moi aussi je n'avais pas eu que des heures de gloire, loin de là. Une voix féminine annonça l'arrivée du train de Brice sur le quai numéro 7, Clément ne broncha pas. Notre future victime continuait à lire son journal, trop sûr de lui pour s'inquiéter ou chercher du regard son co-équipier ; Clément Roche faisait partie de ces hommes trop prétentieux pour se méfier. Sachant pertinemment que son assurance exubérante prononcerait sa perte, je jubilais à l'idée de la traque que nous allions entreprendre. Après leurs retrouvailles, les deux hommes se dirigèrent vers le parking extérieur. La Golf noire de Clément trônait sur une place réservée aux handicapés et tandis qu'il frimait de façon pitoyable, je me jurais intérieurement que sa bagnole n'aurait pas une meilleure gueule que lui quand j'en aurais fini avec ce traître. Lunettes de soleil sur le nez en pleine grisaille parisienne, Clément ne semblait pas s'être rendu compte que le mois de septembre nous promettait un automne plus que maussade, mais bon, il devait jouer un rôle et à bien y réfléchir ce devait être celui du blaireau machiste. Je haussai les épaules, à quoi bon me torturer l'esprit puisqu'il n'avait plus que quelques jours à vivre. Un coup d'œil en direction de Fabian me confirma mes pires craintes : nous allions devoir abandonner ma XK au parking et utiliser les services d'un taxi. Je ne pus m'empêcher de lever les yeux au ciel, se croyait-il dans un film de série B pour envisager ne serait-ce qu'un instant une course poursuite à travers Paris ? Je croyais rêver...

Tâchant de la boucler, je suivis Fabian et m'engouffrai dans une Passat de chez Volkswagen dont la couleur bleu acier se mariait mal avec sa fonction de taxi. Fabian serra la main de l'homme au volant, l'appelant par son nom. Ainsi nous n'étions pas sans ressource. Un regard en coin du conducteur me fit comprendre qu'il souhaitait des présentations en bonne et due forme, mon collègue s'exécuta.

– Naïva, je te présente Frédo.

D'un hochement de tête dans ma direction, l'homme blond au visage émacié m'offrit un signe de bienvenue mais cela ne put effacer le sentiment de danger qui émanait de lui. Il paraissait grand et à sa façon de bouger, je sentis la force brute de celui qui est amené à accomplir les pires besognes sans jamais être trahi par le remords. En face de moi se trouvait le tueur par excellence, celui qui n'hésite pas à dégainer son arme en plein centre ville et à tirer à bout portant sur sa cible, ne désertant les lieux qu'une fois son chargeur vide. Fabian paraissait nerveux si bien qu'il mit fin à notre examen mutuel, se raclant la gorge et pointant du doigt la Golf qui pénétrait la circulation presque fluide des abords de la gare. Frédo se retourna et enclencha la première, ainsi commençait la traque. Dotée seulement de 105 Ch. le moteur common rail 1,6TDI n'offrait pas de quoi se réjouir avec ses 12 secondes traînantes pour atteindre 100Km/H, je m'engonçai dans mon siège et tentai de garder le visage impassible sous peine de finir avec le canon d'un flingue contre le front. Je percevais toutefois que notre conducteur était habitué à circuler dans de telles conditions, ses mouvements, jamais brusques, affirmaient la maîtrise de sa conduite ainsi que sa capacité à rester dans l'ombre de celui qu'il poursuivait. Sans surprise Clément conduisait Brice à la Section et je ne pus m'empêcher de lever les yeux en direction du bureau de Philippe tandis que nous passions dans la rue Rottembourg. Clément et Brice restèrent quelques minutes dans l'habitacle de la Golf avant de pénétrer dans le hall de l'immeuble, discutant certainement des détails de la mission Alexandre Alonso afin de paraître crédibles devant notre boss. Philippe n'était habituellement pas présent le samedi matin mais rien n'était plus sûr désormais. Nous patientâmes un peu plus d'une heure, ce qui me sembla une vraie torture tant le silence pesant qui s'était créé autour de nous paraissait dur à briser. Fabian et Frédo ne semblaient pas disposés à me renseigner sur leur coopération ni même sur l'identité de leur patron ; en somme, j'étais l'intruse. *Sympa !* Clément finit enfin par sortir et à mon grand soulagement j'eus de quoi m'occuper l'esprit. Une fois encore une injure me vint à l'esprit tant il paraissait sûr de lui et le mépris qu'il m'inspirait me brûlait en pensant qu'il avait bien failli m'avoir une fois tandis que je me débattais avec Ellian Cutterfield. La Golf partit en trombe, empruntant l'avenue du général Bizot puis de Daumesnil, les rues s'enchaînèrent et en traversant la place de la Bastille j'étais convaincue que nous ne nous dirigions pas chez lui. Arrivé dans le deuxième arrondissement et à la surprise de tous, Clément s'arrêta rue d'Antin et pénétra les bureaux du centre de sécurité routière. Fabian se tourna vers moi, l'air presque amusé puis répondant à ma question muette il se contenta de m'annoncer le début de l'enquête. *Voilà !*

Le reste de la journée ne fut pas très instructif, mais eut l'avantage de nous dévoiler les habitudes de Clément, à savoir quelques heures volées dans les bras de sa maîtresse, une femme portant le nom de Véronique Bertet puis un retour dans sa maison banlieusarde où femme et enfants l'attendaient. Presque déçue par sa vie fade partagée par la traditionnelle amante et les mouflets du foyer officiel je devais avouer avoir imaginé cet espèce de macho dans des positions bien plus tendancieuses, à moins qu'il ne nous ait pas encore tout dévoilé, j'en trépignais d'avance. Il était 21H35 quand je retrouvai ma XK, ravie de quitter le siège trop dur de la Passat. Fabian parut également se détendre, à croire que son collègue lui flanquait la même trouille qu'à moi. Sans lâcher la route des yeux, je me permis de lui demander s'il souhaitait m'offrir une nuit à l'hôtel ou s'il comptait encore s'endormir sur le siège passager. Après un rire franc il me permit de choisir ma destination et sans vraiment avoir prémédité mon coup, je pris la direction de chez moi, une crainte au creux du ventre. Fabian ne dit rien lorsque j'arrêtai le moteur devant le modeste pavillon sur lequel un panneau indiquait « a été vendu par FNAIM ». J'en étais à la fois soulagée et triste car j'obtenais la certitude que ma mère de substitution était à l'abri et que d'un autre côté je me retrouvais à la rue, une fois de plus. Rien ne bougeait à l'intérieur. Aussi, récupérai-je mes clefs dans la boîte à gant afin de pénétrer une dernière fois dans le seul bien immobilier qui m'eut jamais appartenu. Fabian derrière moi, j'ouvris la porte sans qu'elle n'émette le moindre son. J'appuyai sur l'interrupteur, presque surprise de constater qu'une ampoule nue éclairait la pièce, dans laquelle seuls deux tréteaux se faisaient face. Ce fut avec horreur que je constatai que les murs, autrefois bruns, étaient retapissés de lés d'une couleur indéfinissable entre le rose et le saumon, quelle infamie ! Renonçant à vérifier l'injure faite à ma propre chambre je tournai les talons, j'en avais assez vu. Mon collègue ne me posa aucune question. Peut-être cela faisait-il écho à ce qu'il envisageait de faire de sa villa, celle où Isabelle avait perdu la vie. Je me doutais qu'il ne lui était pas possible de continuer à y vivre mais je n'osais le questionner sur le sujet. À presque 23h nous trouvâmes une chambre d'hôtel dans le 20ème arrondissement, peu m'importait le nombre d'étoiles et le sourire du personnel, je n'avais envie que d'une chose : mettre un terme à cette journée.

M'éveillant en sursaut, je repoussai le corps chaud de Fabian de l'autre côté du lit, non pas que nous ayons pris notre pied mais nous n'avions pas tergiversé la veille au soir en prenant une chambre double, pas le temps à perdre avec ces conneries. Ce n'était pas la première fois que je partageais un lit avec lui et son odeur paraissait ancrée dans ma peau. Les chiffres du réveil indiquaient 7h58, je me levai et pris une douche brûlante. Fabian pénétra dans la salle de bain tandis que, enroulée dans une serviette, je suivais du doigt la ligne rosâtre qui striait mon arcade droite, encore une cicatrice qui ne s'effacerait jamais. À travers la glace je levai les yeux sur Fabian puis me détournai de lui et fermai la porte en sortant de la pièce à la chaleur presque étouffante. Nos relations paraissaient parfois tellement étranges que je préférais fuir la confrontation, quand bien même je savais que je finirais par remporter notre duel muet. J'entendis l'eau ruisseler alors que je m'habillais et je sortis de la chambre avant même que Fabian eut terminé de prendre sa douche. Ma première idée fut de trouver une supérette et d'acheter n'importe quel alcool pourvu qu'il soit assez fort. Depuis combien de temps n'avais-je pas touché à une goutte de rhum ? Bien trop longtemps à mon goût...

Ce ne fut qu'une fois dans le rayon des spiritueux que le doute s'imprima en moi, qu'étais-je en train de devenir, moi Naïva, au beau milieu d'un supermarché bondé de lève-tôt qui profitaient de leur dimanche matin pour faire quelques courses d'appoint. Détachant mon regard des bouteilles aux couleurs vives, je m'orientai vers la sortie en traînant des pieds, peut-être était-il temps de faire une croix sur mes penchants d'alcoolique notoire et en extrapolant je finis par me demander s'il n'était pas temps d'en finir tout court. Un instant je caressai la crosse froide de mon arme puis me ravisai. Après tout, un suicide est une mort inutile. En ouvrant la porte de la petite chambre d'hôtel dénuée de tout caractère, je surpris Fabian à faire les cent pas et à l'instant où nos regards se croisèrent je n'y lus que du soulagement ; ce fut comme un baume apaisant le conflit qui se jouait en moi. Fabian aperçut le sachet de croissants que je tenais et ne sembla pas vouloir plus d'explications quant à mon absence, même si je devinais qu'il n'était pas dupe. L'ambiance se détendit immédiatement quand, tels deux enfants nous nous jetâmes sur les viennoiseries, ce qui nous permit de souffler un peu. Le reste de la journée fut partagé entre l'établissement du plan nécessaire pour infiltrer le pôle de la sécurité routière et l'étude détaillée des dossiers que Philippe nous avait remis. Essayant de faire des déductions parfois hasardeuses, nous optâmes finalement pour la filature des membres de la SR. Fabian usa de ses passe-droits en pianotant quelques SMS, ce qui devait nous faciliter la tâche puisqu'il obtint en retour le nombre d'employés travaillant pour l'agence de la rue d'Antin. Vingt-cinq. Ils étaient vingt-cinq en comptant le directeur. Je savais pertinemment que nous pouvions rayer toutes les femmes du service, il paraissait invraisemblable que Clément s'abaisse à collaborer avec une gonzesse. Fabian tiqua mais s'abstint de contrer ma certitude, il ne pouvait tout simplement pas percevoir les choses sous le même angle que moi mais finit par se ranger de mon côté. La soirée était déjà bien avancée quand nous décidâmes d'aller rôder du côté de chez notre future victime, histoire de pouvoir le pister dès la première heure le lendemain. Sa Golf était garée sur le trottoir bordant le minuscule bout de jardin de sa propriété. J'espérais qu'il avait apprécié son dimanche en famille car ceux-ci lui étaient comptés désormais. Eteignant le moteur, je laissai la musique en sourdine, histoire d'éviter un silence pesant. Rien ne bougeait dans le quartier si bien que je me calai le plus confortablement possible dans mon siège et fermai les yeux, je savais que Fabian garderait un œil à ma place. Un vieux slow des Guns'N'Roses emplit l'habitacle, m'arrachant un sourire malgré moi, ses accords résonnaient en moi avec la même force qu'autrefois. Le titre ne me revint qu'avec le refrain : Knockin'on Heaven's Door, comment avais-je pu l'oublier ? Un léger mouvement de mon collègue me fit rouvrir les yeux et tandis que je captais son regard, une décharge me secoua. Il était prêt, et quand bien même il aurait voulu le cacher, ses prunelles l'auraient trahi. Les rifts des guitares électriques parurent soudain perdre de leur intensité tant la pression qui s'exerçait sur mes artères était forte. Je me penchai vers Fabian afin de vérifier la véracité de mes réflexions et s'il ne s'approchât pas, il ne reculât pas non plus. Je n'osais songer aux remords qui devaient se déchaîner dans sa tête, préférant occulter ce qui ne me concernait pas. Ses dernières réticences s'envolèrent lorsque je posai mes lèvres sur les siennes et aussi sûrement que mon désir s'accrut, le sien s'embrasa. Ses mains à la fois douces et rudes m'agrippèrent par la taille, m'attirant à lui et me faisant passer de son côté de l'habitacle. À califourchon, serrée entre la portière et la boîte de vitesse je m'extirpai de mon blouson et le jetai derrière mon siège. Fabian passa ses doigts sous mon tee-shirt, faisant sauter les agrafes de mon soutien-gorge et caressant ma peau avec une délicatesse dont je ne l'aurais pas cru capable. Lorsque qu'il effleura mes seins, je poussai un soupir et rejetai la tête en arrière, presque honteuse de m'abandonner à lui si facilement. Mes pensées s'échappèrent quand il fit passer le fin coton par-dessus mes épaules, je ne pouvais plus faire marche arrière. Je frémis en sentant son souffle chaud sur mon corps et profitai qu'il caresse le tatouage marbrant le creux de ma hanche droite pour le débarrasser de son polo auquel j'arrachai les boutons tant mon impatience prenait le dessus. Un bref sourire éclaira ses traits en entendant les craquements de son tee-shirt et je ne pus que me retenir de rire en me mordant la lèvre inférieure. Plaquant ma poitrine contre son torse nu je humai son parfum et fis courir ma langue dans son cou, faisant tressaillir sa peau. De ma main gauche j'actionnai la manette afin de coucher son siège tandis qu'il faisait glisser mon jean sur mes cuisses. La radio diffusa un tube de Milow mais je ne parvins pas à discerner sa voix tant le souffle court de Fabian tout contre mon oreille retenait toute mon attention. J'aurais eu tendance à retenir mes gémissements si mon partenaire ne les avait pas tant appréciés et je me serais certainement laissée faire si ses mains habiles m'avaient forcée à me soumettre ; pourtant Fabian semblait se délecter de mon corps chaud sur le sien et ses muscles semblaient se tendre pour mon seul plaisir. Bien après que j'eus cédé à l'orgasme, Fabian étouffa un juron au creux de mon épaule et m'enlaça tendrement. Dans ses paupières clauses et ses traits crispés je devinais à quel point son plaisir était entaché de douleur mais il continua à caresser mon corps frissonnant, m'offrant une sérénité qu'il n'était pas en mesure de posséder mais qui devait m'épargner de souffrir. J'appréciai son cadeau à sa juste valeur et sur ses lèvres douces déposai tous mes remerciements avant de sombrer dans un sommeil sans rêve. Un raclement de gorge me fit sursauter, m'éveillant aussi certainement que si l'on m'avait secouée. Fabian était assis derrière le volant, à *ma* place, un sourire triste figé sur son

206

visage. Me relevant sur un coude je constatai que mon blouson couvrait ma nudité et que le soleil ne tarderait pas à se lever.

– Savais-tu que le dernier à s'être assis à la place que tu occupes est mort dans d'atroces souffrances !

C'était une menace risible après la nuit que nous venions de partager et pourtant c'était la pure vérité, quoiqu'un peu amplifiée. J'adressai une pensée émue envers Louis Raymond puis entrepris d'enfiler mes vêtements avec toute la dignité qui me restait.

– Un collègue ou un patron ?

Je surpris dans son regard un amusement feint tant la curiosité devait le ronger.

– Pire, c'était le propriétaire de la voiture.

– Ainsi c'est une seconde main !

Captant mon air renfrogné, il se reprit immédiatement.

– Simple constatation, pas d'insulte dans mes propos. D'un autre côté cela explique pourquoi tu roules dans une bagnole que même Philippe n'est pas en mesure de se payer. Mais pourquoi fallait-il qu'il me parle de Philippe à cet instant ? À croire que pour lui je restais attachée à cet homme que je venais de trahir. J'avais bien besoin de ça maintenant !

– Nous avons tous deux fait nos choix. Et toi, Fabian Delbart, qu'as-tu fait comme choix pour être assis au volant de ma XK ? Toi qui roules en Golf !

Nous nous dévisageâmes un long moment dans un silence menaçant. Après tout il restait des zones d'ombre dans son passé et si je savais qui créditait ma solde tous les mois, je n'avais aucune notion de son employeur, quant bien même ce dernier était subordonné à Christophe Ferret.

– Je te l'ai déjà dit, je suis rattaché au Ministère de la Justice.

– ...

Je restais sur la défensive, moi aussi je travaillais pour la

Justice, pourtant je n'avais jamais eu connaissance d'un groupe parallèle à la Section. Fabian poussa un soupir, peut-être imaginait-il que mon abandon de la veille équivalait à un chantage.

– OK, je vais être franc.

– C'est pas trop tôt !

– Je travaillais pour le Ministère de l'Intérieur...

– Le GIGN ?

– Oui.

– Putain de merde...

– La force d'observation et de recherche pour être précis. Je haussai les épaules, je voyais parfaitement le type d'hommes dont il parlait, genre Sig-Sauer P228, fusil d'assaut et Taser X26 pour limiter les dégâts. Coupant court à mes doutes, il continua.

– Arrivé au poste de Ministre de l'Intérieur, Edouard Degrammont a tout de suite compris la valeur que vous représentiez, toi et les autres de la Section. Et comme il n'est pas rare en politique d'offrir de substantiels pots-de-vin pour acquérir l'objet convoité, il a réussi à corrompre le seul lien faible de la structure : le Chef de Cabinet du Ministère de la Justice chargé du recrutement. Nom de la faille : Damien Godrant.

– Degrammont est donc devenu par la force des choses le deuxième maître de la Section. Se servant de vous comme de simples tueurs à gage. C'est son Directeur de Cabinet qui, le premier, s'est aperçu de la manœuvre et aujourd'hui encore, il risque gros tant il est impliqué dans le démantèlement du système parallèle. C'est grâce à cet homme que mon commandant d'unité, ayant eu vent de l'affaire, a proposé son aide au Ministre de la Justice. Nous sommes cinq à avoir été dépêchés sur l'enquête, Frédo et moi sommes les seuls survivants à l'heure qu'il est.

208

– J'imagine que tu obtiendras une rétribution à la hauteur de ton investissement ?

– Le commandement de la Section.

Fabian baissa les yeux, cet aveu clarifiait la situation. Lorsqu'il reprit, son ton devint presque sournois.

– Tu devrais en être soulagée, toi qui ne couches jamais avec tes collègues, seulement avec ton patron.

La claque magistrale que je lui collai laissa une marque rouge vif sur sa joue.

– Tu n'auras jamais l'honneur d'être mon patron, je te le promets.

Le jetant presque de la voiture, je récupérai ma place et tandis qu'il faisait le tour du véhicule, j'eus envie de lui rouler dessus ; cependant il m'était encore utile. L'air grave, il s'installa puis prononça des paroles que je m'empressais de noyer sous la musique et, quand il coupa net la radio, il s'exprima d'une voix vibrante.

– Je m'excuse, je n'aurais pas dû te parler comme ça.

– Je ne t'en laisserai plus l'occasion.

Croisant les bras sur sa poitrine, il détourna le regard ; chose qu'il n'aurait jamais dû faire puisqu'une demi seconde d'inattention après, je lui braquais mon arme contre la tempe.

– Encore une chose : Ne compte pas sur moi pour t'offrir la tête de la Section et sache que s'il reste un moyen de sauver Philippe, je l'userai contre toi.

Le silence s'alourdit autour de nous, mais peut-être était-ce mieux ainsi, après tout nous n'étions pas du même bord.

Clément Roche sortit de chez lui vers 7H15, sonnant par la même occasion le début d'une nouvelle journée de filature. Malheureusement pour nous, notre future victime se contenta d'intégrer les locaux de la Section et n'en bougea pas de toute la journée. Le seul avantage de cette perte de temps fut que le fameux Frédo vint nous rejoindre avec un dossier renfermant l'intégralité des états civils du personnel travaillant dans le pôle de la sécurité routière. Je ne me posais plus de questions sur les possibilités que leur conférait leur appartenance au GIGN, trop contente d'avoir de quoi me divertir. Bien entendu, je reléguai les dossiers féminins au dernier rang et me concentrai sur les photocopies noir et blanc de l'effectif masculin, soit 18 feuillets. Sortant mon PC pendant que les deux hommes à côté de moi discutaient à voix basse, j'entrepris de commencer les recherches. Durant les douze heures d'attente, qui ressemblèrent plutôt à une séquestration tant le charisme des deux membres du GIGN me donnait l'impression de briser mes ailes, je ne fus pas en mesure de trouver la moindre piste valable. Rien, il n'y avait rien. La vie de ces hommes défila devant mes yeux, tout du moins leurs comptes bancaires, leur affiliation à la caisse de sécurité sociale ainsi qu'à la CAF, leurs prêts immobiliers, la marque de leurs voitures, sans oublier leurs casiers judiciaires. Bien évidemment, l'un d'entre eux était en surendettement, un autre s'était fait arrêter pour avoir participé à une manifestation ayant un peu débordé, un troisième semblait collectionner femmes et enfants au point que ses pensions alimentaires s'élevaient à plus de la moitié de son salaire, quand un quatrième semblait passer tous ses week-ends dans le train entre Brest et Paris. Bref, rien de transcendant. La seule déduction que je me permis fut que quelles que soient les magouilles concernant Clément, cela était soldé par de l'argent au black ou par une autre monnaie d'échange, mais quoi ?

Il fut convenu que pour accélérer la procédure nous devions nous séparer. Nous étions trois, dans le pire des cas, six jours de filature seraient nécessaires pour trouver un lien avec

Clément Roche. Pas mécontente de voir Fabian quitter le siège passager de ma voiture, j'en profitais également pour déménager mes affaires de l'hôtel absolument inconfortable dans lequel nous étions descendus. Optant pour l'hôtel Nelson, en partie pour les 4 étoiles qu'il affichait, je pris ainsi position dans le 2ème arrondissement. Certes j'aurais pu trouver meilleur marché puisque les 215 euros par nuit représentaient un budget déraisonnable, mais si Fabian devait devenir le patron de la Section, autant qu'il s'y fasse tout de suite. Pour ma part, je ne souhaitais pas restreindre mes frais de mission pour cette espèce de parvenu. Je récupérai 6 noms : Hurtiz, Flandrin, Gaillard, Petit, Kunjundris et Barier puis abandonnai mes deux collègues. La présence de Fabian m'étant devenue presque insupportable, aussi je profitai pleinement de la chambre à la literie quelque peu mollassonne et à la salle de bain exiguë mais qui m'offrait le luxe d'être enfin seule. Le lendemain je consacrai ma journée à Monsieur Hurtiz qui vraisemblablement n'était passionné que par son écran plat. Marié depuis 25 ans, ses deux enfants ayant quitté le foyer familial, l'homme paraissait exiger de son épouse uniquement le couvert, une bière fraîche et la meilleure place du canapé. Ses comptes étaient vierges d'opérations douteuses, aucun port d'arme n'existait à son nom. Et pour couronner le tout, sa Fiat Panda vieillissante n'aurait jamais pu tenir le choc d'un trajet à plus de 90Km/H. En somme : une vraie perte de temps. Soulagée de rayer son nom, car sinon le défi n'aurait pas été convenable, j'envoyai un SMS à Fabian pour lui transmettre mes déductions. Je me fichais pas mal de l'endroit où il créchait et me foutais royalement de ses considérations métaphysiques sur notre partenariat au bord de l'explosion. Je ne pris pas la peine de répondre à son appel, il n'était pas manchot et devait donc être en mesure de taper un message sur son clavier.

Lorsque deux jours plus tard, traversant le hall classieux de l'hôtel sous les yeux inquisiteurs de l'hôtesse d'accueil je ne pus m'empêcher de rager à la vue de Fabian. Le dossier Flandrin n'avait rien donné, l'homme cinquantenaire célibataire louant un appartement lugubre à deux pas de son boulot m'avait convaincue qu'il n'était pas fait pour faire face à un tueur tel que Clément, tout comme le jeune Kunjundric qui se tapait 1188 Km tous les week-ends pour rejoindre une jeune Brestoise non encore majeure mais qui semblait déjà en connaître un rayon sur les addictions en tous genres. La présence de Fabian n'était due qu'à une seule chose, il avait trouvé notre homme. Evitant de lui montrer mon ressent, je l'autorisai à entrer dans ma chambre qui ressemblait à un capharnaüm tant je ne m'étais privée de rien. Les restes d'une bouteille de cognac gisaient encore sur une table de chevet mais sans surprise il ne se permit aucun commentaire ; peut-être se doutait-il que sa cervelle éparpillée sur les murs dégraderait davantage l'état de la chambre. Quoi qu'il en soit, il me raconta comment, sans aucun doute possible, il avait mis la main sur l'équipier de Clément.

L'homme s'appelait Emilien Rostand. Agé de 41 ans, marié, trois enfants, pas de casier judiciaire, un prêt de 487,67 euros par mois équivalant à l'achat d'une Seat Ibiza SC Style 105 CV de 16340 euros, clef en main. L'homme avait intégré l'équipe de la sécurité routière 12 ans auparavant et à ce jour aucun blâme ne venait entacher sa carrière. Pas de maîtresse, probablement un père de famille correct. Madame Rostand était aide-soignante dans une maison de retraite, des horaires pas faciles, mais bon, pas de quoi se fouetter non plus. On aurait pu s'arrêter là dans le conformisme ennuyeux à mourir et le manque d'ambition. Mais Emilien Rostand ne semblait pourtant pas de ce genre-là bien que son activité principale soit de donner des « cours » de rattrapage de points, version donneur de leçons. Certes le côté rébarbatif devait être prononcé tant le nombre d'ivrognes, de chauffards et de chauffards ivrognes n'était pas en diminution. Ce qui, en revanche, était inédit fut qu'il ait ses passe-droits auprès du service de tri du Trésor Public et plus précisément auprès d'un certain Emmanuel Paille administrateur en chef du secteur « contraventions pour excès de vitesse ». Pour Fabian ce fut, à juste titre, le lien de trop. Au final, le trio : éducateur, percepteur et ripou ne pouvait que trop bien sonner. La véritable enquête ne commença dès lors que le lendemain et quand bien même Fabian profita de mon lit je lui fis clairement comprendre qu'il n'était qu'un moyen comme un autre pour trouver le sommeil. Mon collègue accepta de faire semblant de se soumettre à mes règles même s'il savait que nous finirions par nous détruire mutuellement.

Emilien Rostand ne se doutait de rien lorsqu'il quitta les bureaux de la sécurité routière à 8H40 ce jeudi matin. Embrayant dans la circulation parisienne, il se dirigea vers les locaux destinés aux cours près du jardin des Tuilières. La journée dut lui paraître bien morne à faire la leçon aux conducteurs avides de récupérer leurs points, quitte à dénigrer l'alcool au volant et toutes ces saloperies à inhaler. J'imaginais parfaitement le topo : bourrage de crâne pour vous faire aduler le "Saint Radar" sauveur de vie humaine et pourvoyeur de fonds incommensurables. Prenant mon mal en patience tandis que Fabian somnolait sur le siège passager, probablement trop fatigué par ses efforts de la veille, j'eus du mal à ne pas faire crisser les pneus quand enfin Emilien remballa son rétroprojecteur et ses polycopiés. Certes, il restait encore beaucoup de questions sur les agissements de cet homme grand, mince, les cheveux coupés courts et bouille genre gueule d'amour. Dans ses mouvements je devinais une aisance presque féline, et même s'il n'avait pas de permis de port d'arme il paraissait armé. Ce sentiment éveilla ma curiosité. Comment se pouvait-il qu'il soit dangereux ? Lui, un éducateur de la sécurité routière. L'espace d'un instant, des visions d'un autre temps emplirent ma tête, celles d'un oreiller et d'un homme large d'épaule à l'air hautain et indestructible, puis celle plus rassurante de son corps figé dans une position grotesque, les yeux révulsés... Personne n'est indestructible. Desserrant mes doigts crispés du volant, je poussai un soupir. Le guépard dans mes veines se mit à ronronner, la vengeance approchait. Fabian ne me renseigna pas sur les occupations de Frédo, me donnant l'impression d'une cassure dans notre partenariat. Je haussai les épaules ; finalement peu m'importait qu'ils complotent dans mon dos, je n'avais pas l'intention de rester longtemps en leur compagnie. Emilien récupéra son véhicule puis se dirigea à une allure usante par sa lenteur vers les bureaux du Trésor Public. Délaissant son matériel dans le coffre de la Seat, il s'engouffra dans le bâtiment haut de six étages. La même scène qui avait permis à Fabian d'identifier son interlocuteur se déroula devant mes yeux. Emilien ressortit de l'immeuble avec à ses côtés un homme habillé d'un costume bon marché de couleur grise. Ils se dirigèrent tous deux vers une Citroën C8 noire relativement neuve. Il n'avait pas fallu beaucoup de temps à Fabian pour mettre un nom sur le numéro de sa plaque d'immatriculation et ainsi déterminer l'identité du troisième membre du complot. Mon collègue était parfaitement réveillé à présent et rien qu'à son regard je pus déterminer qu'il venait d'apercevoir la même chose que moi. Emmanuel Paille récupéra une liasse de papiers dans la boîte à gants du monospace pour les remettre à Emilien et dans la couleur grisâtre de ces derniers je ne pus que reconnaître le papier désagréable des PV. Bien évidemment nous ne pouvions pas être franchement surpris par l'objet du trafic mais établir le lien entre les deux complices nous permettait de pouvoir dorénavant concentrer nos efforts sur Clément. Ils se quittèrent sur une poignée de main franche puis chacun repartit dans une direction opposée. Puisque les papiers étaient dans la poche d'Emilien, nous optâmes pour continuer notre filature de l'éducateur qui servait très certainement de lien entre Clément et Emmanuel.

Les trois jours suivants furent horriblement longs puisque Clément ne fit aucune apparition dans les bureaux de la sécurité routière, se contentant d'après Frédo de passer ses journées entre la Section et sa maîtresse. Fabian pour sa part ne me lâcha pas d'une semelle, comme s'il ne s'était rien passé, comme s'il ne m'utilisait pas pour accéder à la tête de la Section. Lorsqu'enfin la Golf de notre ennemi pénétra la rue d'Antin, je fis un bond sur le siège de la voiture de location. Car oui, j'avais cédé aux supplications de Fabian. Je comprenais parfaitement que la XK n'était pas dans son environnement au milieu de ces petites rues parisiennes et surtout Clément connaissait trop bien ma Jaguar. Alors certes la petite Mercedes classe A n'était pas désagréable mais j'étais toutefois relativement impatiente de récupérer mon coupé. Je n'avais d'ailleurs pas vraiment eu le choix tandis que Fabian avait accepté la première voiture venue, se foutant pas mal de savoir qu'elle ne possédait que 4 cylindres et qu'elle n'équivalait qu'à 2034 cm^3 ; autant dire qu'elle était deux fois moins puissante que la mienne. Mais il me semblait que j'étais trop anesthésiée par mon ressenti pour braquer une nouvelle fois mon arme contre sa tempe ; en contrepartie, si nous devions perdre notre avantage à cause de ses choix, j'étais certaine de les lui faire payer.

Le scénario se modifia légèrement quand Clément s'engouffra dans l'immeuble pour revenir quelques minutes après accompagné d'Emilien. Les deux hommes s'installèrent dans la Golf puis prirent la direction à présent familière du Trésor Public. Clément restait en double file pendant qu'Emilien montait récupérer Emmanuel, la troupe était au complet. Impatiente de comprendre les enjeux de leurs magouilles, je passai une main distraite sur la crosse de mon calibre 9. Le trio traversa le 14ème arrondissement puis emprunta le périphérique intérieur en direction de Rouen. Sortant Porte de Versailles dans le 15ème, la Golf entra dans Vanves puis après deux bifurcations à droite nous dépassâmes le panneau indiquant la ville d'Issy-les-Moulineaux. Naviguant dans les ruelles, les trois hommes s'arrêtèrent dans la rue Marcelin Berthelot, à la hauteur du numéro 14. Clément en tête, ils se dirigèrent devant une maison basse aux murs gris. Emmanuel appuya sur la sonnette et patienta. Au bout de quelques minutes, une jeune femme ouvrit la porte. D'où je me trouvais, je pus voir les trois hommes décliner leur identité via leurs cartes professionnelles puis d'un hochement de tête la femme les laissa entrer. Lâchant un juron, je sortis précipitamment de la voiture, Fabian derrière moi, pour jeter un coup d'œil à travers les fenêtres de la villa. La déception fut douloureuse en constatant qu'ils restaient invisibles puisque les deux portes vitrées entourant la porte d'entrée donnaient sur des chambres. *Et merde !* Retournant m'asseoir dans la classe A, je fis semblant de ne pas remarquer les regards outrés des passants, probablement les commères du quartier. Dix minutes plus tard, le trio ressortait, l'air renfrogné. Dans l'habitacle une discussion s'ensuivit puis Clément mit son clignotant et déboîta dans la ruelle. Je le suivis à une distance raisonnable, impatiente d'agir.

Récupérant le périphérique nous sortîmes au Kremlin Bicêtre. La rue Gaston Picard ne brillait pas par sa richesse et même si certaines villas paraissaient parfaitement entretenues, bien d'autres entourées de parpaings semblaient hésiter entre le délabrement et l'abandon. À nouveau, les trois hommes se postèrent devant l'entrée d'une maison bien trop modeste à mon goût. Cette fois, ce fut un homme qui leur ouvrit la porte et la discussion coupa court. Emmanuel lui présenta très certainement une contravention et, d'après la réaction de leur interlocuteur, la somme ne devait pas être insignifiante. L'homme les fit patienter sur le seuil puis revenant vers eux leur tendit son règlement et, sans même attendre leurs saluts, referma sa porte en la claquant bruyamment. Emilien gardait un air impassible tandis que Clément semblait perdre patience et, dans ses mouvements brusques, je pus déceler que leurs affaires ne tournaient pas comme il le souhaitait. Presque lassée par cette filature débile, je suivis encore une fois les trois hommes à travers les rues parisiennes. La direction qu'ils prirent nous conduisit à Vitry sur Seine. La rue Babeuf ressemblait de loin à celle que nous venions de quitter, il était certain que les adresses étaient triées et qu'ils choisissaient leurs victimes avec soin. J'étais presque déçue par les agissements limités de Clément, quelle satisfaction pouvait-il retirer de telles magouilles ? Détourner de l'argent ? Pourtant il existait des méthodes certainement plus efficaces et bien moins contraignantes. Tandis qu'ils se tenaient sous un porche décrépi, une idée surgit en moi. Récupérant mon portable, je fis défiler la liste des contacts jusqu'à trouver celui que je cherchais. Après deux bips stridents, une voix masculine me répondit.

– Oui ?

– Brice, tu es à la Section ?

– Qu'est-ce que tu veux Naïva ?

D'après son ton rude je compris qu'il n'avait pas franchement envie de m'aider, mais bon...

— Ecoute, j'ai besoin que tu regardes dans les affaires de Clément pour vérifier s'il n'est pas en possession de contraventions à mon nom.

— ...

— Tu risques rien, il est devant moi.

— Et pourquoi je ferais ça ?

— Rien ne t'y oblige effectivement, mais ça m'aiderait pas mal.

— J'veux pas être impliqué dans tes magouilles.

Là c'était la meilleure ! Cette espèce d'abruti n'était pas capable d'ouvrir les yeux sur la situation explosive dans laquelle on se trouvait et il ne voulait surtout pas prendre position. Quel pauvre con !

— J'ai pas toute la journée ! Donc, soit tu regardes sur son putain de bureau, soit tu raccroches ; mais alors ne t'avise plus jamais de croiser ma route !

La satisfaction perça en moi lorsque j'entendis un bruit de papiers à travers le combiné. Je patientais, le cœur battant.

— Ouais, il y en a au moins une douzaine. T'as jamais appris à conduire ?

— Y'a d'autres noms ?

— Oui, il a l'air d'avoir une belle collection.

— Merci Brice, j'te le revaudrai.

Je raccrochai, un sourire sur les lèvres : cela expliquait pourquoi il se coltinait les deux autres. Leur coopération devait avoir une dimension bien supérieure à ce que j'imaginais. Fabian me précéda dans la ruelle minable. La chance était de notre côté puisque les fenêtres donnant sur la rue plongeaient sur la cuisine et le salon. Les traîtres étaient debout, encerclant presque une jeune femme frêle au regard apeuré. Emmanuel tenait à la main le fameux PV et rien qu'à l'air ébahi de celle qui lui faisait face, on pouvait parfaitement comprendre la teneur de son trouble : les amendes pour excès de vitesse supérieur ou égal à 50Km/h pouvant atteindre 1500 euros, sans compter le retrait de 6 points et la probabilité d'une suspension du permis. Alors certes, offrir du pognon au FISC c'est pas marrant mais dire adieu à sa bagnole quand cette dernière est presque un outil de travail c'est encore pire. La décontraction des trois hommes semblait cacher une certaine excitation, un peu comme lorsque l'on prépare un mauvais coup. Je jetai un coup d'œil à Fabian ; lui aussi paraissait suspicieux, et à juste titre puisque la scène derrière les vitres se précipita dangereusement. Vu l'état de la baraque, il paraissait douteux que sa propriétaire ait les moyens de régler la facture probablement salée des trois hommes venus spécialement pour récupérer la monnaie ou... une compensation autrement plus appréciée par ces enfoirés. Je ne doutais pas une minute que ces connards connaissaient parfaitement l'utilisation de la pression mentale exercée par leur force physique, leur appartenance aux différents services de l'État et par le manque cruel d'argent ; en somme, quoi de plus facile que de coincer une femme dans la merde ! Certes ils devaient être rôdés mais je ne pus m'empêcher de lire sur leurs visages la joie sauvage de la domination. Ainsi c'était ça qui les faisait bander ! Pouvoir jouir d'une femme à ses dépens, pouvoir la réduire à l'état d'objet sexuel. La scène qui allait se dérouler sous mes yeux promettait d'être digne d'un film de cul aussi c'est avec fureur que j'explosai la porte d'entrée et pénétrai arme au poing dans le salon. Pas de sommation, pas de pitié. La cervelle d'Emmanuel Paille éclaboussa le visage atterré de la jeune femme tandis qu'Emilien Rostand s'effondrait dans un bruit sourd, une balle en plein cœur. Pourquoi donc avais-je épargné Clément ? La question s'insinuait en moi alors que son arme pointait déjà le corps tremblant de la femme.

- C'est elle ou moi, à toi de choisir.

Tenu en joug, Clément ne semblait pas inquiété pour autant, croyait-il que j'hésiterais une deuxième fois ?

- C'est quoi ton trip ?

- J'ai pas le temps de te faire un cours alors laisse-moi passer sinon je la bute !

Joignant le geste à la parole, Clément força la femme à se relever en l'attrapant par les cheveux afin de s'en servir de bouclier. *Bravo pour le courage !* Je le laissai donc faire. Après tout il était inutile de lui courir après, nous savions d'ores et déjà où le retrouver. Une fois seuls, je récupérai rapidement les douilles de nos armes puis fermai la porte sur la scène macabre. Les deux hommes n'avaient eu que ce qu'ils méritaient, leur mort n'était pas pour m'attrister.

Je ne pris pas la peine de suivre la Golf, je savais pertinemment que la balade s'achevait ici et que s'il ne la tuait pas, la jeune femme serait éjectée à quelques rues de là. Fabian ne dit rien pendant le trajet qui nous ramenait chez Clément, le fameux silence avant le meurtre ! J'augmentai le son de la radio, me laissant emporter par le rythme, je ne souhaitais pas penser, je ne souhaitais pas imaginer ce que j'étais capable de faire. L'après-midi touchait à sa fin quand j'arrêtai le moteur de la Mercedes et l'obscurité nous entourait tandis que nous posions pied à terre devant le domicile de Clément. Devant la porte je pris une grande inspiration puis récupérai mon arme. Appuyant sur la sonnette, j'entendis le carillon puis une voix féminine demandant à ce qu'on aille ouvrir. Quelle ne fut pas la stupéfaction du gosse lorsqu'il se retrouva à moins de 10 cm du canon. Il ne broncha pas, peut-être connaissait-il la valeur d'une telle arme ? Âgé d'une quinzaine d'années, il devait mesurer plus d'un mètre soixante-dix, et dans son absence de réaction je devinai la peur qu'il ressentait. Son silence éveilla les soupçons de sa mère, qui se rapprocha tout en lui parlant avec un ton montant dans les aigus. Mon arme toujours braquée sur la tête de son mioche, nos regards se croisèrent et je sus immédiatement qu'elle avait saisi l'enjeu. Sa voix se fit suppliante.

— Ne lui faites pas de mal, je vous en prie.

— Inutile de supplier, laissez-nous entrer et on ne vous touchera pas.

La femme recula en serrant son fils contre elle sans nous lâcher du regard.

— Combien ils sont là-haut ?

— Il n'y a que mon autre fils.

Sans baisser mon arme je demandai à Fabian de récupérer le gosse devant nous et de monter à l'étage. La femme eut beaucoup de difficultés à desserrer ses doigts blanchis par l'effort mais le laissa partir.

— Ne vous inquiétez pas, il ne leur fera rien

Le silence nous entourait, presque opaque. Je hochai la tête en direction du salon.

— Asseyez-vous, nous allons attendre ensemble le retour de votre mari.

- Vous êtes Naïva, n'est-ce pas ?

Comme je ne répondais pas, elle enchaîna :

- Je crois savoir que vous êtes du genre prête à tout pour arriver à vos fins mais menacer la famille d'un collègue, là ça dépasse l'entendement.

- Clément ne fait plus partie de mes collègues, chère madame.

- Comment osez-vous venir ici nous menacer ?

- Votre mari a cessé de travailler pour la Section à l'instant où il a abusé de son pouvoir à des fins personnelles. Il me semble donc justifié de venir le chercher chez lui.

- Qu'est-ce que vous allez nous faire ?

- À vous et vos enfants rien. Clément, en revanche, va payer pour viol, abus de pouvoir, détournement d'argent et pour trahison.

- Vous mentez !

Pour moi le débat était clos, je n'avais aucune preuve à lui fournir mais peu m'importait qu'elle tente de lui trouver des excuses ou de tout nier en bloc, de toute façon je l'avais déjà condamné.

– Vous êtes quelqu'un d'odieux et vos actions sont bien pires que tous les torts de mon mari. Ça vous amuse n'est-ce pas de me faire souffrir !

– Madame Roche, mes motivations sont bien différentes de ce que vous imaginez mais peu m'importe ce que vous croyez. Je ne suis pas là pour vous séquestrer, je viens simplement régler mes comptes avec Clément.

– Vous ne pouvez pas faire ça !

Ses traits étaient déformés par la douleur et l'incompréhension comme si elle n'était plus capable de faire face aux événements, comme si plus rien n'existait autour d'elle. Je l'attrapai par le col de sa chemise blanche, des mèches de ses cheveux châtains s'éparpillèrent autour de son visage.

– Ne luttez pas, c'est inutile.

Les yeux haineux, elle renonça. Je la relâchai puis l'accompagnai dans les escaliers. À l'étage Fabian se tenait dans l'encadrement d'une chambre. Il se déplaça légèrement pour la laisser passer puis reprit sa garde tandis que je redescendais. Le rez-de-chaussée était silencieux, j'en profitai pour m'asseoir sur le canapé en cuir blanc cassé. Devant moi, le Parisien s'étalait sur la table basse en fer forgé, je décidai de le feuilleter pour patienter. La couverture clamait une victoire du PSG contre Nantes, à croire que c'était tellement rare que cela méritait la première page. Je levai les yeux au ciel, le monde du foot resterait pour moi à jamais obscur. Je tournai les pages sans vraiment m'intéresser aux articles quand une photo m'interpella : c'était celle d'Alexandre Alonso. Je consultai la rubrique des faits divers presque curieuse des déductions faites de sa mort. La déception fut complète quand j'eus finis de lire ; les enquêteurs n'écartaient aucune piste, pas même celle du suicide. Non mais quelle bande d'abrutis ! Le bruit d'une clef dans la serrure me ramena à la réalité, je braquai aussitôt mon Beretta en direction de la porte. Clément prit le temps de refermer derrière lui puis jeta un coup d'œil dans le salon, la stupéfaction put se lire sur son visage et dans ces quelques secondes-là, je décelai une ressemblance avec son fils. Cela ne dura pas, car contrairement à ce dernier, son visage se durcit au point que la haine devienne l'unique sentiment qu'il fut en mesure d'exprimer.

– Tiens donc, toi ici. Où est Fabian ?

–À l'étage. Il s'occupe de ta femme.

Je ne parvenais pas à détacher mon regard de son visage où un tic nerveux vrillait sa paupière droite.

– Voici donc la preuve formelle de la trahison de Philippe.

– Et oui, tu vois plus personne ne suit les règles du jeu.

Il eut un bref haussement de sourcil mais demeura silencieux.

– Peut-être pourrais-tu prendre le temps de m'expliquer à présent.

Un mince sourire narquois brisa enfin sa défense.

– Qu'est-ce que tu veux, Naïva ?

– Des noms et ta mort.

– N'as-tu pas appris que tout est négociable.

– Je ne négocie pas avec les enfoirés, jamais.

J'espérais que mon air dédaigneux porterait ses fruits, je voulais qu'il prenne conscience du dégoût qu'il m'inspirait.

– Ecoute… On peut peut-être encore s'arranger ?

D'un signe de tête je lui signifiai que non, quoiqu'il en soit il perdrait sur tous les tableaux.

— Je pourrais t'abattre, là, comme une vulgaire petite salope.

— Oui, tu pourrais… Mais au moindre coup de feu, Fabian fait le ménage là-haut. C'est à toi de voir !

— Qu'est-ce que tu attends de moi ?

— Que tu lâches ton arme et que tu déballes tout.

Il hésita. Moi aussi j'aurais hésité à sa place, après tout cela signifiait qu'il était prêt à se sacrifier.

— OK, ton portable maintenant. Lance-le.

J'attrapai son i-phone et le fourrai dans l'une de mes poches.

— Tu as une dernière volonté ?

— Waouh ! On dirait un vieux film de cape et d'épée mais je crois que tu as sauté un chapitre.

— Ah oui ! Tu as raison. M. Roche, l'État vous condamne pour trahison envers la Section, abus de pouvoir et viol avec circonstances aggravantes.

— Tu dérailles complètement !

Enfin je percevais la peur dans sa voix, c'en était presque jouissif.

— Je t'accorde une faveur, celle de ne pas être fusillé devant ta famille. C'est bien tout ce que je peux t'offrir.

Sa respiration devint saccadée et de la sueur perlait sur son front. Tout d'un coup, cet homme à l'allure agile, aux yeux bruns et aux cheveux blonds parut s'effondrer et ce revirement de situation me fascinait. Je n'aurais jamais cru qu'il se rende aussi facilement. J'appelai Fabian, ce dernier descendit l'escalier et quand son regard croisa celui de Clément, j'y décelai une certaine satisfaction voilée toutefois par de la pitié. Ah ! La pitié, quel sentiment pourri et quelle idée incongrue dans une telle situation !

— Qu'as-tu fait de ma femme et de mes enfants espèce de connard !

Clément ressemblait à une proie acculée, prise au piège, et lorsque les yeux fous de rage il se rua sur Fabian j'intervins rapidement. Il était hors de question de foirer notre mission, hors de question qu'il s'en sorte. Je lui avais promis que je ne le tuerais pas devant ses mioches et pourtant je levai mon arme. Je voulais des noms mais j'appuyai sur la détente. Tant pis. Je ne voulais pas en finir trop vite, aussi je ne touchai que les genoux, éradiquant instantanément sa motricité puis achevai le travail d'un coup de crosse sur sa tempe afin de le faire taire. À l'étage, des cris hystériques nous parvinrent, il était trop tard. Clément s'effondra, le regard hagard. Tirées à bout portant, les deux balles n'avaient pas fait trop de dégâts ou du moins pas trop d'éclats osseux. Je récupérai un torchon dans la cuisine et fis signe à Fabian, il était temps de partir.

Tandis que nous traînions Clément à travers le salon, nous entendîmes le fracas d'une porte explosant sous les coups. Je fermai les yeux deux brèves secondes, manquait plus que ça ! Telle une furie madame Roche se jeta sur nous. Fabian la repoussa violemment puis souleva Clément pour le porter sur son épaule. Nous sortîmes et quand bien même elle nous menaçait d'appeler la police, nous poursuivîmes notre chemin jusqu'à la voiture de location. Perdant les pédales, Mme Roche s'accrochait à son mari, en hurlant. Je me retournai et lui collai mon arme contre le front en la maintenant par le cou et dans mes paroles chuchotées, la dangerosité de la situation parvint enfin à la faire taire.

– Il est mort, vous ne pouvez plus rien pour lui. En revanche si vous ne cessez pas tout de suite de nous barrer la route, vos enfants deviendront orphelins. Croyez-moi, je n'hésiterai pas ! Avant de claquer ma portière, j'eus le temps d'apercevoir les fils de mon collègue sanglotant à la fenêtre. *Quelle merde !*

Dans l'habitacle, le silence était entrecoupé seulement par la respiration rauque de Clément allongé sur la banquette arrière et de temps à autre par des tremblements de ses membres dorénavant inertes. Fabian s'arrêta devant le parc départemental Jean Moulin à Bagnolet. Bien évidemment le parking était désert et il ne fut pas difficile de s'enfoncer dans les bois. Le sol bruissait sous nos pas tandis que nous marchions sur les feuilles mortes. Les plaies de Clément suintaient, tachant la veste de Fabian dans un goutte-à-goutte sanguinolent. Un vent froid soufflait à travers les arbres et malgré moi je frissonnais. Un sentiment ancien se raviva dans ma mémoire à mesure que nous pénétrions au plus profond de la forêt. J'avais peur des bois la nuit. Les formes sinistres des arbres gardaient une connotation malsaine que je ne pouvais m'empêcher d'associer au meurtre sauvage. À l'instar de ce que nous faisions, qui pouvait bien tenter de cacher sa victime dans une forêt, à part un taré ou un pervers ? Je ne pouvais pas me départir de l'idée que je marchais sur des cadavres et quand bien même certains aimaient ces odeurs boisées, il me semblait sentir les relents de la mort. Fabian devait avoir considéré que nous avions assez marché lorsqu'il déposa le corps flasque de Clément, rompant mes pensées. Mon collègue s'essuya les mains sur son pantalon, probablement un mélange d'urine et de sang. Il était temps de mettre un terme à cette mission sordide. Je m'accroupis devant Clément et sortis son portable.

— OK, je te dis les noms et tu me dis s'ils font partie du complot. J'imagine que tu penses que de toute façon comme tu vas mourir autant rien me dire ! Et à cela je te répondrai qu'en compensation je peux t'offrir une mort bien plus rapide que celle qui se profile pour toi.

Après l'avoir adossé et attaché à un arbre, je fis défiler son répertoire mais il n'avoua rien. Dans son regard terni par la douleur je le vis presque sourire quand il tenta de parler.

Aussi, j'approchai mon oreille de sa bouche. Dans un gargouillis écœurant il bafouilla des mots autant qu'il bavait.
– Tu es la prochaine.
Je me relevai et commençai à escalader le fossé. Qu'il crève ! J'étais déjà loin quand j'entendis l'écho d'une balle. Fabian agissait par pitié, il avait tort. Lorsqu'il me rattrapa peu après, j'énonçai d'une voix rude :
– Tu n'aurais pas dû.
– Je ne voulais pas tenter le diable, il était encore capable de s'en sortir.
– Faut toujours que tu fasses prévaloir tes idées… Bouffé par un renard aurait été préférable. Au moins cela était original, tandis qu'une balle…
Je ne finis pas ma phrase, c'était pas la peine. Nous n'étions pas sur la même longueur d'onde de toute façon. J'avais envie de quitter Paris, de m'enfuir. J'avais envie de boire, de me saouler. J'avais envie d'oublier.

Fabian dormait sur le siège passager de la Mercedes. Un instant je caressai mon arme, j'aurais pu me débarrasser de lui, l'idée était séduisante. Et pourtant… Je savais que ce n'était pas comme ça que toute cette merde finirait.

8 Martin Boral

Je vis le soleil se lever et avec lui la respiration de Fabian devenir entrecoupée, jusqu'à ce qu'il se réveille enfin. Les quelques heures de sommeil que j'avais pu voler furent une série éreintante de cauchemars. Des scènes de viols, de meurtres, des éclaboussures de sang : ma condamnation. Pire que la perpétuité. Je savais que rien ne pourrait plus jamais effacer les traces de mes actions. Rien ne m'empêcherait jamais d'entendre les pleurs des enfants de Clément. Il était clair que j'avais commis une erreur en mêlant la famille de Clément à cette histoire. Nous allions au devant des emmerdes, forcément. Je ne doutais pas une minute que Mme Roche aurait appelé la police et qu'une enquête allait débuter. Bien évidemment Philippe aurait vent de l'affaire et récupérerait le dossier. Et, même s'il parvenait à écarter les médias, il serait confronté à nos ennemis. Insidieusement je venais de précipiter sa perte. L'i-phone de Clément traînait sur le chevet et dans son répertoire que j'avais consulté à plusieurs reprises seuls des prénoms défilaient innocemment. Mon collègue avait fait en sorte de ne pas se trahir en indiquant les identités complètes de ses confrères. J'en étais donc là, comme une poule devant un couteau, paralysée par l'ampleur des dégâts que je venais de causer, par mon impuissance à combler les lacunes d'une enquête résonnant comme un non-sens. Fabian s'étira comme s'il se réveillait un dimanche matin dans le lit conjugal. Ses traits ne reflétaient aucune inquiétude, simplement un questionnement genre « qu'est-ce qu'on mange ? ». *Génial !* Une fois de plus nous avions partagé le même lit, comme si nous étions un couple, un vrai. Je cherchais dans ma mémoire, mais il me semblait que je n'avais jamais ressenti cette lourdeur avec Philippe. Dans les bras de mon ancien amant je me sentais libre, forte et irrémédiablement maîtresse. Les choses étaient différentes, alors. Tandis que Fabian se tournait vers moi, un sentiment de honte m'envahit. Comment pouvais-je supporter de coucher avec un mec qui n'aurait de cesse d'afficher sa supériorité et qui m'entraînait dans la vie fade et sans goût du couple lambda. Car dans sa volonté de dormir dans mon lit juste pour ne pas se sentir seul, il me rabaissait. Une fois encore j'avais eu tort. Mais ma vie était ainsi faite, bourrée d'erreurs, de vengeance et de victoires aux saveurs amères. Je fermai les yeux pour ne pas pleurer sur mon sort pitoyable. Je fermai les yeux pour ne pas voir Fabian la bouche en cœur un « Bonjour » sur les lèvres. Le contact de ses mains sur mon corps me ramena à la réalité, il fallait que je m'éloigne. Vite, très vite. Je me levai précipitamment, sans même lui rendre son salut et m'habillai à la hâte. J'emballai mes affaires dans mon sac à dos et quittai la chambre d'hôtel sans un adieu. En prenant place au volant de la Mercedes, je constatai qu'une mare de sang auréolait la banquette arrière. Et merde ! Je ressortis du véhicule, je ne tenais pas à m'expliquer auprès du loueur ni même perdre du temps à régler la note. Je retournai dans le hall de l'hôtel et m'adressai à l'hôtesse d'accueil. Je lui remis les clefs lui demandant de les rendre à Fabian, puis la priai de me trouver un taxi. J'attendis moins de cinq minutes avant qu'un Touran noir s'arrête devant moi. J'énonçai l'adresse au chauffeur puis m'enfonçai dans un silence maussade. Ma XK patientait dans un parking surveillé et horriblement cher mais rien qu'à sa vue je fus soulagée. Dans l'habitacle, l'odeur du cuir était encore présente, cette odeur que j'associais malgré moi à la liberté. À l'abri des vitres teintées, je me laissai aller. Je me sentais vide, usée et meurtrie. Et surtout dangereusement plus anesthésiée que lors du meurtre d'Eva. À l'époque j'avais encore un espoir, une vengeance à accomplir. Aujourd'hui seule la mort m'attendait, la mort et la souffrance.

On était mardi, peut-être mercredi, en fait j'en savais rien. Le mois de septembre devait toucher à sa fin, du moins je l'imaginais. Je vis défiler les trente-trois kilomètres qui me conduisaient jusqu'à Fontenay-le-Fleury. En m'engageant dans la rue Victor Hugo je n'avais aucune idée de ce que je venais chercher dans les bras de Marc. Mais peut-être que le mari d'Eva se contenterait simplement de m'accueillir. Avec un soulagement certain je constatai que sa voiture était encore là et tandis que je suivais le chemin en pierre à travers une pelouse parfaitement entretenue, j'eus l'impression qu'un poids venait de sauter, me permettant de mieux respirer. Un laps de temps très court s'écoula entre le tintement du carillon et l'ouverture de la porte. Marc était égal à lui-même, grand, mince, ses yeux clairs et ses sourcils froncés dans une attitude soucieuse. Je me coulai dans son étreinte puissante, m'enivrant de son parfum qui me rappelait l'odeur d'Eva. Il m'attira à l'intérieur, refermant la porte sur nos retrouvailles. Combien de temps l'avais-je ignoré ? Peut-être six mois, peut-être moins. Plus rien n'avait de sens pour moi. Et dans ses sanglots, je réalisai que je l'avais abandonné à l'instant où il avait le plus besoin de moi. Son amitié me toucha, pire me blessa car qu'il aurait dû me haïr. Moi je me haïssais.

Ingénieur d'application dans une boîte gérant les installations et les contrats de maintenance des chaudières à gaz, Marc n'eut aucun remords ce matin-là en appelant son chef. Il prétexta une gastro, la conversation était close. Nous passâmes trois jours ensemble sans sortir, hormis pour faire des courses dans la supérette du centre ville.

Les mots furent moins difficiles que ce que j'avais imaginé. Et, à cet homme qui avait partagé le quotidien de mon amie, je racontai tout. La vérité nue paraissait encore plus morbide, et quand bien même je m'excusai de lui infliger ces horreurs, le fait de me décharger me soulageait, me permettait d'y voir plus clair. En contrepartie je tentai de l'aider, d'écouter sa peine, mais je savais que rien ne pourrait compenser mon absence. Toutefois, un semblant d'espoir perçait dans sa voix, comme une volonté de vivre et d'être à nouveau heureux, je l'enviais pour cela. Une évidence s'infiltra en moi, à la fois douloureuse et juste. Il était évident qu'un jour les photos d'Eva seraient reléguées dans un coin, remplacées par celles, plus vivantes, d'une autre. Peut-être même qu'il y aurait des enfants. Je regardais cet homme luttant contre le désespoir et c'étais bien tout ce que je lui souhaitais. Une autre vie. Au terme des trois jours, il ne me restait plus qu'un service à lui demander et je savais combien cela était difficile pour lui d'accepter. Mais parce qu'il était mon ami il me fit cette promesse, et une fois nos adieux faits je sus que je pouvais compter sur lui. Ce fut la presse qui précipita mon départ ; en effet, un article dans les faits divers relatait un meurtre d'une violence extrême voire d'une cruauté inouïe, et même si aucun nom n'était mentionné, je savais que cela me concernait. En tout état de cause j'imaginais que les charognards du coin avaient dû participer à la mise en scène car sinon pourquoi qualifier de « cruel » trois pauvres balles ? La victime en question avait été retrouvée dans une forêt de la région parisienne, au fin fond d'un fossé, très loin des chemins de promenade. Le corps mutilé, dans un état de décomposition relativement avancé, allait requérir une investigation conséquente. En bref, ils avaient retrouvé Clément. Il me paraissait impossible que les enquêteurs n'aient pas fait le rapprochement avec la déposition de Mme Roche mais de toute façon cela ne me concernerait bientôt plus. Ce que j'attendais en revanche était la dénonciation dans les médias des agissements du trio car je ne doutais pas que les images, certes censurées, passeraient au journal de

20H très bientôt. Bien sûr, cela nécessitait une enquête de la part des journalistes mais je leur avais tout de même mâché le travail. En quittant Fontenay-le-Fleury, une obsession m'étreignait, je devais retourner aux bureaux de la Section. L'envie de revoir Philippe y était pour beaucoup mais il me fallait des preuves pour agir. Je devais me rendre compte des bouleversements créés par la mort de Clément.

La clef tourna dans la serrure sans émettre le moindre bruit. Derrière la porte, le hall sombre était silencieux et seul le raclement d'une chaise sur le sol m'indiqua une présence. Tendant l'oreille, je ne pus distinguer qu'une seule respiration, la Section paraissait étrangement vide.

– Naïva ? Mais qu'est-ce que tu fous là ?

David pianotait sur son ordinateur, un Mac de dernière génération. Je ne pouvais pas dire que j'avais une affinité particulière pour lui mais, en y réfléchissant bien, je n'appréciais que très peu de mes collègues, pour ne pas dire aucun.

– Sympa comme accueil !

– Je croyais que tu avais été virée…

– Ah bon ? Quelle drôle d'idée.

Je grinçai des dents en imaginant tout ce qui avait pu être dit sur moi.

– Philippe est là ?

– Non, je garde la maison en son absence.

– Et tu sais où je peux le trouver ?

– Il est certainement dans une merde sans nom à cause du meurtre de Clément. Tu étais au courant ?

– Non.

Peu m'importait de mentir, je ne lui devais rien.

– Tu veux que je lui dise que tu es passée ?

– Ce ne sera pas la peine.

Je quittai la Section en sachant pertinemment que je n'y remettrais plus les pieds. En m'installant derrière le volant j'eus une hésitation, que devais-je faire à présent ? Il me fallait retrouver Philippe et seule cette obsession comptait. L'idée de l'attendre au pied de son immeuble me tenta mais je savais pertinemment que je n'aurais pas la patience requise. Un sentiment d'urgence faisait battre mon cœur de façon sourde, comme si mon organisme se préparait à un meurtre. Et la seule question en suspens était : qui serait le prochain sur la liste ?

Presque inconsciemment je me dirigeai vers les locaux du Ministère de la Justice et, en y réfléchissant bien, je ne voyais aucun autre endroit où retrouver mon chef. La place Vendôme était, comme chaque jour, visitée par quantité de touristes arborant appareils photo et sourires de rigueur dont le seul but paraissait de vouloir mitrailler chaque centimètre carré des façades uniformes des bâtiments entourant la colonne Vendôme. Pour ma part, la statue représentant Napoléon en Caesar ne m'attirait aucunement et seule l'entrée surmontée d'un cadre bleu indiquant le Ministère de la Justice trouvait en moi un écho. À l'ombre de l'arche de l'ancien hôtel Bourvallais dont les fenêtres du rez-de-chaussée s'ornaient de grilles anti-effraction, une barrière indiquait clairement que seuls des visiteurs triés sur le volet pourraient pénétrer les lieux. Qu'à cela ne tienne, j'appréciais plus que tout d'user de mes passe-droits.

L'un des gardes à l'entrée me toisa de façon suspicieuse en s'approchant de moi et sa façon crâneuse de jouer des épaules m'ôta toute l'indulgence dont j'aurais pu faire preuve. Bien entendu, pour lui j'étais une femme, rien qu'une femme. Sur son visage se lisait l'arrogance et dans sa posture, sa main droite frôlant la crosse de son arme, seule l'assurance de la domination semblait irradier de lui. Les cheveux bruns, la coupe réglementaire, le nez aquilin et des yeux d'un bleu bordé de vert, il aurait pu être attirant mais j'étais plus que lassée par les machos de base sans imagination aucune, pas même capables de voir le danger derrière un décolleté ou un jean taille basse. Je ne le repris pas quand bien même son tutoiement m'irritât au plus haut point, mais cette espèce de bouffon ne méritait pas que je perde mon temps à lui faire la leçon. À sa façon de me demander ce que je voulais, je réalisai combien mon profil collait parfaitement avec ma carrière : je devais être le tueur le plus improbable qui soit. Je sortis la carte tricolore arborant mon grade et ma civilité et malgré l'envie de remettre à sa place l'homme me faisant face, j'optai pour la solution de facilité, celle qui consiste à rester indifférente vis-à-vis d'un cloporte. Il bredouilla quelques excuses incompréhensibles puis me fit signe de passer. Je me détournai de lui dans un silence éloquent et tandis que je me trouvais dans la cour intérieure, je levai les yeux sur les trois étages qui composaient le bâtiment datant du 17ème siècle. À l'intérieur, le sentiment de noblesse se disputait avec celui, plus insupportable, de confinement. L'escalier en marbre blanc sur la droite offrait la possibilité de rejoindre la direction des services judiciaires ainsi que celle des affaires criminelles et des grâces. Au-delà du hall silencieux où chaque pas semblait étouffé, une petite plaquette noire indiquait en lettres dorées le couloir à prendre pour trouver le bureau du Chef de Cabinet. Mon intention n'était pas de me confronter à Damien Godrant, du moins pour l'instant. Repérer les lieux n'était cependant pas sans intérêt, aussi je suivis l'indication donnée par la pancarte. Nul son ne me parvenait hormis de temps à autre le bruit d'une porte que l'on ferme ou celui précipité de talons sur le parquet. Je parvenais au bout d'un couloir sombre, agrémenté çà et là de quelques vases ornés

de fleurs en plastique de mauvais goût, quand une femme s'arrêta devant moi. Cette dernière, vêtue d'un ensemble par trop classique, voire carrément démodé, soutint mon regard puis me pria d'expliquer ma présence en ces lieux. Ses lèvres se figèrent en un rictus méprisant tandis que je tentais de trouver quelque chose de plausible à lui dire et en y réfléchissant bien je devais bien avouer qu'il m'était beaucoup plus facile de m'exprimer avec une arme à la main. Ce fut le nom de Philippe qui me sortit d'affaire et quand bien même un soupçon de compréhension éclairât ses pupilles cela ne lui enleva pas son air revêche pour autant. Les cheveux courts et le visage ovale, il semblait impossible qu'elle ait profité de son physique pour monter les échelons et dans sa posture de pimbêche mal baisée on devinait le poids des responsabilités et son autorité presque militaire pour mettre en avant sa compétence professionnelle. Nous nous défiâmes du regard. J'avais presque envie de lui conseiller d'échancrer un peu plus son chemisier et d'échanger sa jupe droite pour un pantalon moulant, histoire que les hommes autour d'elle la regarde comme une femme et non pas comme une collègue, mais je fermai ma gueule : après tout la séduction est une arme et tout le monde n'a pas la capacité de se battre. Je haussai les épaules car elle n'était rien pour moi. Une voix masculine retentit alors derrière nous, appelant « Dominique » à travers le battant de la porte. La femme se retourna, juste le temps pour moi de déchiffrer le nom sur la plaquette collée à côté de l'encadrement de l'entrée. Damien Godrant, Chef de Cabinet. Ainsi je me trouvais devant la secrétaire du traître. Un sourire narquois se posa sur mes lèvres lorsqu'elle revint vers moi. Son ton se fit rude quand elle reprit la parole :
– Si vous cherchez M. Giraud, sachez qu'il est en réunion avec le Directeur des Affaires Pénitentiaires au troisième étage et, qui que vous soyez, je ne pense pas qu'il puisse vous recevoir.

— Ce que vous pensez m'importe peu, Dominique. Merci pour le renseignement.

Je tournai les talons. Qui était-elle pour savoir ce que Philippe envisageait de faire en apprenant ma venue ? La secrétaire personnelle de M. Godrant claqua la porte derrière elle et je ne pus m'empêcher de revenir sur mes pas et coller mon oreille contre le battant en bois de la porte.

— Qui était-ce, Dominique ?

Damien Godrant parlait d'une voix forte, un léger accent du sud perçait dans ses phrases.

— Je n'en ai pas la moindre idée mais j'imagine que si les gardes à l'entrée l'ont laissée passer c'est qu'elle doit en avoir l'autorisation.

— Que voulait-elle ?

— Rencontrer Philippe Giraud.

— Pourquoi donc ne lui avez-vous pas demandé son nom ? Cela ne vous choque pas d'aiguiller une inconnue dans nos locaux ?

— Mais... Comment pouvais-je...

— À quoi ressemblait-elle ?

— Euh, c'est-à-dire...

Damien Godrant s'emporta, abrutissant sa secrétaire d'injures et braillant sur son incompétence à travailler dans un Cabinet du Ministère ; pour ma part, j'attendais le bruit mat d'une gifle magistrale qui ne vint pas. Dominique dut, une fois de plus dans sa carrière, s'écraser la rage au ventre. En m'éloignant à pas feutrés, une seule idée tournait en boucle dans ma tête : la peur s'entendait dans les mots de Damien Godrant et cet homme devait sentir sa fin se profiler. À cet instant précis, je n'étais pas peu fière d'inspirer la crainte. Tandis que je grimpais les dernières marches jusqu'au troisième étage, il me sembla percevoir une agitation à l'étage du dessous, mais avant que je puisse en déterminer la nature je me figeai devant Philippe. Il était habillé d'un costume noir très sobre, une cravate striée de gris complétait son uniforme. Je ne doutais pas une seconde qu'il fût rasé de près ; je parvins même à capter l'odeur de son après-rasage. Tenant à la main un porte-documents, il me toisa avant de dévier son regard vers le bas des marches, là où l'agitation prenait de l'ampleur.

– C'est pour toi, j'imagine !

– Comment te dire…

Dans son soupir de dépit, je perçus cependant du soulagement, à moins que ce ne fut un écho de ce que je ressentais. Il me prit par la main et m'attira dans un bureau où trônait du mobilier Louis XVI dont les placages en acajou assombrissaient la pièce. Il me pria de l'attendre puis ressortit précipitamment. Dix minutes furent nécessaires pour remettre de l'ordre au sein des locaux ministériels et pour que Philippe, accompagné d'un autre homme, me rejoigne dans le bureau. Les présentations furent rapides, j'avais en face de moi le Directeur de l'Administration Pénitentiaire : M. Jean-Claude Perrachet. Puisque Philippe n'émettait aucune retenue, je considérais que l'homme qui s'installait nonchalamment derrière son bureau ne représentait nul danger pour nous. Ce « nous » me fit sourire, jamais je n'aurais pensé le redire et encore moins m'en sentir satisfaite. Il me sembla que les deux hommes écourtèrent leur réunion et que certains détails furent passés sous silence mais rien ne m'inquiétait outre mesure ; j'étais auprès de Philippe, son charisme emplissait la pièce, et dans sa voix grave je puisais le courage d'achever ma vengeance, celle qui avait débuté par le meurtre d'Eva et qui était encore impunie. Rien dans l'attitude de mon chef ne traduisait ses soupçons et lorsqu'il sortit du bureau, après une poignée de main amicale, et qu'il m'invita à le suivre, rien n'aurait pu éteindre l'envie que j'avais de me blottir contre lui. Une fois de plus il paraissait maîtriser la situation, comme au temps où nous faisions équipe. À l'époque, rien ne le perturbait, réglant toujours les moindres détails avec minutie. Philippe était un génie du meurtre et aurait été un patron parfait si tous ses employés avaient possédé son sens du devoir. Hélas sa fierté et ses convictions l'avaient conduit dans une impasse, mais ce qui le caractérisait le plus était sa capacité à faire face envers et contre tout. Dans son regard plus aucun espoir ne brillait ; cependant il gardait la tête haute et quand bien même j'avais participé à sa chute, je lui vouais un respect sans borne. Il me fit monter dans sa Passat noire garée dans la cour intérieure et à laquelle je n'avais pas prêté attention en arrivant. L'odeur du cuir y était forte mais des relents de parfum parvenaient à se dégager, produisant une senteur qui m'était familière.

– Où est la Jaguar ?

Sa voix me fit presque sursauter tant je m'étais plongée dans de lointains souvenirs, du temps où j'avais cru être heureuse et en y réfléchissant peut-être l'avais-je vraiment été.

– Garée dans les sous-sols du parking de la place Vendôme. Si ça t'arrange je peux concevoir de la laisser quelques heures de plus.

– Serais-tu devenue raisonnable ?

– Non, mais j'ai appris à faire des concessions.

– Et quel est le prix de cet abandon ?

– Toi.

Philippe détourna un instant la tête vers moi. J'imaginais parfaitement toutes les questions qui se disputaient en lui mais sa surprise pu s'exprimer librement tandis qu'il constatait que je ne me moquais pas de lui. Puis il fit semblant d'être à nouveau absorbé par la route. J'avais toujours eu horreur de sa façon de conduire, trop heurtée, excessive et entrecoupée par des coups de freins brutaux. Il le savait, je lui avais maintes fois fait la remarque et surtout je lui avais démontré à plusieurs reprises combien j'étais plus douée que lui mais je ne disais rien. Je faisais semblant d'être décontractée, de ne pas voir qu'il talonnait la voiture de devant en s'arrêtant bien trop près de son pare-choc, ne se laissant aucune possibilité de manœuvre, aucune fuite possible. S'il était parvenu à m'enseigner son savoir, je constatais amèrement que je n'étais pas son égale dans la transmission d'informations. À moins qu'il ait choisi d'oublier le peu de ce que j'avais pu lui apprendre, histoire de me rayer de sa vie, ce dont je ne pouvais le blâmer. Le retour dans son quartier me paraissait naturel, comme si inlassablement les mêmes erreurs se répétaient ou comme si malgré tout, je restais dépendante de cet homme que j'avais détruit. La clef tourna dans la serrure et lorsque la porte s'ouvrit, je fermai les yeux, humant cette odeur caractéristique que j'associais irrémédiablement au souffle de Philippe dans le creux de mon cou, de ses cheveux caressant ma peau. L'hésitation me figea un instant puis tandis qu'une détermination nouvelle s'ancrait en moi, je franchis le seuil. Je ne fus pas surprise en sentant la chaleur de son corps contre le mien alors que la porte venait à peine de claquer derrière nous. Je n'eus pas la force de le repousser. Dans ses gestes délibérément lents je percevais de la tristesse et dans son souffle j'entendis des sanglots étouffés. Durant un temps infime j'eus envie d'espérer, d'imaginer que nous pouvions nous en sortir, mais cela aurait été une erreur bien pire que de retenir ses caresses. J'avais l'impression d'accorder son dernier vœu au condamné et cela m'écœurait plus encore que l'odeur de Fabian que je percevais encore sur moi. Faire semblant faisait partie de ma vie, je n'étais que mensonge et à ma plus grande honte j'étais aussi trahison. Je fus tentée de lui abandonner mon corps mais le respect ne me le permettait pas ; aussi m'efforçai-je de lui transmettre tout l'amour que j'éprouvais pour lui et même si cela ressemblait plus à l'adoration d'un élève pour son maître, je le lui offris avec douceur. Ce qu'il me procura en retour fut plus de l'ordre du remerciement, celui de l'avoir aimé et surtout celui d'être revenue en prévision des heures sombres qui se profilaient. L'amertume me laissa un goût désagréable dans la bouche et le constat qui s'ensuivit ne fut guère plus glorieux. Oui je l'avais aimé mais malheureusement rien ne peut réanimer un amour savamment brisé. Ce que Philippe cherchait n'était désormais plus qu'un écho lointain, inaccessible, que même ma présence ne pouvait plus raviver. Ainsi nous fallait-il continuer ensemble sans jamais plus ressentir l'osmose que nous avions réussi à créer mais que nous avions piétinée. Moi surtout. Nous restâmes au lit, lui me contemplant ; moi, fixant le plafond blanc, enroulée dans le drap afin de ne pas perdre sa chaleur. De temps à autre ses doigts fins suivaient une ligne imaginaire sur mon bras relevé derrière ma nuque, m'arrachant un sourire. Nous ressemblions à un couple séparé depuis plusieurs années, faisant fi des trahisons pour essayer de savourer la tendresse restante à défaut de l'amour passionnel qui, lui, était mort. Il me semblait inutile de lui mentir encore une fois ; aussi, je lui confiai ce que je savais et finalement cela représentait très peu par rapport à ses propres connaissances. Sans même être surpris nous discutâmes de l'objectif de notre prochaine mission, comme au bon vieux temps, celui où nous organisions nos plans en fonction des besoins de notre couple. Martin Boral revint plusieurs fois dans la conversation. Cet homme était mon collègue et le prochain sur la liste. Je ne fus pas étonnée que Philippe ait mené son enquête et que celle-ci ait abouti à l'inculpation de Martin. L'homme de 41 ans, divorcé et n'ayant qu'un enfant était en fait le chef de la bande : celui par qui le Ministre de l'Intérieur faisait circuler l'identité de ses victimes. Le contact Martin Boral/Damien Godrant/Edouard Degrammont n'avait pas été facile à mettre en évidence mais Philippe faisait partie de ces hommes aux ressources phénoménales. Contre toute attente, Martin s'était fait identifier à cause de ses liens avec le préfet de Midi-Pyrénées. Je haussai un sourcil interrogateur lorsque Philippe m'énonça la façon dont son enquête, qui piétinait, marqua un tournant décisif quand l'un de ses contacts toulousain lui téléphona. En effet, lorsque Philippe décrocha le combiné, l'improbable se réalisa. Il aurait presque était risible qu'un homme comme Martin, capable de meurtres dans la pure tradition de la Section se fasse trahir par un simple appel, mais ce qui était une source inestimable d'emmerdes pour lui représentait une aubaine sans nom pour nous. Philippe était de ces hommes qui gardent un contact, même passablement inutile, en prévision du jour où l'occasion d'en tirer profit s'annoncerait. C'est ce qui se produisit quand Benoît Perrier, commandant de la Brigade Territoriale de Gendarmerie de Haute-Garonne le pria de se pencher sur une affaire douteuse à laquelle son général de division ne souhaitait plus donner suite. La compagnie de M. Perrier s'occupait d'un meurtre particulièrement déroutant dont la victime n'était autre qu'Alain Levallois, le PDG du cartel industriel le plus rentable de toute la région. Quand bien même la succession de ce dernier ne fit pas de vague au sein du Comité Directorial, la raison de sa mort restait incompréhensible. L'affaire morbide avait pataugé, répandant de l'encre dans les colonnes du Journal Toulousain, mais jusqu'à très récemment aucune preuve d'aucune sorte n'avait fourni de quoi résoudre l'énigme. Les tests ADN s'étaient révélés décevants, l'enquête des relations de la victime ne permettait pas d'avancer un meurtre passionnel, et tout ce que les enquêteurs avaient pu inventer se retrouvait démenti faute de preuve. Benoît Perrier ne pouvait s'enorgueillir d'avoir eu envie d'enterrer l'affaire mais sa conscience le malmenait tant que dans un dernier sursaut d'espoir il fit mettre sur écoute l'ensemble des proches de l'industriel. La démarche, quoique juridiquement borderline, fit son effet en moins de temps qu'il ne l'aurait imaginé et quelle ne fut pas sa surprise lorsque Michel Sayant, préfet de Midi-Pyrénées prit contact avec le beau-frère de la victime. L'homme d'État rassura son interlocuteur quant à l'arrêt imminent des démarches d'enquêtes puisque aucun élément nouveau n'était venu compléter le dossier ; il mentionnerait durant son entretien avec le Général de Division de la Gendarmerie qu'ils devaient renoncer à perdre leur temps indéfiniment. Ensuite la conversation parut bien plus décontractée voire enjouée. Ce jour-là, l'erreur fatale de Michel Sayant ne fut pas d'annoncer clairement qu'il souhaitait clore l'enquête ; non, la pire erreur qu'il commit fut de faire l'éloge du meurtrier. La question qui s'imposait était donc : combien de personne sont susceptibles de réussir un meurtre pareil. Selon Philippe, très peu au sein de la Section en étaient capables et a priori je ne faisais pas partie du groupe. *Sympa pour l'estime de soi !* Et quand bien même il se rattrapa en m'accordant le prix du meilleur maquillage d'homicide j'estimais que cela ne redorait pas mon blason ! Loin de là. Par la suite mon chef me précisa que l'industriel avait été retrouvé à bord de son véhicule garé sur la chaussée de la départementale D826. L'autopsie révélant une mort par asphyxie tandis qu'aucune empreinte n'auréolait le tableau de bord, aucune effraction n'était décelable sur la carrosserie et que nulle trace de coup n'était visible sur son corps. En somme les conclusions du médecin légiste auraient pu être : mort par arrêt respiratoire sans cause évidente, les voies aériennes étaient libres, les coronaires encore perméables n'expliquant pas un infarctus ;

et les centaines de prélèvements sur l'ensemble des organes furent négativées par absence de poison ou de drogue. On aurait presque pu croire que l'industriel s'était suicidé en arrêtant de respirer. Malgré le dégoût que m'inspirait Martin, je devais reconnaître qu'il était passé maître dans l'art de tuer. Profitant de sa position, Philippe utilisa ses relations pour utiliser le satellite de surveillance Hélios pour suivre les allées et venues de Martin via son portable et sa carte de crédit. Le dernier entretien téléphonique de Philippe avec Martin avait eu lieu le jour même où mon chef avait récupéré l'enquête du meurtre de Clément. La conversation initialement glaciale devint houleuse quand Philippe refusa de lui communiquer les premiers éléments. Bien évidemment Martin craignait un début de démantèlement de sa filière et, dans la mesure où Philippe contrecarrait ses plans, il comprit qu'il devait agir. D'après mon chef, Martin devait garder un point d'attache dans les Hautes-Pyrénées. La boucle était bouclée. Il me fut facile de conclure hâtivement que ce traître devait être le meurtrier d'Eva car quel autre enfoiré aurait pu être sur nos traces durant notre dernière mission ?

La journée touchait à sa fin quand, habillée d'un vieux jean et d'un pull appartenant à Philippe, je sortis acheter notre dîner auprès du traiteur chinois qui faisait l'angle du boulevard Saint Germain et de la rue des Saints-Pères. La soirée bien qu'agréable ne fit pourtant pas taire mon impatience de mettre la main sur Martin et d'obtenir ses aveux. Pour moi comme pour Marc, je souhaitais ardemment cette confrontation afin d'achever une vengeance devenue prioritaire. Le paradoxe de la Section se faisant passer pour une organisation apolitique me fit sourire, nous n'étions finalement que les pions d'enjeux nous dépassant complètement et le seul avantage à l'avoir compris était que désormais nous n'étions plus tenus de respecter les règles. Ce que Philippe avait fait en contournant les nécessaires autorisations pour utiliser du matériel hautement stratégique comme Hélios prouvait qu'il reniait également tout ce qu'il avait observé jusqu'alors.

Je ne pus m'empêcher de sourire quand il me secoua légèrement pour me réveiller, des viennoiseries et un café fumant sur un plateau m'attendaient sur la table basse. Je m'étais assoupie sur le canapé, une couverture polaire bleu électrique me couvrait et, à n'en pas douter, je devais garder les marques de l'oreiller sur la joue mais mon hôte ne me fit aucun commentaire. Nous déjeunâmes avec le bruit des infos en fond sonore puis tandis que je rangeais la vaisselle, Philippe regarda sa montre, le taxi ne devait plus tarder. La sonnerie de l'interphone résonna dans l'appartement alors que j'enfilai mon blouson en cuir qui, manifestement, avait beaucoup souffert. Encore une fois Philippe ne dit rien mais à sa façon de me toiser, je devinais presque ses pensées. C'eut été mentir que de dire que je ressemblais encore à celle qui avait été sa maîtresse ; non, mon corps avait perdu ces rondeurs qui rehaussaient ma féminité, mes cheveux, bien trop longs à présent, étaient rêches et le pire était certainement les rides que je renonçais à détailler mais qui s'attachaient à marquer les bords extérieurs de mes paupières. Philippe ne perçut pas mon trouble et j'espérais que lui, qui avait dépassé la trentaine depuis quelques années et restait toujours le même pour moi, n'aurait pas l'idée de faire un inventaire aussi détaillé à mon encontre. Le taxi nous déposa devant le dépose-minute de l'aéroport de Paris Orly et nous nous dirigeâmes vers le guichet d'Air France. Nous voulions deux allers-retours Paris-Toulouse Blagnac sans escale et le fait que la guichetière prit Philippe pour un mufle me fit sourire tendrement. Mon chef, qui régla le montant de l'aller sans broncher, me fit un cirque pour ne pas payer le retour avec la même carte de crédit. Aussi me demanda-t-il de sortir ma CB et d'aligner les 465 euros des places plus les 48,91 euros de taxes et de surcharges ainsi que les 6 euros de frais de dossier. Si contrairement à l'hôtesse d'Air France je connaissais la raison des agissements de Philippe et même si je doutais sérieusement que Martin puisse accéder lui aussi aux informations satellites, je pris un malin plaisir à envenimer la situation et à me plaindre faussement auprès de la jeune femme qui toisait notre ménage d'un œil amusé. Nous la laissâmes croire que Philippe n'était pas un homme prêt à payer 1039,82 euros pour offrir à sa compagne quelques jours loin de la pollution parisienne, puis nous prîmes la direction du hall E. Inutile de préciser que nous ne passâmes pas les contrôles de police et qu'au contraire nous fûmes autorisés à pénétrer l'antre interdite au public escortés par des hommes portant l'insigne de la Police Nationale. Si Philippe n'avait pas eu d'aussi solides laissez-passer, il aurait été impossible de pénétrer dans l'A 380 qui patientait sur la piste et je n'osais même pas imaginer comment nous aurions expliqué aux agents de police la raison de notre port d'arme. Je fus cependant délestée de ma bouteille d'eau ainsi que de mon spray déodorant qui, si je relativisais un peu, pouvaient devenir des armes de destruction massive. Je haussai un sourcil interrogateur en entendant de telles conneries, notamment parce que j'étais autorisée à garder mon révolver mais aussi parce que l'expérience du 11 septembre démontrait parfaitement qu'il n'était pas utile d'être armé pour prendre le contrôle d'un avion : la persuasion par la peur couplée à la lâcheté humaine ferait toujours miracle. J'avais toujours eu horreur de prendre l'avion, probablement parce que la lourdeur des consignes réglementaires de sécurité m'irritait au plus haut point mais également parce qu'il m'était presque insupportable d'être liée au destin d'un pilote dont je ne connaissais pas l'état psychologique. Je ne me savais jamais autant en sécurité que derrière le volant de ma XK et en atteignant la place 17B j'espérais sincèrement ne pas être victime d'un crash. L'espace d'un instant j'eus l'impression d'être parano mais peu m'importait que le Bureau d'Enquête et Analyse de la Direction Générale de l'Aviation Civile du Ministère des Transports ne révélât par la suite une panne des sondes Pitot ou encore une dépressurisation accidentelle due à une erreur humaine, il m'était insupportable de mourir dans de telles conditions. Certes le manque d'oxygène et la température à −50°C devaient assurer une mort rapide, sans souffrances c'était moins sûr ! Mais l'obsession perverse de savoir qu'il existait quelques secondes incompressibles de conscience avant le Black Out me paralysait. Comment ne pas imaginer les cris, les pleurs et l'affluence d'hormones créant la panique au sein de son organisme jusqu'à ce que l'hypoxie n'engendre le coma puis que la pression réduise à néant l'ensemble des cavités creuses du corps. Je n'osai pas croiser le regard de Philippe quand l'hôtesse de l'air nous fit une démonstration souriante des issues de secours à prendre en cas d'évacuation ainsi que la manipulation des masques à oxygène, essayant de nous persuader que nous aurions le temps de les mettre. L'allocution du commandant de bord dont je ne parvins pas à saisir le nom fut brève, dénuée de sympathie, me donnant presque l'impression d'être dans une bétaillère. Bientôt la voix dans le micro annonça le décollage imminent, je m'enfonçai dans le siège, bouclai ma ceinture et tâchai de ne pas trahir mes émotions. Si la puissance considérable au moment du décollage me grisa fortement, je ne partageais cependant pas l'inconscience des voyageurs pressés de déboucler leurs ceintures et de faire des va-et-vient dans les couloirs étroits de l'Airbus. Certes les conditions de vol étaient bonnes mais renier l'existence de trous d'air ou d'orages invisibles pour les radars était une parfaite manifestation de la niaiserie de mes concitoyens, les morts dues à des chocs durant le vol existant bel et bien. La seule chose appréciable durant cette heure fut la non-utilisation des portables dans l'habitacle, l'interdiction n'étant jamais aussi bien respectée que lorsque sa propre vie est en jeu, même ceux qui ne se gênaient pas pour téléphoner au sein des hôpitaux eurent l'amabilité d'éteindre leur téléphone.

L'atterrissage me prouva une fois de plus que j'étais entourée d'abrutis quand mes voisins de siège se mirent à applaudir. Pour ma part j'estimai que, quel que soit son nom, le pilote avait simplement fait son boulot et je renonçai dès lors à rester une minute de plus parmi cette masse humaine consternante. Si je ne fus pas en mesure d'acquérir une allure digne en sortant de l'appareil, je ne souhaitais pas pour autant avouer à Philippe le calvaire qu'il venait de me faire endurer. Quand enfin nous pénétrâmes dans l'agence de location de voiture, les palpitations de mon cœur se calmèrent : j'étais de nouveau sur le plancher des vaches et cela me réconfortait. Quand mon chef présenta sa requête, un large sourire se dessina sur les lèvres de son interlocuteur. À croire que leurs voitures de prestige ne sortaient pas souvent du parking. L'homme d'une quarantaine d'années à la calvitie prépondérante et dont la rondeur du visage ne lui conférait pas la prestance qu'il semblait vouloir afficher, nous réserva un accueil obséquieux absolument ridicule. Certes Philippe et moi allions louer une Mercedes SLK 350 à 836,36 euros les 3 jours mais je ne comprenais pas la raison de ce type à vouloir se mettre plus bas que terre pour nous faire plaisir. Je l'imaginais ensuite se pavanant devant sa femme en robe de chambre, vanter ses qualités commerciales et s'offrir le mérite d'une telle location. L'homme nous accompagna lui-même jusqu'au véhicule et s'il avait pu nous cirer les pompes il l'aurait certainement fait. Je l'écoutais distraitement expliquer à Philippe les particularités de ce « bolide » puis lassée, récupérai les clefs de ses mains moites et m'installai derrière le volant. J'eus du mal à ne pas grincer des dents en captant son regard entendu à l'adresse de Philippe lorsqu'il me vit prendre la place du conducteur puis, après un profond soupir, je mis fin à leur discussion en démarrant le moteur. Philippe serra la main du loueur puis s'affala sur le siège passager. L'employé nous fit un petit signe d'au revoir et je sortis du parking non sans faire crisser les pneus.

— Il ne t'est jamais venu à l'esprit qu'un peu de politesse ne pouvait pas faire de mal ? me demanda Philippe.

— Crois-tu qu'avec le temps je ne me sois pas lassée de tes propos moralisateurs ?

— Tu es invivable, Naïva, on ne peut vraiment rien te dire !

— Ecoute j'ai une impression de déjà vu, là ! Donc soit tu arrêtes tout de suite, soit je te descends sur la première aire d'autoroute !

— Quand tu dis « descends » tu penses à quoi exactement ?

Je lui jetai un regard haineux puis me ravisai avant de lui répondre ; je n'étais pas certaine d'énoncer la bonne réponse. Je préférai couper la conversation en augmentant de façon conséquente le volume de la radio. The Fray emplit l'habitacle avec « You found me » et la voix du chanteur me fit frissonner, c'était comme ça que j'aimais conduire ! Les lèvres de Philippe s'étirèrent en un rictus plein d'amusement, ce qui me raviva un peu. Je ne souhaitais plus me disputer avec lui et je considérai comme une demi victoire de lui avoir arraché l'un de ses rares sourires.

La première idée de Philippe fut de s'inviter auprès de la famille de Michel Sayant puisque la dernière détection satellitaire du portable de Martin fut émise au sein de la Préfecture de Midi Pyrénées. Je fus catégorique, je ne voulais plus mêler les proches aux affaires de nos victimes et quand bien même Philippe m'assurât que la vie du préfet ne serait pas mise en jeu, je refusai son plan. Il était 15h47 quand j'achevai un créneau de toute beauté devant l'entrée de la préfecture, juste en-dessous d'un panneau indiquant l'interdiction de stationner et la mise en fourrière immédiate. Philippe sortit et s'éloigna rapidement, le dépit qu'il ressentait était palpable. Pour ma part, je regrettais seulement de ne pas avoir récupéré l'enseigne « Police » pour la placarder, façon blaireau, sur le tableau de bord. Un dernier regard aux courbes soignées de la Mercedes et je suivis mon chef qui présentait déjà sa carte «passe-partout » au garde de l'entrée. Après qu'il eut renseigné le jeune bleu sur ses motivations, je ne pus m'empêcher de pointer du doigt le véhicule flambant neuf garé sur le trottoir de la place Saint Etienne et lui préciser l'inutilité de me coller une prime. Lui tournant le dos, je ne vis pas sa réaction mais ne doutais pas quelle fut à la hauteur de sa naïveté. Le bâtiment en brique rouge était austère, la peinture de ses fenêtres à petits carreaux s'écaillait et le simple vitrage semblait être de rigueur. La secrétaire qui nous reçut devait avoir une cinquantaine d'années, les cheveux courts décolorés en blond vénitien, le teint cuivré grâce au soleil du sud et l'accent chantant de ces contrées. Maquillée de façon sophistiquée, souriante et habillée avec une classe certaine, elle fut aimable et nous pria de bien vouloir patienter dans une salle d'attente au mobilier spartiate. Non pas que je fus d'une patience limitée mais attendre plus de deux heures avec pour seule distraction des quotidiens économiques fut une épreuve difficile. À plusieurs reprises j'effleurai mon arme, incapable de rester immobile à l'image de Philippe qui ne bronchait pas. Quant Michel Sayant se présenta enfin devant nous, je me levai comme un ressort tandis que mon chef, plein d'une assurance que procurent les postes à responsabilités, lui serra la main d'une poigne énergique. L'homme devant à peine mesurer 1m70 avait les cheveux grisonnants, d'épais sourcils broussailleux cachant presque ses yeux sombres, et des joues creuses. À la mention du grade de Philippe, le préfet tiqua mais ne dit rien. Mon chef exposa, non sans omettre certains détails, les raisons de notre présence tandis que l'homme silencieux hochait la tête de temps à autre. Personnellement je doutais des méthodes de Philippe qui souhaitait démêler l'affaire avec toutes les ressources diplomatiques possibles ; moi j'aurais préféré séquestrer le préfet et lui faire avouer tout ce qu'il savait par des moyens bien plus radicaux. La longueur de la discussion m'éreinta tant les non-dits compliquaient les choses. En effet, Philippe ne pouvait pas avouer que Benoît Perrier avait outrepassé ses droits en mettant sur écoute les conversations des proches de la victime de Martin, pas plus qu'il ne pouvait laisser entendre qu'il avait lui-même utilisé des informations satellitaires pour localiser le traître. En gros, nous tournions autour du pot. Au moment où je vis que Philippe commençait à perdre patience, je décidai d'intervenir. Il ne me fallut que quelques secondes pour faire le tour du bureau surchargé de paperasse et coller le canon de mon arme contre la tempe du préfet. Je lui glissai à l'oreille des mots qui lui provoquèrent instantanément une abondante transpiration et une accélération de son souffle. Philippe se leva et vint s'asseoir l'air décontracté sur un coin du bureau débarrassé de ses dossiers.

– On va faire court, Michel. Soit tu nous dis où se cache Martin Boral, soit ma prochaine balle est pour toi.

— Je ne connais personne de ce nom là.

— Ecoute, nous ne cherchons pas de preuve, nous les avons déjà ! Alors il est inutile de nier. Nous pourrions même te tuer pour avoir participé au meurtre d'Alain Levallois...

— Je n'ai jamais tué personne.

— J'estime que la préméditation et le meurtre se valent, qu'en penses-tu Philippe ?

— M. Sayant, que la mort de l'industriel vous facilite la tâche tout comme elle favorise les plans d'Edouard Degrammont, cela ne nous concerne pas, nous voulons simplement savoir où se cache Martin. La dernière fois qu'il a émis un appel c'était dans ce même bureau ; où est-il allé ensuite ?

— Il ne m'a rien dit.

— Je sens qu'on avance.

Je fis un clin d'œil à Philippe puis ôtai la sécurité de mon arme. Je crus que le préfet était au bord de l'évanouissement, la chemise auréolée de sueur et le teint blafard.

— Allez, même joueur joue encore !

— J'en sais rien, il voulait se rapprocher de la frontière, c'est tout ce que je sais.

Une idée me tortura un instant, la certitude de savoir où Martin se cachait.

— OK, on n'obtiendra plus rien de lui, on s'en débarrasse ?

L'homme se recroquevilla sur son siège, émettant des suppliques incompréhensibles. Philippe prit alors la parole.

— Sachez que si vous vous mettez en travers de notre chemin, vous signerez votre fin et ce, dans tous les sens du terme.

Michel Sayant hocha nerveusement la tête, puis morveux se moucha dans sa manche tandis que je le lâchais.

Récupérant la Mercedes, je constatai avec une certaine fierté que nulle contravention n'était collée sur le pare-brise et dès la sortie de Toulouse, je fus heureuse de pouvoir utiliser la SLK au maximum de ses possibilités et ce, en roulant à plus de 200 Km/h sur la portion de 160 Km d'autoroute afin de rejoindre Tarbes. Par la suite les 54 Km de départementales entrecoupés de traversées de villes furent moins agréables mais non dénués d'intérêt pour tester la reprise de la Mercedes. Un sentiment étrange m'assaillit une fois garée sur le parking du gîte, au pied du cirque de la Troumouse. Ce même gîte où j'avais trouvé refuge lors de l'enquête qui m'avait ouvert les yeux sur la mort d'Eva.

Le parking était vide à l'exception d'une Renault Mégane grise, d'une Clio blanche et d'un Picasso noir. De toute évidence, Martin n'était pas là ou alors il avait troqué sa Volkswagen contre une voiture française, ce qui me semblait plus qu'improbable surtout au vu des modèles que nous avions devant les yeux. Philippe m'interrogea du regard, je haussai les épaules. La nuit nous entourait, je renonçai à m'étendre sur mon erreur et de toute façon il nous fallait trouver un endroit où dormir. Aussi, je considérai que le gîte ferait parfaitement l'affaire. Comme dans mon souvenir, l'accueil fut chaleureux, le couple de restaurateurs à l'accent prononcé nous attribua deux des meilleures chambres en vantant leurs tarifs hors saison. Ma chambre tout comme celle de Philippe était située au premier étage mais contrairement à lui, possédait une vue plongeante sur la vallée. Après m'être douchée, je m'allongeai sur le lit moelleux. Entièrement lambrissée, la pièce offrait une douce chaleur couleur miel et le mobilier en bois sculpté claironnait fièrement le don des artisans de la région. Profitant un instant du calme environnant, je fermai les yeux quand une sensation de danger fit battre mon cœur violemment et hérisser ma peau. À cet instant si j'avais été « guépard » je me serais retournée sur le lit, toutes griffes dehors et j'aurais émis un grondement agressif, les poils hérissés et les babines retroussées, prête à mordre. Quelques secondes passèrent, tendant l'oreille, je ne perçus rien d'autre que le léger filet d'eau du ruisseau en contrebas, le sentiment d'alerte se dissipa mais pas mes doutes. J'envisageais d'en parler à Philippe mais je savais d'emblée qu'il me toiserait, un demi-sourire sur les lèvres, non loin de me prendre pour une tarée. La honte et la frustration mêlées me revinrent en me rappelant notre discussion au sujet de ce rêve perpétuel qui continuait à me réveiller chaque nuit et je n'étais pas prête à remettre ça sur le tapis. Je m'habillai prestement puis rejoignis mon chef au rez-de-chaussée afin de dîner et d'élaborer la suite de cette mission vibrant comme un échec. Tant bien que mal j'essayai de le mettre en garde contre une menace inexplicable et même si mes mots ne portèrent pas, il m'écouta patiemment. La salle de restauration était vide, hormis un homme d'une petite trentaine d'années semblant être absorbé par un journal quelconque et dont il tournait les pages nonchalamment. Je ne savais pas si deux des trois véhicules du parking appartenaient au couple d'hôteliers ou s'il manquait une tierce personne, toutefois je ne me sentais pas en sécurité. L'angoisse aidant, je ne pus rien manger de tous les plats lourdement chargés que nous commandâmes et si Philippe n'émit aucune remarque, il me connaissait suffisamment pour comprendre qu'il se tramait quelque chose ou tout du moins que j'étais sérieusement perturbée. La soirée se déroula donc dans une ambiance électrique, sans que je puisse détacher mon attention des bruits régnant autour de nous tandis que nous discutions des possibilités hasardeuses qui s'offraient à nous. Quand enfin je regagnai ma chambre après avoir délaissé Philippe devant la sienne, l'obscurité m'étreignit. Tout était immobile et pourtant, sans allumer, je fis le tour des quelques mètres carrés qui composaient les lieux. Rien. Je me déshabillai puis enfilai pour la nuit un débardeur et un short avant d'ouvrir les draps et de me plonger dans leurs chaleurs. Les volets ouverts, je devinais le contour des objets grâce à l'intensité lumineuse de la lune sans cesse de tendre l'oreille pour capter des sons qui n'existaient peut-être que dans mon imagination. Le calme aidant, je sentais que mes yeux se fermaient pour atténuer la brûlure qui les rongeait à force de vouloir veiller, tout comme je sentais mon corps s'enfoncer plus profondément dans le matelas. La lumière qui éclaira l'encadrement de ma porte pouvait parfaitement provenir de mon rêve éveillé, les bruits de pas sur le gravier également. Je n'avais même plus le courage de regarder l'heure affichée sur le réveil, pas plus que je ne pouvais retenir mon esprit à rester en alerte. Je dus m'assoupir un instant mais fus réveillée brutalement par une sueur froide qui coulait entre mes omoplates. L'air de la chambre était glacial comme si par la fenêtre derrière moi le vent nocturne s'engouffrait dans la pièce. Je déglutis péniblement, cette fois-ci complètement sortie de ma torpeur. N'osant pas bouger de peur d'afficher clairement mon état de veille, je tentai de capter des indices quant à ma situation plus que délicate. Je m'en voulais d'avoir été surprise dans mon sommeil tout comme, et c'était bien pire, d'avoir déposé mon arme sur la table de chevet du côté de la fenêtre et donc derrière moi. Je maudis intérieurement ce vieux réflexe d'éloigner les armes au maximum de l'entrée sans avoir imaginé un instant que mon assaillant passerait par la fenêtre. Et merde ! Je n'eus pas le loisir de réfléchir bien longtemps puisqu'une voix me susurra ce que je redoutais le plus.

– Je sais que tu es réveillée, je l'ai deviné à l'instant où tes doigts se sont crispés sur les draps. Tu t'es trahie en cherchant ton arme, n'est-ce pas ?

Je ne reconnaissais pas la voix et la certitude que je n'avais pas affaire à Martin me dérouta un peu. Je sentis l'homme s'asseoir derrière moi et dans sa voix je l'entendis sourire.

– Martin m'avait prévenu mais je constate avec joie que tu es bien roulée, c'est pas tous les jours que les victimes sont agréables à regarder.

Malgré moi je soupirai, mais pourquoi fallait-il toujours que je tombe sur des abrutis incapables d'en finir sans avoir bavardé et surtout sans avoir bavé comme un chien devant un steak. Et d'abord d'où pouvait-il bien sortir celui-là avec ces méthodes foireuses ? Je décidai de remettre mes questions à plus tard et tentai une échappée fulgurante, mais c'était sans compter sur la masse écrasante de mon agresseur. Ce fut à peine si je pus distinguer dans la pénombre la main énorme qui s'abattit sur moi, m'immobilisant l'épaule gauche. Je tournai la tête quelques instants, juste le temps d'apercevoir la carrure imposante de l'homme qui, en m'attrapant la tête des deux mains, m'enfonça le crâne dans le matelas. Je crus défaillir tant sa force m'étouffait. Je sentais l'asphyxie approcher et cessant d'hurler et de me débattre pris la décision de me laisser faire. C'était quitte ou double. Soit il en profitait pour me broyer les cervicales, soit il relâchait sa prise pour vérifier le boulot. Ce fut, et j'en étais grandement soulagée, la deuxième option. L'idée de mourir comme ça, dans un hôtel, en short et sans avoir pu combattre ne me plaisait absolument pas car ce n'était pas de cette façon que j'avais prévu d'en finir ! Dès la première bouffée d'oxygène je lançai un uppercut là où j'estimai se trouver sa mâchoire et quand mes doigts rencontrèrent l'os je sentis plusieurs phalanges se briser. Avant que j'aie pu pousser un cri, une main vint se coller contre ma bouche et un bras m'enserra fermement. Le dos contre sa poitrine, réduite au silence et à demi étouffée par la pression de son avant-bras contre ma trachée, l'issue du combat restait relativement incertaine pour ne pas dire désespérée.

– C'est qu'elle est coriace, hein !

Ouais, ben tes commentaires tu sais où tu peux te les mettre ?

– Ça sert à rien de te débattre comme ça, tu ne fais que prolonger ta souffrance.

Puisqu'on en parle, si t'avais utilisé un flingue comme tout le monde ça m'aurait probablement évité tous ces désagréments, je me trompe ?

À sa façon de me saisir je n'avais aucune chance d'en réchapper et mon Beretta restait hors de portée. Je rageai en imaginant ma mort prochaine quand j'eus la sensation d'avoir contre mon dos le métal froid de son arme. La contorsion ne fut pas aisée mais c'était ma dernière chance. Je passai ma main droite entre nous, mon assaillant perdit trop de temps à réaliser ce que j'envisageai de faire et avant qu'il ait choisi avec quelle main il allait me contrer, je me saisis de son flingue et butai contre le coude qui me maintenait puis tournai rapidement la tête. La détonation fut violente et à ma grande surprise ce n'était pas un silencieux mais peu importait. Sous l'impact je sentis un débris osseux me taillader la joue et l'étreinte de l'homme s'annihiler. Le silence fut terrassé par les cris inhumains de mon ennemi et je l'achevai en lui brisant, non sans mal, les cervicales. Derrière moi la porte d'entrée explosa littéralement et Philippe accourut. Habillé uniquement d'un jean, il tenait son arme et constata avec horreur la scène devant lui. Nous fûmes rejoints par le restaurateur qui s'écroula à la vue du corps inerte gisant sur mon lit. Une bonne paire de claques et une rasade de rhum après, l'hôtelier écouta les demi-vérités de Philippe qui avait sorti son insigne de police pour l'occasion. Nous nous excusâmes pour le dérangement puis débarrassâmes le plancher, laissant le soin au couple d'appeler la gendarmerie.

Il ne faisait aucun doute que Martin avait envoyé un sbire pour éviter de se salir les mains mais également pour nous faire perdre un temps précieux ; le traître était probablement déjà rentré à Paris, du moins c'est ce que nous redoutions. Sur le chemin du retour, Philippe contacta Benoît Perrier pour l'informer de l'enquête qui allait s'ouvrir au pied du cirque de la Troumouse. Ce dernier, manifestement déçu que ce ne soit pas Martin, nous remercia quand même pour le cadeau empoisonné. Nous rendîmes la SLK à un veilleur de nuit peu bavard, certainement pressé d'être remplacé par sa relève. La jeune femme de l'antenne d'Air France devait pour sa part commencer son service puisque, sans discontinuer de jacasser, nous proposa plusieurs formules d'échange de billets et nous nous contentâmes de hocher la tête à la solution la plus simple d'après ses dires. Nous patientâmes trois heures dans le hall glacial du tarmac puis, presque soulagée, je m'engouffrai dans l'Airbus. Il était 6h24. Le commandant de bord, nous annonça qu'il était heureux que nous ayons choisi Air France puis nous prévint que le décollage était imminent. J'attachai ma ceinture et m'endormis instantanément.

La grisaille parisienne nous accueillit dès notre sortie de l'aéroport avec tout ce qu'il fallait de vent et de trombes d'eau. Il fallut également supporter l'obligatoire papotage du chauffeur de taxi qui nous ramenait chez Philippe à propos du mauvais temps qui s'étalait depuis plusieurs jours sur Paris. *Ben ouais, c'est comme ça chaque année mon gars, c'est ce que l'on appelle l'automne !*

Après avoir pris une douche et s'être rasé, Philippe m'annonça qu'il souhaitait se rendre dans les locaux de la Section. J'étais en train de larver sur le canapé en sirotant un café et n'étais pas franchement certaine que ce soit une bonne idée ; mais, quoi que je dise, je n'étais pas en mesure de le retenir. Je mimai un assentiment tandis qu'il me conseillait d'aller consulter un médecin. Certes le majeur et l'annulaire droits étaient cassés, mais je m'en remettrais ; et puis il était trop tard pour faire des points sur ma joue, alors... Il était 11h27. L'après-midi touchait à sa fin quand l'angoisse me reprit, j'avais récupéré ma XK contre 67,50 euros de parking puis j'étais allée faire un tour au supermarché pour acheter quelques bricoles, il était 18H54. La cuisine ultramoderne de Philippe résonnait seulement de mes soupirs, cadencés par mes pas. L'impatience et le doute. J'avais essayé de l'appeler à plusieurs reprises mais son portable m'opposait constamment son répondeur ; je me sentais piégée, tiraillée entre mon désir d'agir et l'envie qu'il rentre enfin. La sonnerie brutale du téléphone m'ancra à nouveau dans la réalité : je décrochai sans même regarder le numéro qui s'affichait.

– Naïva ? C'est Fabian.

– Qu'est-ce que tu veux ?

– Tu es où ?

– Qu'est-ce que ça peut te foutre ?

– Ce que ça peut me foutre ? Eh bien je vais te le dire ce que ça peut me foutre : j'ai le sang de Philippe sur les mains et si t'étais pas trop conne tu ramènerais ton cul ici, bordel !

Voilà, j'étais fixée.

– J'ai appelé le SAMU, ils ne vont pas tarder, magne-toi, je suis à la Section.

6 Km, c'était la distance qui me séparait de Philippe et à cette heure il me fallut plus d'un quart d'heure pour atteindre la rue Rottembourg. En arrivant sur place je ne pus que constater les lumières jaunes et bleues des pompiers qui s'éloignaient ainsi que Fabian qui m'attendait sur le trottoir. Il

prit place à côté de moi et nous suivîmes les secouristes jusqu'au groupement hospitalier Diaconesses Croix Saint Simon, rue du sergent Bauchat. J'eus beaucoup de mal à me faufiler à travers la circulation et tout d'un coup je perdis pied. Hurlant aux connards d'automobilistes de se bouger le cul, insultant les piétons pressés de traverser, je crus que j'allais commettre un meurtre. *Et merde !* Pourquoi fallait-il que ce soit comme ça, dans le hall miteux de la rue Rottembourg, poignardé comme un chien, putain de merde ! Fabian posa une main apaisante sur mes doigts blanchis par l'effort tandis que je pleurais de rage ! À peine arrivée sur le parking de l'hôpital je laissai Fabian en plan, lui confiant la voiture que j'avais arrêtée en plein milieu d'une allée. Je pénétrai dans le hall, hagarde, ne sachant qui interroger. J'agrippai la première blouse blanche qui croisa mon chemin et fus dirigée vers la salle d'attente. Mais j'étais incapable de rester en place. Je regrettais de mettre un foin pareil dans un établissement de soins mais cela dépassait mes compétences, je ne pouvais pas rester là, sans savoir, sans être sûre qu'il allait s'en sortir. Je me pris une chasse par une infirmière qui renonça à me faire la morale, lorsque secouée de spasmes je m'effondrai sur le dallage blanc. La douceur de sa voix me toucha et je me calmai comme un enfant s'arrête de hurler en comprenant qu'il ne risque rien. Eloïse, puisque tel était le prénom écrit sur sa blouse, se redressa et m'offrit d'aller se renseigner sur l'état de Philippe. Je hochai la tête, presque intimidée par sa gentillesse. Quand elle revint vers moi, Fabian venait de s'asseoir en face à moi. L'infirmière m'annonça que Philippe était dans un état critique. Sept coups de couteau : dissection aortique, hémopéritoine, plaies viscérales multiples, lésion de la moelle épinière et hémopneumothorax. Je compris que la sentence était rude sans même connaître tous les termes de son jargon médical. Il était

23H27 quand, sortant du bloc opératoire, il fut admis en réa. On m'accorda le droit de le voir seulement dix minutes, mais ce furent probablement les plus longues de toute mon existence. La révolte me saisit quand, pénétrant dans la chambre minuscule, la lumière blafarde me révéla son corps nu dont l'intimité était recouverte par une alèse. Devant moi trônait le corps inerte de mon amant, perfusé, drainé, auréolé de pansements rougis. La haine m'envahit. Des poches de sang s'écoulaient lentement tandis que le respirateur égrenait les secondes dans un bruit de soufflerie : ici rien ne ressemblait à la mort que je connaissais, celle propre et rapide de mes missions. Il était donc écrit que le chef de la Section, le meurtrier suprême, crèverait à petit feu engoncé dans un lit d'hôpital. De la bile emplit ma bouche à l'idée d'appeler les parents de Philippe, le cauchemar ne faisait que commencer.

Je n'avais pas eu le courage d'annoncer la vérité à Mme Giraud et lorsque, accompagnée de son époux, elle pénétra dans le service de réanimation, je réalisai combien elle avait vieilli depuis notre dernière rencontre. Je patientai devant la porte de la chambre de Philippe, les larmes devaient avoir mâchuré mon visage mais je tenais à lui présenter mes excuses. Aveux qu'elle dédaigna après m'avoir foudroyée du regard ; il semblait a priori que nous n'ayons rien à nous dire. Le père de Philippe ne me prêta pas plus d'attention qu'à un déchet quelconque, sa rancœur semblait elle aussi inépuisable. Les heures s'égrenèrent lentement et avec elles le ballet incessant de la famille de Philippe, bientôt au complet. J'eus droit aux regards haineux de l'ensemble de ses frères et sœurs puis, lorsque la main apaisante de Fabian se posa sur moi, je décidai de tourner le dos à cette famille blessée.

Il était 4h08 quand je quittai le parking de l'hôpital et me dirigeai vers l'appartement de Philippe. Fabian semblait usé et à la lumière blafarde des réverbères j'eus l'impression que de nouvelles rides creusaient son visage. Je l'invitai à finir sa nuit chez Philippe mais il refusa, me laissant seule dans l'appartement silencieux. Je m'effondrai sur le canapé sans être certaine de pouvoir dormir, puis contre toute attente m'enfonçai dans des rêves absurdes. Ce fut la sonnerie de mon téléphone qui me réveilla, la tête lourde, les membres raidis par l'immobilité. La voix de Fabian retentit et j'eus besoin de quelques secondes pour comprendre le charabia qu'il débitait, puis un silence obscur m'emplit de terreur. Quand je raccrochai, une angoisse au-delà de la peur s'empara de moi en pensant que je n'étais plus en mesure de défendre qui que ce soit. Mes convictions volaient en éclat.

En me dirigeant vers le centre hospitalier où gisait Philippe, un sentiment d'urgence s'infiltra à travers tous les pores de ma peau. D'après Fabian, trois hommes non recensés à la Section venaient d'en quitter les locaux et s'orientaient via le périphérique vers la sortie Est de Paris, et d'autre part Martin restait introuvable. La priorité me semblait de faire muter Philippe dans un autre hôpital, car en tout état de cause il représentait une proie facile. Il était 8h35 quand je butai devant la porte du service de réanimation sur laquelle étaient inscrites les heures de visites : 10H00-12H00/16H30-18H00. *Super !* Je décidai d'user de la sonnette plus que raisonnablement afin que, lassée par cette agression sonore, une infirmière excédée vienne m'ouvrir. Ce fut le cas au bout de 10 minutes et si des soins de qualité étaient offerts dans le service, il était à noter qu'on avait le temps de mourir à l'extérieur. L'air revêche, un tablier en plastique par-dessus sa blouse, et des lunettes sur le nez, la femme qui m'ouvrit devait avoir une cinquantaine d'années et semblait usée au-delà des mots. Je déglutis péniblement avant de présenter mes doléances dans un monologue certainement incompréhensible qui me donna accès à une salle d'attente exiguë, sans savoir cependant ce que je devais attendre. Le chef de service se présenta rapidement devant moi, semblant être à l'écoute. Son attitude humaine me serra le cœur et la certitude que je devais continuer à me battre pulsa dans mes veines. À cet homme grand et mince, j'expliquai les risques encourus par Philippe et la nécessité de le faire changer d'établissement ; et même s'il hochait la tête en signe de compréhension, il finit par m'opposer une logique implacable : quitter un établissement demandait une décharge signée par un membre de sa famille. Après tout, j'étais qui pour demander de transférer un malade dans un état critique, sans preuve formelle d'un danger immédiat ? La réalité s'imposa, qui étais-je pour Philippe sinon sa meurtrière par procuration ?

Il ne m'était pas arrivé souvent de supplier ; peut-être l'avais-je fait envers mes parents pour qu'ils ne m'abandonnent pas entre les mains de cet homme qui m'avait violée, peut-être avais-je prié alors que quelqu'un me vienne en aide. Peut-être pas... Mais là, devant cet homme en sarrau blanc je suppliai, minable, une aide improbable. En retour il m'expliqua les difficultés dues à l'inertie des services hospitaliers, entravés par des formalités et des raisons d'éthique. Cependant le réanimateur dut lire ma détermination dans mes traits, car il ne me semblait pas impossible de pénétrer dans l'antre des soins avec une arme et de kidnapper mon ami afin de l'emmener ailleurs. Il posa sa main sur mon épaule et je m'efforçai de rester digne, refoulant l'émotion qui me submergeait, quand il promit de tout faire pour trouver une place pour Philippe dans un autre établissement. Il ne me manquait plus que l'accord de ses parents. De la même façon, il ne me semblait pas impossible de les menacer pour qu'ils coopèrent mais il me fallait commencer par la voie diplomatique.

C'est ainsi que je me retrouvai devant leur porte à 9h56. Le treizième arrondissement de Paris n'était pas mon préféré mais il fallait bien reconnaître qu'il était plus aisé de s'y garer que dans le 6ème. Mme Giraud ouvrit la porte et la claqua instantanément après m'avoir aperçue. On ne pouvait pas faire mieux pour débuter les pourparlers ! Une nouvelle fois j'insistai, en appuyant à intervalles réguliers sur la sonnette. Intervalles approximatifs de 2 secondes et 9 centièmes. Sans même avoir le temps d'analyser la situation, je me trouvais propulsée contre le mur adjacent à la porte. Ce ne fut que lorsque je perçus le souffle de mon ex beau-père dans mon cou que je réalisai que l'objet de ma requête allait être difficile à exposer.

— Tu as assez fait de mal comme ça Naïva, alors dégage avant que j'appelle la police.

Quoi ? Ces espèces de blaireaux tout juste capables de me mettre en garde à vue et de me faire un toucher rectal au cas où je cacherai une bombe H ! Plutôt mourir !

— M. Giraud, je comprends parfaitement votre ressenti mais je suis venue pour...

— Casse-toi ! Tu as détruit notre fils et je ne veux pas savoir ce que tu viens réclamer maintenant que tu l'as poussé dans la tombe !

Là, sans le savoir il n'avait pas tout à fait tort !

— Il va mourir si vous ne m'écoutez pas...

— Il va mourir de toute façon.

À cet instant je cessai de me débattre. Secoué de sanglots, le père de Philippe s'effondra sur le sol, anéanti. Mme Giraud vint le soutenir tout en m'adressant un regard sans pitié.

– Mme Giraud, je dois vous parler.

Son chignon pendait mollement et quand ses épaules s'affaissèrent je saisis son époux afin de l'aider à rentrer chez eux. Si le couple avait en horreur une chose, c'était bien d'étaler sa vie privée au grand jour. Aussi, m'empressai-je de refermer la porte derrière moi. Une fois dans le salon étroit de la petite villa je déposai M. Giraud dans son fauteuil et me tournai vers la femme qui aurait pu *(dû ?)* être ma belle-mère.

– J'ai besoin de votre accord pour faire transférer Philippe vers un autre centre hospitalier. Sans cela ses agresseurs viendront finir le boulot.

– Comment oses-tu venir chez nous proférer de telles nouvelles alors que tu l'as piétiné sans scrupule ! Crois-tu à présent qu'il te soit reconnaissant d'être revenu dans sa vie ? Tu l'as abandonné Naïva, alors passe ton chemin, tu n'as plus à t'inquiéter pour lui.

– Je ne souhaite pas que vous me pardonniez mais…

– Tu n'as aucune idée de l'état dans lequel nous l'avons retrouvé quand tu t'es enfuie et sincèrement je n'aurais jamais pensé que tu aurais le culot de franchir à nouveau le seuil de cette maison.

Une démangeaison familière me raidit les doigts : j'avais toujours l'option « je vous flingue tous si vous ne coopérez pas ! » mais c'était vraisemblablement signer mon aller simple pour l'asile.

– Très bien, alors laissez-le crever !

Je franchis la distance qui me séparait de la porte d'entrée dans un silence presque religieux puis une fois dehors, dévalai la rue jusqu'à ma Jaguar. Il fallait que je me ressaisisse sous peine de perdre le contrôle et d'aggraver la situation. Ma première réaction fut d'appeler Fabian pour convenir d'un rendez-vous, si possible près de l'hôpital. Et tandis que je m'infiltrai dans la circulation j'augmentai le son des haut-parleurs. La piste 4 du CD d'Ethan était certainement ma préférée et en y songeant je pouvais revoir ses doigts courir sur le clavier.

Je retrouvai Fabian dans une brasserie à l'angle du carrefour Reuilly/Didelot. Il touillait un café, probablement pour s'occuper les mains puisqu'il ne sucrait jamais, et dans son regard lassé je devinai de mauvaises nouvelles. À peine avais-je quitté ma veste qu'un serveur vint prendre ma commande ; je demandai un expresso puis dévisageai mon co-équipier.

– Je n'ai plus de nouvelle de Frédo depuis quelques heures. Il se peut qu'il ait coupé son portable sciemment mais rien ne le prouve. Il filait les trois types qui ont un lien avec la Section et aux dernières nouvelles ils se dirigeaient vers Nancy.

Je regardai ma montre : 11h43.

– Le musicien serait-il sorti de sa réserve ?

– C'est bien ce que je crains.

– Alors il est perdu.

Fabian hocha la tête, nous étions d'accord sur ce point.

– Je pense que tu as fais une erreur en laissant partir Frédo à leur poursuite.

– Il a fait son choix.

– Et par la même occasion il a divisé nos forces.

– Tu parles d'une force...

– Il aurait pu couvrir nos arrières pendant que nous traquions Martin.

– Nous n'avons pas besoin de lui pour le retrouver.

– Je ne laisserai pas Philippe sans surveillance.

– Là où il est, il ne craint rien.

– Il est hors de question que je le laisse seul.

– Naïva, c'est toi qui nous divises.

– Probablement et c'est pourquoi ils ne l'ont pas abattu ! Ils auraient pu lui mettre une balle dans la tête et clore le dossier…

– …

– Crois-moi, ils savaient ce qu'ils faisaient en le blessant. Cela devait nous forcer à faire des choix et quoi que nous fassions, ils seront tous mauvais. S'ils ont retrouvé sa trace, Ethan Lamberg sera tué d'ici quelques jours, voire quelques heures. Si nous laissons Philippe sans surveillance, ils termineront le boulot. Maintenant que les pions sont avancés nous n'avons plus d'autre choix que de nous positionner selon nos convictions.

– Tu n'interviendras donc pas pour sauver Ethan ?

Je crus un instant que j'allais le gifler. Comment osait-il me reprocher la mort prochaine du musicien ? Mon ton devint acide.

– Ecoute-moi bien Fabian Delbart, si tu veux te porter garant pour tenter une mission vouée à l'échec, je ne te retiendrai pas mais ne me reproche jamais un meurtre dont je ne suis pas responsable.

Martin devait pertinemment savoir que j'étais désormais pieds et poings liés. Malgré mon envie de me ruer à la poursuite des assaillants d'Ethan, je me sentais bien trop redevable envers Philippe pour l'abandonner. Le dilemme consistait à savoir lequel des deux je souhaitais perdre en premier. Mon choix s'était porté sur Ethan même si une once d'espoir me laissait croire qu'il s'en sortirait, lui.

– Alors que comptes-tu faire, Naïva ? Attendre patiemment que vienne ton tour ?

– Je vais me tenir tranquille. Martin viendra à moi, il ne pourra pas s'en empêcher. En ce qui te concernes je te laisse le choix, mais sache qu'il ne sera pas aisé de prendre la tête de la Section quand on saura que tu n'as pas levé le petit doigt pour protéger Philippe.

– C'est une menace ?

– Non, juste une constatation : les agents de la Section ne suivront pas un traître.

– Tu es injuste.

– Je me fous pas mal de ce que tu penses de moi et si tu ne souhaites pas m'aider, ne t'avise surtout pas de me mettre des bâtons dans les roues.

– Je n'ai jamais eu la prétention de vouloir me mettre en travers de ton chemin, Naïva, pas plus que je ne souhaitais te blesser. Si j'ai parfois du mal à saisir ton raisonnement, je parviens, en revanche, à imaginer ce que tu dois endurer et je veux que tu comprennes que je serai toujours derrière toi.

– Très bien, nous allons buter cette espèce d'enfoiré puis nous finirons le ménage au sein de la Section.

Si ma présence leur était insupportable, les parents de Philippe me laissèrent toutefois venir à son chevet. Bien entendu, un silence pesant se faisait à mon entrée et l'on ne me laissait seule avec lui qu'avec une profonde méfiance. Leur attitude avait cessé de me blesser et je savais qu'ils se taisaient à la demande de leur fils. Ce dernier persistait à sourire à chacune de mes visites et, même si je tentais de lui rendre un reflet de ce sourire je n'étais pas certaine de parvenir à masquer ma peine. Il était à peine capable de boire à la paille et encore on préférait lui donner une gelée pour remplacer l'eau afin d'éviter qu'il s'étouffe d'une fausse-route. Je n'osais pas non plus regarder la sonde urinaire pendant mollement aux barreaux de son lit et encore moins les drains cumulant sang et autres liquides brunâtres dans des poches. À chacun de mes départs, mes yeux brûlaient d'avoir

270

retenu mes larmes et je gardais le regard baissé pour que personne ne puisse y lire ma souffrance. Les parents de Philippe refusèrent catégoriquement le transfert de leur fils, ce qui compliquait grandement la tâche que je m'étais donnée tout en permettant l'accélération du dénouement. J'avais confié à Fabian la surveillance des allées et venues autour de l'hôpital et pour ma part j'avais presque élu domicile dans la petite salle d'attente qui servait de lieu de rencontre entre les familles et les médecins. Philippe avait insisté pour que je reste dormir dans son appartement et même si ma première idée avait été de déguerpir de chez lui, j'y revenais chaque soir, épuisée de cette attente funeste.

Si la première semaine nous permit de constater une amélioration de l'état de Philippe, en revanche, les jours suivants furent une succession de dégradations. Amèrement je comprenais que nous nous étions fourvoyés en le considérant hors de danger. Certes l'équipe médicale était restée sur la réserve, mais comment empêcher l'espoir de s'infiltrer ? La déception fut immense. Le premier acte d'une longue série fut un retour au bloc car les plaies viscérales suppuraient et lorsqu'il revint dans sa chambre, au sortir de l'anesthésie, je constatai la poche nouvellement placée sur son abdomen. Le chef de service m'expliqua plus tard que devant la nécrose d'une partie de l'intestin et l'inflammation des tissus due à l'infection, ils avaient été obligés de dériver le transit, d'où la « stomie » abouchée à la peau. Le moral de M. et Mme Giraud était proportionnel aux variations de santé de leur fils. Aussi, le jour où il fut intubé pour compenser le déficit respiratoire dû à un staphylocoque doré installé depuis peu dans ses bronches, je crus les voir se décomposer. À partir de ce jour nous ne pûmes plus communiquer avec lui tant ses instants de conscience étaient rares. Dès lors, je compris que Martin n'était plus un danger pour lui. Plongé dans un état comateux à des fins antalgiques, les heures semblaient s'allonger lorsque, assise à ses côtés, je ne pouvais que regarder la batterie de machines bruyantes censées le garder en vie.

10 jours. Ce fut le temps nécessaire à la mise en place des derniers pions sur l'échiquier. Ce qui m'éveilla de ma torpeur fut l'annonce au JT de 20H00 du lundi 5 octobre 2009 de la mort du pianiste Ethan Lamberg dans un accident d'hélicoptère. Le drame avait également causé la mort du pilote, un homme de quarante et un ans, ainsi que d'une jeune femme dont l'identité n'était pas révélée. Une enquête était en cours. À cet instant précis, dans la chambre suffocante de Philippe, j'eus une envie de meurtre. Alors que je m'apprêtais à quitter les lieux, un infirmier entra pour vérifier le pousse-seringue de morphine qui bipait dans un bruit strident et que pour ma part j'avais totalement occulté. Il dut percevoir mon trouble puisqu'il leva les yeux sur le poste de télé mis en sourdine et dans son incompréhension je devinai que je représentais une énigme pour lui. Dans le service, notre situation devait être l'objet de bien des commentaires et questions : adultère, crime passionnel ? Mais peu m'importait, ils n'étaient rien pour moi.
Repensant à Ethan, il me semblait que Martin venait de me pousser dans mes derniers retranchements et qu'il patientait jusqu'à ce que je fasse un faux-pas. Et ce faux-pas ne devait pas tarder.

Fabian me rattrapa tandis que je sortais de l'hôpital et dans son attitude je compris qu'il avait également appris la nouvelle. Courant presque jusqu'à ma voiture, j'en ouvris le coffre afin de mettre la main sur l'i-phone de Clément. Fabian me défia du regard en hochant négativement la tête mais rien n'aurait pu me retenir. Je fis défiler le répertoire et trouvai le numéro de Martin. Deux sonneries plus tard, mon collègue décrocha.

– Qu'est-ce qu'il te faut de plus, espèce d'enfoiré ?

– Ah ! Je suis ravi de t'entendre, Naïva. Je commençais presque à désespérer que tu m'appelles.

– Pourquoi Ethan ?

Dans ma voix devait percer la haine, de cette violence qui cache la douleur.

– Ne te fais pas plus conne que ce que tu n'es ! Tu sais pertinemment pourquoi. La question que tu devrais te poser c'est pourquoi tu as hérité de cette mission alors qu'elle n'était pas officielle ?

– Tu te trompes, c'est Philippe qui m'en a informée.

– Et d'où tenait-il le dossier ?

– Je ne te suis pas…

– Tu me déçois, Naïva. N'as-tu jamais imaginé que nous puissions avoir été doublés ? Que tous autant que nous sommes au sein de la Section, puissions avoir été infiltrés ?

– Un groupe comme le GIGN, par exemple ?

Fabian semblait trépigner près de moi, inquiet par la tournure des évènements et notamment parce qu'il n'entendait que la moitié de la conversation.

– Oui, par exemple. Admettons un instant que le convoyeur de mission ait eu envie de faire jouer la concurrence et que tout naturellement il se soit tourné vers le groupe qui ressemblait le plus à la Section. Jusque-là tu me suis ?

– Oui.

– OK, alors admettons que les membres du groupe adverse, ayant repéré le filon, aient décidé de récupérer la manne financière en éliminant les actifs de la Section, à ton avis qui est dans le faux ?

– Tu mens !

– Mes associés se sont débarrassés du dernier collègue de Fabian et si Ethan Lamberg a perdu la vie c'est tout simplement parce que sa survie représentait un échec pour la Section.

– Tu dérailles ! Tu n'es qu'un assassin !

– Non Naïva, le meurtrier d'Eva juste est à côté de toi.

– Pourquoi Eva ?

– Tu n'as qu'à le lui demander.

Sans lâcher le téléphone, je braquai mon arme sur Fabian, le doute s'engouffrait en moi sans que je puisse freiner les battements de mon cœur.

– Pourquoi Eva ?

– Dirige ton arme ailleurs s'il te plaît !

– Pourquoi Eva ?

– Je ne sais pas de quoi tu parles, Naïva ! Alors baisse ton arme !

La rue paraissait avoir été désertée et tandis que Fabian se tenait devant moi, je perçus ses doigts se crisper sur la crosse de son arme.

– Il ne veut rien dire, hein ?

– Tu tentes de te servir de moi, n'est-ce pas ? Tu préfères que je me salisse les mains à ta place.

– Je n'aurais jamais tué un membre de la Section, moi.

– C'est pourtant ce que tu cherches à faire depuis quelques mois, il me semble.

– Je considère que tu ne fais plus partie de la Section, tu es passée à l'ennemi désormais.

Là c'était le comble.

– Tu n'es plus en sécurité nulle part, Naïva.

Lorsque Martin raccrocha, les bips aigus envahirent le silence qui s'était établi entre Fabian et moi. Ce dernier, le canon de mon arme contre sa poitrine, restait impassible.

– Ethan c'était un test, n'est-ce pas ? Mais pourquoi Eva ? Je veux savoir.

– Je sais qu'il reste encore des zones d'ombre pour toi mais je ne suis pas certain que ce soit le bon moment pour tout te révéler, je...

Frappant violemment derrière ses genoux, je le mis à terre.

– Bien au contraire, je crois que c'est l'instant parfait pour cracher le morceau.

Je coinçais le canon de mon arme à la naissance de son cou, point d'entrée parfait pour une balle qui traverserait les poumons et probablement le cœur.

– Dépêche-toi !

– Je n'ai rien pu faire pour Eva et je ne souhaitais surtout pas sa mort.

– La suite !

J'enfonçai encore plus mon arme derrière sa clavicule.

– Nous nous sommes connus des années auparavant alors que je passais les épreuves pour entrer dans le groupe d'intervention du GIGN et qu'elle était Inspecteur dans les stupéfiants. Lorsque je suis entré à la Section, elle a tout de suite tiqué. Je ne voulais pas l'abattre mais elle a fait des recherches sur mon compte jusqu'à découvrir que mon appartenance à la Section était bidon. Elle était un danger pour moi et mes collègues.

– Alors tu l'as tuée.

– Non, ce n'est pas moi. J'étais d'avis de l'épargner mais il fallait la mettre hors d'état de nuire. C'était elle ou nous !

– Ainsi tu as envoyé quelqu'un faire le sale boulot à ta place !

– Ta vengeance est achevée Naïva, il est mort lui aussi.

– C'était Frédo, n'est-ce pas ?

– Oui. Il ne devait pas la tuer, seulement...

– Seulement quoi ? La réduire en bouillie en la balançant du haut d'une falaise ? C'était ça ton plan ?

– Non ! Il devait la kidnapper...

– La kidnapper ! Non mais tu te croyais où ? Tu pensais qu'elle allait vous suivre sans émettre de résistance ?

– Tout aurait pu se passer sans...

– Tu n'es qu'un enfoiré couplé d'un assassin ! Je ne crois pas du tout à ta version ! En envoyant Frédo tu savais parfaitement ce que tu faisais et finalement c'était la solution de facilité. Frédo était un tueur et tu as prémédité sa mort. Je ne vois vraiment pas ce qui me retient de te mettre une balle dans la tête.

– Tu te trompes, alors ne fais pas de connerie, je t'en prie.

Il ne me restait que quelques secondes pour faire la part des choses, quelques secondes pour rendre la justice, quelques secondes pour venger Eva. Mon hésitation signa ma perte. Fabian se retourna en me fauchant les jambes et tandis que je m'effondrais je sentis une pression insupportable sur mon coude droit, me faisant lâcher mon arme. Je roulai sur moi-même, libérant mon bras, pour me retrouver le canon butant contre ma tempe.

– Je n'ai pas l'intention de te tuer, Naïva. Je regrette autant que toi la mort d'Eva.

Après un direct du droit je réduisis à néant ses déclarations vouées à m'amadouer, *qu'il aille au diable !* Je sentis l'acier froid de la crosse entailler ma peau au dessus de mon front tandis que je tentais de lui broyer la trachée. Avançant ma main pour atteindre son arme qu'il gardait dans un harnais au niveau du thorax, un coup de coude sur ma tempe annihila toute volonté, me réduisant à l'inconscience.

J'étais incapable de savoir combien de temps j'étais restée, comme ça, vautrée dans le caniveau. À mon réveil, plusieurs blouses blanches étaient penchées sur moi et dans leur baratin médical je comprenais qu'on n'avait pas l'intention de me laisser repartir. Ma première réaction fut de chercher mon arme que je trouvai dans ma poche arrière. Fabian ne m'avait donc pas laissée démunie. D'après ce que je compris, j'étais bonne pour plusieurs heures d'observation, *super* ! La nuit fut effectivement très longue, ponctuée entre scanner cérébral à la recherche d'un hématome, points de suture d'une élégance rare, pansements réalisés avec des kilomètres de gaze et une bonne centaine de compresses ainsi qu'un examen clinique terriblement embarrassant pour le jeune interne qui assumait difficilement sa conscience professionnelle. Au petit matin, enfin autorisée à prendre une douche, je récupérai mes affaires et déguerpis de ce milieu hospitalier trop aseptisé à mon goût.

Mardi 6 octobre. 9h43. Le hall du boulevard Saint Germain était calme, rien n'indiquait qu'il y eut de la vie dans le bâtiment et pourtant, lorsque je parvins devant la porte de l'appartement de Philippe, j'eus la conviction qu'il y avait eu effraction. C'est avec un sourire désabusé que je tournai la clef dans la serrure et poussai la porte. Rien n'avait bougé. De l'entrée, je pouvais voir mes vêtements posés en vrac sur le canapé ainsi que mes baskets délaissées sur le seuil de la cuisine. Bref, soit je devenais parano, soit j'étais vraiment dans la merde. J'avançai sans trop savoir ce que je cherchais. Après la nuit blanche que je venais de passer, il m'était relativement difficile de faire la part des choses. Le bruit de mes pas sur le parquet brisa le silence artificiel et, quand enfin je pénétrai dans le salon, je ne pus retenir un sourire de dédain. Oui, il y avait bien eu effraction. Le sac dans lequel je gardais habituellement mon PC trahissait une fouille en bonne et due forme. Après vérification, je constatai que les affaires de Philippe n'avaient pas été touchées. Si mes déductions étaient bonnes, j'étais en possession de documents importants à leurs yeux. Autant dire qu'ils cherchaient les dossiers des membres de la Section, certainement parce que c'était un levier inestimable pour parvenir à la tête de notre groupe. Ma première réaction fut de vouloir récupérer les documents entreposés dans le coffre de ma voiture et de les mettre en sécurité ; mais tandis que je rouvrais la porte, je me trouvai nez à nez avec Martin. Il était grand, probablement un peu plus d'1m90, les épaules larges, les cheveux blonds en brosse, un menton proéminent et des yeux de fouine d'une couleur indéfinissable. À bien y réfléchir, c'était la première fois que je me trouvais si près de lui et dans la mesure où je l'avais ignoré jusqu'à présent, je réalisai à quel point j'avais mésestimé un ennemi potentiel. L'époque où je me croyais en sécurité au sein de la Section semblait avoir pris fin depuis un siècle. Je déglutis péniblement et reculai instinctivement, preuve de ma faiblesse ou de mes attitudes sournoises, je n'aurais su dire.

— Ainsi c'est ici que tu te cachais depuis le début. Je suis presque déçu de ne pas y avoir pensé plus tôt, ça m'aurait évité de perdre mon temps. Cela dit je n'imaginais pas Philippe capable de te rouvrir ses draps.

Tiens prends ça dans la tête espèce de salope !

— Comme quoi ce n'est pas parce qu'on appartient à la Section qu'on possède des facultés intellectuelles.

On est quitte, blaireau !

— Cela dit, ce n'est pas moi qui ai servi l'ennemi. Tu t'es fourvoyée comme c'est pas permis et tu continues à mener une guerre perdue d'avance.

— Tu es un traître au même titre que les autres et je suis désolée de te l'apprendre mais tu mérites, toi aussi, la mort.

— Ah ! La grande Naïva prompte à donner une justice douteuse pleine de jugements erronés ! Je te reconnais bien là. Je n'arrive toujours pas à comprendre ce que Philippe

278

pouvait te trouver, tes idées archaïques du bien et du mal me lassent et tes manières orgueilleuses sont carrément déplacées. Tu n'es rien Naïva, même pas un obstacle sur mon chemin.

OK, après cette déclaration philosophique bienvenue, peut-être pourrions-nous passer aux choses sérieuses, non ?

– J'apprécie ta franchise, c'est vrai, c'est sympa de s'entendre dire ce genre de choses et rassure-toi, je le prends comme les aveux de ta dernière onction.

Joignant le geste à la parole je dégainai mon arme et la pointai sur sa poitrine.

– C'est quand même con de venir les mains dans les poches et de se faire coller une balle dans la tête, non ?

Ce ne fut que lorsque trois hommes, sapés façon caïds, entrèrent dans l'appart que je regrettai mes dernières paroles. C'était un peu comme si j'avais vendu la peau de l'ours avant de l'avoir tué. Tandis que la situation se corsait, je comptabilisai les chances de m'en sortir et ce fut à peine si j'estimai pouvoir continuer à respirer quelques secondes encore.

– Je te retourne le propos.

Ouais, tous mes compliments au metteur en scène.

Fabian m'aurait été d'une grande aide mais il semblait que j'allais devoir improviser toute seule. *Super !* J'abaissai mon bras, presque tentée de retourner l'arme contre ma tempe. Martin en profita pour s'approcher et me saisir par les cheveux pour me mettre à genoux. J'eus une impression de déjà vécu mais l'instant passa rapidement. Il me restait toujours la possibilité de flinguer Martin même si pour cela je devais être butée par trois inconnus. Il me fallait réfléchir rapidement malgré la pression sur mon crâne et l'acier glacial appuyé sur le sommet de ma tête.

– Où as-tu mis les documents que Philippe t'a remis ?

Ainsi il n'avait pas imaginé qu'ils puissent être dans ma voiture, non mais je croyais rêver ! J'eus envie de sourire de l'ironie du sort d'être confrontée à un parfait débile, mais bon, malgré tout une balle m'était destinée. Le suicide n'est pas chose aisée et si la plupart du temps il représente une action de désespoir, il est également porteur de délivrance. Pour ma part je ne tenais pas à être délivrée, du moins pas encore et lorsque je pris ma décision, il ne me fut pas facile d'accepter ma défaite. Lorsque, les doigts crispés sur mon arme, je décidai de me dégager de l'emprise de Martin et de tirer à bout portant, les trois battements de cœur qui suivirent furent un véritable supplice. J'atteignis Martin cinq centimètres à gauche du sternum et il s'effondra dans un râle, une poignée de mes cheveux dans la main. L'incompréhension m'inonda lorsque je tournai la tête en direction des trois assaillants. Avec chacun un lacet autour du cou, leurs yeux révulsés me fixaient avec une immobilité écœurante. Quand les pas lourds des membres cagoulés du GIGN, *bien évidemment*, s'intensifièrent autour de moi, je lâchai mon arme encore chaude et fermai les yeux. Sans regarder, je sus que c'était la main de Fabian qui se posait sur mon épaule dans une étreinte masculine signifiant son soutien.
– Nous sommes quittes.

Quand je rouvris les yeux, il n'y avait plus que des cadavres autour de moi. Par automatisme, je récupérai mon sac et dévalai les escaliers dans lesquels je rencontrai des agents en blanc qui ne m'adressèrent pas un regard. Une fois dans la rue, je me glissai auprès de ma voiture sur laquelle je laissai malgré moi des traces de sang et ce fut sans surprise que je constatai que le coffre avait été forcé. Je ne doutais pas une minute que ce fut l'œuvre de Fabian. Poussant un soupir, je me coulai sur le siège essayant de ne pas salir le cuir avec mes vêtements sanguinolents. Fabian me laissait une chance d'achever ma vengeance et je n'allais pas m'en priver.

9 Edouard Degrammont

La première étape fut de trouver un hôtel, si possible avec parking. Pour avoir traversé le sixième arrondissement en long, en large et en travers durant plusieurs années, je savais d'avance que la recherche ne serait pas longue. En tournant dans la rue Vaugirard au terme de la rue de Tournon je m'engageai ensuite rue Madame qui, elle, débouchait dans la rue d'Assas. Parvenue devant le numéro 78, je stoppai ma XK. La porte cochère rouge de l'hôtel ne m'inspirait rien de moins que le dépit mais s'il me fallait faire des choix, autant que ce soit les bons. Mon sac sur l'épaule, je poussai la porte de l'entrée de l'hôtel Royal Palace, un nom pompeux pour des chambres au mobilier spartiate et de mauvais goût pas même équipées du strict minimum sanitaire. Déchéance. Ce fut le mot qui me vint à l'esprit quand après avoir pris une douche sur le palier je pénétrai dans ma chambre. Certes l'établissement n'était qu'à 1 Km du jardin du Luxembourg et du quartier Saint Germain et ses tarifs n'étaient pas exorbitants mais j'étais à l'évidence bien loin des hôtels de luxe que j'avais partagés avec Philippe. Après avoir garé ma voiture dans le parking, payant évidemment, je décidai de rejoindre l'hôpital via un taxi. Avant de m'engouffrer dans l'Audi A5, je jetai un coup d'œil au bâtiment hôtelier et la certitude que personne ne me débusquerait dans un endroit pareil me rasséréna un peu. Il était 15h42 quand j'abandonnai siège passager, fréquence Jazz FM et 25 euros au chauffeur du taxi. J'avais trois quarts d'heure à patienter avant de pouvoir pénétrer le service de réanimation de Diaconesses Croix Saint Simon. Je décidai de prendre un café tout en découvrant les dernières nouvelles d'un monde qui me paraissait vide de sens. Le seul article qui trouva un écho en moi fut celui qui relatait la mort d'Émilien Rostand et d'Emmanuel Paille. Le journaliste expliquait l'affaire sordide des deux hommes qui auraient été mis en examen pour abus de pouvoir, viols aggravés et vol avec préméditation s'ils n'avaient pas été tués au cours d'une tournante. Il était également précisé que l'un des accusés était officier de l'État, ce qui n'était pas pour arranger l'opinion publique. Cela aurait dû me réjouir mais à cet instant j'avais l'impression de ne plus être capable de ressentir quoi que ce soit. Il était 16h30 quand je fis face aux portes battantes de la réa. Je n'étais pas seule ; maintes familles s'amassaient dans le hall étroit qui nous séparait de nos proches et les visages graves en disaient long sur la souffrance vécue par ces inconnus. Je ne fus pas surprise de reconnaître le frère de Philippe parmi les visiteurs. L'air hautain que je lui connaissais n'existait plus et sa barbe naissante lui conférait une allure de laisser-aller propre aux gens malheureux. Nous nous dirigions vers la même chambre mais il ne m'aperçut que lorsqu'il actionna la cellule d'ouverture de la porte ; et à son sourire minable je compris que la douleur annihilait son attitude combative. Il m'offrit de passer la première après un « bonjour » inexpressif, puis entra à son tour dans la petite pièce à l'odeur saturée de Bétadine. Un rapide coup d'œil me confirma que les pansements venaient d'être refaits et que les drains toujours aussi nombreux s'emplissaient encore trop pour pouvoir être enlevés. La peau grisâtre de Philippe était luisante de sueur, preuve que les soins devaient être un véritable calvaire pour lui et sa respiration sifflante ne dissipait pas mes doutes sur ses chances de survie. Le seul point positif était que l'intubation avait été retirée et le masque à oxygène relié au nébulisateur prouvait que l'équipe médicale était parvenue à endiguer l'infection. Seul le bruit d'eau au niveau de la prise murale brisait le silence lourd de la pièce surchauffée.

Si Jean eut du mal à s'approcher de son frère, il ne me fut pas moins difficile de poser un baiser sur son front moite. L'état déplorable de mon chef me blessait, mais pas autant que son regard terni par l'échec. Aucun sourire ne se posa sur ses lèvres, il devait avoir trop souffert pour cela et dans son absence de réaction je devinais qu'il baissait les bras.

— Pourquoi ?

— …

— Il n'a pas dit un mot depuis qu'ils l'ont extubé.

— Philippe, écoute-moi, tu ne dois pas te laisser abattre. Je ne te le permettrais pas.

Philippe ferma les yeux pour me signifier que notre entretien était clos, puis le silence s'appesantit autour de nous. Je quittai Jean au bout d'une heure, ce dernier hocha la tête en signe d'adieu puis reprit la surveillance de son frère.

Puisque je me sentais à présent incapable de changer le destin de Philippe, j'entrepris de me fixer l'avant-dernier objectif de ma vie ; son nom n'était autre que Damien Godrant. Un sourire carnassier aux lèvres, je lui réservais une vengeance en bonne et due forme.

L'hôtesse d'accueil du centre de location place Saint Sulpice me proposa une gamme de véhicules bien loin de ceux que j'aurais aimé conduire, cependant mon compte en banque n'étant plus en état d'assumer de telles dépenses, j'optai donc pour un véhicule de tourisme, 5 places, essence, pour 74€/jour avec le kilométrage illimité. Un choix sage et raisonnable qui me fit grincer des dents lorsque la brunette derrière le comptoir m'annonça qu'il ne restait plus qu'une Ford Fiesta Hot Magenta métallisée… Autant dire rose ! Mon air contrit fit sourire mon interlocutrice qui tenta tant bien que mal de me vanter les qualités écologiques de la motorisation puisque la Fiesta Econetic garantissait une faible émission de CO_2 mais à cet instant rien ne me semblait plus horripilant que de rouler dans une voiture pour fashion victime. Relativisant sur le fait qu'un moteur 1,6 TDCi de 90

Ch. devrait pouvoir faire l'affaire, je me contentai de signer au bas du contrat édité à mon intention. Une fois sur le parking, il me fut difficile de ne pas faire marche arrière afin de réclamer la berline noire qui patientait mais cela aurait grevé mon budget déjà mal en point et puisqu'il me fallait circuler dans Paris, autant prendre une citadine. Après avoir accepté les clefs de la Fiesta sans broncher, je fermai les yeux un instant en murmurant des paroles d'encouragement. Oui, j'en étais capable ! Je fis démarrer le moteur et pénétrai la circulation dense de cette fin d'après-midi.

L'inconvénient lorsqu'on est Chef de Cabinet ministériel c'est que l'État ne juge pas nécessaire de vous fournir une voiture avec chauffeur. Et ce qui est un inconvénient pour certains est un avantage pour d'autres. Pour ma part, la surveillance de Damien Godrant ne fut pas particulièrement difficile. À sa décharge, il utilisait un véhicule un peu démodé mais ô combien classieux : le PT Cruiser de Chrysler. D'un gris conventionnel et de 150 Ch. l'édition limited possédant un toit ouvrant ne coutait pas loin de 25920 euros, ce qui, pour un officier de l'État représentait un budget plus que raisonnable. 5 jours de filature furent amplement suffisants pour déterminer les bases de sa vie, à savoir : une amplitude horaire de 15 heures, une vie familiale presque inexistante, aucune addiction apparente, mais probablement un ulcère gastrique sur le point de se manifester, une calvitie source de complexes et des artères athéromateuses à force de déjeuner au restaurant. En faisant abstraction du fait qu'il fut la source de la tuerie au sein de la Section, Damien Godrant paraissait être un homme chaleureux, à l'écoute des autres. Son accent du sud devait manifestement être agréable à ses interlocuteurs parisiens et sous son calme apparent on pouvait presque ressentir sa confiance en lui et une sérénité qui, dans les conditions actuelles, me faisait rager. Marié à une héritière de la vieille bourgeoisie parisienne, Damien était père de trois enfants tous bientôt majeurs. Sa femme, Lucille Godrant, travaillait à mi-temps en tant que Directrice Adjointe d'une maison de retraite médicalisée dans le neuvième arrondissement de Paris. Le couple avait fait l'acquisition d'un loft une dizaine d'années auparavant dans le 18ème, en plein centre de Montmartre. Situé au dernier étage d'un petit immeuble et d'une superficie cadastrale de 120 m², le tout devait valoir la coquette somme de 665000€, soit un peu plus de 41 ans de travail pour un smicard. Le revenu moyen des Godrant équivalait à 9500€, Madame touchant moitié moins que son époux. Après 10 ans d'emprunt, leur crédit immobilier à 2,35% touchait à sa fin l'année suivante au mois de mars. Bien évidemment sa traîtrise avait dû lui permettre d'obtenir de considérables avantages mais, comme tout trafiquant qui se respecte, M. Godrant s'était protégé contre le genre d'intrusion que j'exerçais sur sa vie. Je ne possédais pas le temps nécessaire pour vérifier l'existence de compte hors communauté européenne ou d'acte de propriété difficile à justifier et de toute façon peu m'importait de savoir comment il avait joui de son forfait. La seule chose qui comptait était comment il allait mourir.

Durant la semaine je fis quelques apparitions auprès de Philippe mais ce dernier persistait dans son mutisme, me reprochant peut-être via son silence d'être cloué sur un lit d'hôpital. L'infirmière que j'interrogeai sur le sujet me répondit que chacun exprimait son deuil comme il l'entendait. Nous n'avions, effectivement, pas eu l'occasion d'en parler mais bien évidemment l'homme que je connaissais était mort, il n'en restait plus qu'un corps infirme et une résolution en berne. Ce que Philippe ne voulait pas entendre me blessait davantage que tous les reproches qu'il aurait pu formuler et à mon grand désespoir il s'empressait de fermer les yeux à mon arrivée. Je n'en étais pas certaine mais a priori ses parents n'en obtenaient pas plus de lui et cette situation déplorable ne favorisait pas notre entente. L'impression d'avoir tout tenté pour lui prouver mon attachement me survola un instant et l'envie de baisser les bras m'effleura également. Après tout, je ne pouvais peut-être plus rien pour lui et l'idée que je devais m'effacer s'insinua en moi. Mais peut-être étais-je trop lâche pour tenter l'expérience et la peur qu'il puisse juger mon acte comme un abandon me força à renoncer. Je m'astreignis donc à passer quelques minutes à son chevet dans un silence glacial même si l'envie de hurler et de le secouer me brûlait. Généralement mes retours à l'hôtel étaient mornes et après une douche brûlante sur le palier, je me couchais, le ventre plein ou pas.

La difficulté majeure de la mission Damien Godrant était son emploi du temps. Pour être honnête, il aurait été plus confortable de le tuer sur son lieu de travail mais puisqu'il fallait montrer patte blanche pour entrer au Ministère de la Justice, il était impossible que l'on ne soit pas à mes trousses sitôt mon forfait terminé. Non, la seule solution était son domicile. L'ennui était que sa résidence principale grouillait de vie et si femme et enfants ne représentaient pas un obstacle incontournable, ils n'en étaient pas moins gênants. L'aîné et le cadet du couple Godrant ciraient les bancs de la fac, le premier suivant un cursus de langue à Nanterre tandis que le deuxième faisait sciences politiques à l'université Paris 2-Panthéon. Le petit dernier âgé de 17 ans était en classe de 1ère dans un lycée privé du 18ème arrondissement. Il était à parier que M. Godrant n'avait que peu interféré dans la vie de sa progéniture et que la charge de travail en était revenue à

Madame. Cependant, l'homme persévérait à s'imposer en tant que chef de famille. La solution de simplicité pour me débarrasser de lui aurait été d'utiliser un fusil de précision à visée télescopique. L'idée de m'habiller tout en noir, de grimper sur le toit de son immeuble afin d'attendre son arrivée pour le canarder me fit sourire. Je n'étais pas particulièrement performante pour le tir de longue portée et à vouloir jouer le sniper je risquais surtout de foirer ma mission. J'optai donc pour le travail au corps mais conservais toutefois l'option « vêtements noirs ». Ce fut donc ainsi que le mercredi 14 octobre je me garai au pied de son immeuble et patientai jusqu'à son retour au bercail. 23h05 s'affichait sur l'écran de la Ford Fiesta quand la voiture de Damien Godrant fit son apparition dans la rue désertée à cette heure tardive. Modifiant la position du curseur au niveau du plafonnier pour ne pas être trahie lors de l'ouverture de la portière, je me faufilai hors du véhicule en passant par le siège passager. Sur le parking attenant à l'immeuble, j'attendis que les feux du PT Cruiser s'éteignent avant de me précipiter vers l'entrée. Je profitai du faible éclairage des lampadaires pour m'accroupir derrière un buisson dont la qualité décorative me paraissait incertaine. Intérieurement je comptais les pas de l'homme puis tandis qu'il s'engouffrait dans le hall silencieux, je m'élançai. Je retins de justesse la lourde porte d'entrée et sentis un frisson me parcourir la peau tant à cet instant l'échec de ma mission aurait pu être cuisant.

Lorsque Damien Godrant tourna le visage dans ma direction, il était devant la porte vitrée de l'ascenseur, le doigt sur le bouton d'appel. Je sentis sa confusion et lorsqu'il recula d'un pas je perçus sa peur. Je ne lui laissai pas le temps de bredouiller quoi que ce soit, j'avançai vers lui et l'agrippai par le col. Il lâcha son porte-document qui émit un son sourd, faisant éclater le silence en résonnant sur les murs colorés

d'ocre. La lumière tamisée de l'ascenseur éclaira nos profils et dans un signe de tête je lui fis comprendre que nous montions tous les deux chez lui. Je lui ouvris la porte et lorsqu'il baissa le regard en direction de sa serviette ministérielle, je shootai dans la valisette en cuir et l'envoyai valdinguer dans le hall.
– Vous n'avez pas le droit de…
Je déposai prestement ma main sur sa bouche, m'assurant ainsi son silence et le poussai dans l'ascenseur. Puis tandis que j'appuyai sur le « 5ème étage », je sentis sous mes doigts la sueur qui humidifiait sa peau. Je savais que j'avais tout intérêt à le tuer avant d'atteindre son appartement et en étudiant mes chances de parvenir à l'achever sans bruit j'actionnai l'arrêt de l'ascenseur. Damien me regarda, la haine qu'il ressentait le trahissait.
– Qu'est-ce que vous voulez ?
Je levai un sourcil interrogateur face à cette question absurde : comment pouvait-il décemment me demander une chose pareille alors que par sa faute la Section s'était entretuée.
– Le terme « Raison d'État » veut-il encore dire quelque chose pour vous ?
– Naïva, tout ceci n'est qu'une grave incompréhension mais nous pourrions remédier à…
– M. Godrant, la seule incompréhension qui subsiste est la raison qui vous a poussé à nous trahir. À croire que pour les bureaucrates dans votre genre la vie de vos troupes est si peu importante que vous pouvez en disposer selon vos bénéfices.
– Vous ne pouvez pas comprendre les enjeux que nous devons maîtriser.
– Non, effectivement, je ne parviendrai jamais à mesurer l'ampleur des gains que vous avez cumulés au prix de nos vies.
– Il ne s'agit pas seulement de moi.
– Oui, je suis au courant.

– Vous ne changerez pas la situation en vous débarrassant de moi !

– Sur ce point je suis d'accord avec vous, il y aura toujours des salops comme vous pour manipuler les autres.

– Nous parlons de politique, pas d'intérêts personnels !

– Ne vous donnez pas la peine de me faire le jeu de la campagne électorale, M. Godrant, je vous ai déjà condamné. Dans un geste désespéré l'homme tenta de me saisir les poignets et se mit à crier jusqu'à que j'étouffe son hurlement d'un coup de coude dans le plexus. Les difficultés qu'il eut à reprendre son souffle m'aidèrent à le fixer. Le bras droit passé sous la mandibule je saisis mon poignet avec la main gauche et resserrai mon étreinte. Damien se débattit tant qu'il put, m'arrachant plusieurs touffes de cheveux de ses mains moites mais lorsque je lui écrasai le mollet, le forçant à plier les jambes, sa lutte fut définitivement perdue. La tension que je maintins sur sa trachée fut épuisante, puis tandis que son corps s'affaissait mollement je relâchai l'étreinte avec soulagement. Par mesure de sécurité je procédai à une palpation de son cou bleui à la recherche d'un pouls carotidien mais aucun battement de cœur n'était perceptible. Je débloquai l'ascenseur qui termina sa course comme si de rien n'était, et dus m'y prendre à plusieurs reprises pour extraire le corps de la cabine étroite. Fouillant dans ses poches à la recherche de ses clefs d'appartement, j'entrebâillai ensuite la porte afin de m'assurer que tout était calme. Par chance, nul membre de la famille ne veillait et j'en profitai pour faire glisser le cadavre jusque dans le salon. Le parquet avait sans doute été ciré car malgré son poids, la tâche fut relativement facile. Je remis les clefs dans sa poche puis avisai rapidement de la topographie des lieux. Sur ma droite, une cuisine américaine parfaitement rangée donnait la réplique à un coin salon occupé par un écran plat et un canapé d'angle de taille démesurée. À gauche des étagères stylisées emplies de livres couvraient un pan de mur devant lequel deux fauteuils patientaient. Il me fallut réfléchir très vite sur les conditions dans lesquelles je souhaitais que soit retrouvé le corps. La lumière blafarde donnait un aspect sinistre à la pièce et la décoration presque surchargée offrait un rendu brouillon. Mon cœur commença à s'emballer de ne rien trouver qui puisse masquer mon crime quand mon regard s'attarda sur les câbles du téléphone mural qui trônait à côté des étagères. Dans un dernier sursaut d'espoir je passai les mains sous les aisselles de Damien Godrant et le tirai contre les planches qui supportaient les livres. Faisant passer par deux fois le fil du téléphone autour de son cou, je m'arrangeai pour que le câble soit en tension puis laissai le corps s'affaisser. Je reculai de deux pas pour contempler mon œuvre. Cela ne serait certes pas suffisant pour faire croire à un suicide, mais cette scène déplorable n'indiquait en tout cas aucune piste prépondérante. Les études balistiques étant plus rapides que les analyses ADN, je n'avais pas utilisé d'arme à feu et le délai inhérent à cette enquête serait grandement suffisant pour ce qu'il me restait à faire. Je pouvais déjà imaginer les tabloïds des jours à venir sur lesquels les journalistes iraient de leurs déductions saugrenues pour apporter des éléments de réponses qu'ils ne possédaient pas. Il faudrait faire un peu de place dans la grande majorité de conneries étiquetées sous le nom d'information pour relater le meurtre de Damien Godrant, mais dans la mesure où les faits divers attiraient les lecteurs, pourquoi s'en priver ? Mettre un terme à sa vie par un fil de téléphone quand on est Secrétaire ministériel ne relancerait-il pas le débat sur la série de suicides en entreprise qui défrayait déjà la chronique ?

Je me détournai de la scène macabre, je n'avais plus rien à

faire dans l'appartement de Damien Godrant. En dévalant les escaliers je me demandais pourquoi il n'avait pas profité de sa situation pour utiliser les services d'un garde du corps mais quoi qu'il en soit, il avait joué au plus malin et il avait perdu... Dans le hall, je récupérai son porte-documents et sortis sans bruit dans le noir complet. Je rejoignis enfin mon hôtel puis, la bouche sèche, m'enfonçai dans un rêve incohérent où après avoir bataillé pour rejoindre la surface d'un lac je me laissais finalement couler jusqu'à son fond vaseux pour y mourir.

A mon réveil un temps maussade teintait la ville et si ma nuit ne fut pas source de repos, au moins je ne souffrais pas d'une gueule de bois. Je me sentais vide, un peu comme lorsque devant un mur on sait que l'on ne verra jamais ce qu'il y a derrière. Comme le condamné resté trop longtemps dans le couloir de la mort qui a envie d'en finir sans pour autant parvenir à mettre un pied devant l'autre lorsque son tour est arrivé. À cet instant la seule chose que je souhaitais faire était de rendre visite à Philippe. Il était 8h23. Si je me dépêchais un peu je pouvais me présenter devant le service à 10h et après une douche rapide je m'habillai à la hâte. En cette heure matinale, rares étaient les personnes à se presser aux portes du Service et me réjouissais de ne pas avoir à partager la place avec un membre de sa famille.
Je perçus la surprise de mon chef à mon entrée et même s'il se bornait à fermer les yeux et restait silencieux, je savais qu'il prêterait l'oreille à mon discours.
– Bonjour Philippe. Pas la peine de fermer les yeux ! Pas plus qu'il n'est utile de faire semblant de ne pas m'écouter. Je sais que tu m'entends et c'est la seule chose qui compte.
– ...
– Très bien, je parlerai pour nous deux.
Un bref instant je regardai les machines qui nous entouraient

et constatai que la batterie de pousse-seringue avait disparu, tout comme le respirateur et l'appareil d'hémodialyse. La chambre aurait tout aussi bien pu être vide, l'ambiance pesait plus lourd que si nous étions dans un tribunal.

– Damien Godrant n'est plus. D'après les journaux, il s'est suicidé la nuit dernière. Le gouvernement est en deuil et il est probable que le Ministre de l'Intérieur soit affecté par la perte d'un collaborateur de cette trempe. Il me semble qu'ils étaient très liés. Je compatis pour lui.

– Qu'est-ce que tu essaies de me dire, Naïva ?

Il avait la voix rauque et caverneuse mais pour rien au monde je n'aurais voulu qu'il s'arrête de parler.

– Rien.

– Te fous pas de ma gueule ! Tu sais pertinemment que si tu traques Edouard Degrammont c'est la mort assurée !

– Bienvenue chez toi Philippe ! Je suis rassurée, je croyais que tu avais démissionné !

– Naïva, pourquoi fais-tu ça ?

– Pourquoi je fais quoi ?

– Je t'interdis de lever la main sur un Ministre.

– Même un traître ?

– Oui, même un traître. Je sais que je te déçois mais si tu tentes quoi que ce soit c'est la taule ou la mort. Tu n'auras pas d'autre échappatoire.

– Qui t'a dit que j'allais leur laisser le temps de m'abattre ?

– Damien Godrant a cessé d'être apolitique, il a fait une connerie, il a payé. En revanche je t'interdis de dépasser tes droits.

– Tu cautionnes donc l'ingérence d'Edouard Degrammont dans la Section ? Ou peut-être acceptes-tu la mort d'Eva comme une « Raison d'État ».

– Ne mélange pas tout. Tu devrais pourtant savoir que n'importe quel « Politique » peut devenir notre patron à tout moment et cela au gré des remaniements gouvernementaux. Que ça te plaise ou non, nous ne pouvons pas descendre l'Élite. Nos vies leur appartiennent.

– Tu as fait ton deuil, on dirait ?

– De quoi tu parles ?

– J'entends par là que tu sembles aller beaucoup mieux.

– Ouais beaucoup mieux... Je me chie dessus, je pisse dans un sac et si personne ne me masse le cul j'aurais bientôt une escarre plus grosse que mon poing ! T'as raison, je vais bien mieux !

– ...

– Ne me regarde pas comme ça s'il te plaît ! Je ne veux pas que tu t'apitoies, ce serait mal venu de ta part ! Rappelle-toi : pas de pitié !

Je ravalai une réplique mordante. Après tout, j'avais obtenu ce que je voulais : il était revenu parmi nous. Après un silence froid, je me levai et me penchai pour lui déposer un baiser sur le front, ne souhaitant pas continuer cette conversation.

Quand je sortis de l'hôpital, une pluie fine s'était installée sur la ville. Décidément je détestais cette période de l'année. Plongeant derrière le volant de la Fiesta, je décidai de traîner mes jantes du côté de la place Beauvau. Les huit kilomètres qui me séparaient du Ministère de l'Intérieur me permirent de réfléchir à la véhémence de Philippe quant à ma prochaine mission et malgré mon entêtement je savais qu'il avait raison. Mais c'était mal me connaître de penser que je puisse m'en remettre à une autorité défaillante. L'hôtel Beauvau présentait ses grilles richement ouvragées devant la place traversée par le faubourg Saint Honoré, l'avenue de Marigny et la rue des Saussaies. Le Ministère de l'Intérieur et le Palais de l'Elysée se faisant face, le quartier, sans surprise, était hautement surveillé et ce par un nombre incroyable de flics au mètre carré. Bien évidement il était impossible de se garer et ce n'est qu'une demi-heure après et deux kilomètres plus loin que je trouvai enfin une place. Revenant à pied vers le lieu de travail de ma prochaine victime, je ressentais le stress et l'autorité ambiante provoqués par la Garde Nationale et par les agents de police en uniforme scrutant tous les passants comme des suspects. Il était inutile de s'approcher de l'entrée du Ministère : il était sous haute surveillance et maints gadgets sillonnaient ses allées afin d'identifier toute menace. Je ne pouvais pas pénétrer cette forteresse munie de caméras, de détecteurs de métaux et dont les procédures drastiques viendraient à bout de mes capacités mensongères. Si j'étais dans l'impossibilité d'agir dans l'enceinte du Ministère, il me faudrait attendre que M. Degrammont en sorte. Ce qui compliquait mes affaires était qu'un grand nombre de personnes travaillaient sur le site et que nombre d'entre elles avaient opté pour la même gamme de voiture. Entre les Vel Satis, les Safranes, les 607 et les C6 noires métallisées aux vitres teintées, le problème majeur était de reconnaître la bonne. Je n'avais le droit qu'à une chance. Je dus m'enfoncer rue Miromesnil pour trouver un bar, la sécurisation du quartier politique excluant ce genre d'établissement devant ses grilles. Bien que les clients en soient déjà aux alcools forts, j'optai pour un café, ne souhaitant pas perdre mes capacités de réflexion, surtout pas maintenant. Je savais que la surveillance qu'il me faudrait exercer serait des plus difficiles dans ces conditions extrêmes et notamment qu'elle ne pourrait durer longtemps sous peine de me faire perdre toutes mes chances. Un instant les battements de mon cœur devinrent insupportables, m'obligeant à fermer les yeux et serrer les dents pour ne pas pleurer. Il restait encore tant de choses en suspens dans ma vie, tant d'affaires que je n'avais pas classées, tant d'adieux que je n'avais pas prononcés. J'eus envie de sombrer et si je n'avais pas fait l'effort surhumain de quitter le bar, je me serais certainement saoulée jusqu'à devenir une loque. Au fond de moi je n'étais pas certaine de parvenir à mes fins, pas plus que je ne pouvais prévoir mes réactions devant ce qui m'attendait. L'air frais qui m'assaillit en sortant du bar me fit le plus grand bien et sécha les larmes qui perlaient sous mes paupières. Sur le chemin du retour jusqu'à mon véhicule j'engrangeai tous les détails susceptibles de m'être utiles ; il fallait à tout prix que je reste pragmatique.

14 jours. Ce fut le temps nécessaire pour établir un lien entre une Safrane Renault, un appartement rue d'Anjou et un homme au crâne rasé à la carrure impressionnante toujours habillé d'un complet noir sur une chemise à la blancheur irréprochable. Nous étions le mercredi 28 octobre et bien que les progrès de Philippe fussent une source de réjouissance pour ses parents ce dernier s'enfonçait peu à peu dans un état maussade et agressif. À chacune de mes visites il tentait de me faire changer d'avis, usant de violence verbale pour qualifier cette mission suicide. Je me fermais à ses propos mais ne pouvais m'empêcher de constater avec joie les détails de son rétablissement inespéré. Aussi, les reproches qu'il me fit ce jour-là furent d'autant plus difficiles à accepter que je me sentais soulagée d'un poids en le regardant reprendre une autonomie même incomplète. Certes il était cloué sur un lit d'hôpital mais plus aucune tubulure ne le nourrissait et il avait repris une mobilité partielle de ses membres supérieurs. Il restait cependant les drains et la stomie que je tentais d'occulter afin de ne pas le blesser. Pour autant, cela ne le satisfaisait pas et finalement je le compris à mes dépens. Il était 16h30 quand une infirmière pénétra dans la chambre étouffante pour déposer ce qui devait faire office de

« goûter ». Nos regards se croisèrent puis avec une moue de dédain Philippe se saisit du verre à embout.

– As-tu vraiment des raisons d'être fière de moi, Naïva ? Je bois dans un verre en plastique à bec et me nourris de gelées protéinées, quand je ne les étale pas sur ma chemise.

– C'est mieux qu'une poche, il me semble.

– Non ce n'est pas mieux qu'une poche !

Son cri me surprit et son emportement m'exhorta au silence.

– Je suis han-di-ca-pé ! Pas capable de me laver tout seul, pas capable de me torcher le cul et je vous vois, tous autant que vous êtes, vous réjouir de me voir boire dans un biberon ! Vous avez sauté une étape il me semble, je ne suis pas un nourrisson, je vais rester invalide jusqu'à la fin de mes jours. J'en peux plus de vos airs soulagés et j'ai du mal à comprendre pourquoi vous êtes heureux de me voir dans cet état lamentable ! Comment faites-vous pour ignorer l'odeur de cette merde de stomie, comment acceptez-vous de me regarder de haut et de m'embrasser sur le front comme si je ne souffrais plus. Je ne supporte plus votre béatitude ! Je ne veux pas vivre comme ça.

– Tu n'es pas le seul dans cette situation. As-tu au moins essayé d'en parler aux soignants, je suis sûre qu'il y a des solutions…

– Tu n'écoutes vraiment rien ! Je ne veux pas vivre sur un fauteuil !... Et je ne veux pas vivre sans toi !

Un électrochoc, voilà ce que ses mots provoquèrent en moi. Les brèves secondes qu'il m'accorda furent insupportables car je savais évidemment qu'il ne me proposait pas de refaire notre vie. J'étais donc au cœur du problème, voire pire : j'étais le problème.

– Ne me demande pas ça, s'il te plaît.

– À qui d'autre alors ? Hein ? Tu crois que ma mère en serait capable ?

Son ton acide me fit tressaillir.

– Si tu tiens vraiment à moi, tu comprendras que tu ne peux pas m'abandonner.

Il s'était radouci et lorsqu'il cacha son visage derrière ses mains je compris qu'il pleurait. Je me levai et vins m'asseoir sur son lit ; et pour la première fois depuis qu'il était hospitalisé, nous nous étreignîmes. Son corps chaud contre le mien raviva ma douleur, celle que j'aurais à le perdre définitivement. À l'évidence je l'avais toujours aimé et cette réalité s'ancra en moi. Alors seulement je sus que j'étais capable de pleurer sur une tombe.

Les jours qui suivirent furent périlleux puisque j'entrepris d'établir une filature du chauffeur de M. Degrammont. L'homme s'appelait Renan Lefèvre, il habitait non loin du Ministère de l'Intérieur un appartement de 80 M² mis à disposition par l'État. Les détails que je pus trouver sur son compte concernaient essentiellement son parcours professionnel avant d'intégrer le Ministère ainsi que l'ensemble de ses formations. Il était clair que M. Lefèvre était hautement qualifié pour le poste qu'il exerçait mais je restais persuadée qu'il existait une faille. Rémunéré à la hauteur de 4509 euros mensuels dont une prime de risque de 1307€, l'homme à la prestance indéniable dégageait une confiance en lui exacerbée. Je savais que les chauffeurs de Ministres possédaient une ample formation de sécurité routière mais également des compétences anti agressions ainsi que des capacités de conduite défensive, le tout fourni par le maître des maîtres : le formateur des membres du GIGN. J'eus l'impression de me trouver en pays de connaissance et l'image de Frédo me revint en tête : son attitude franche et sa détermination implacable me firent tressaillir. J'étais devant le même type d'homme : prêt à tout pour accomplir sa mission. Et la mission de Renan Lefèvre était de garder Edouard Degrammont en vie.

Je retournai voir Philippe tous les jours et son attitude faussement gaie me serrait le cœur ; mais après tout nous avions fait un deal. Rien n'était fixé mais nous savions tous deux que notre échéance serait brève mais sans regret. J'appris à demi-mot qu'il préparait son deuil et qu'il parlementait avec ses parents afin que ces derniers acceptent son choix. Cela devait être difficile pour eux mais je connaissais suffisamment ses qualités de diplomate pour leur faire entendre raison. Chaque entretien se révélait être source de détails qui m'échappaient jusqu'alors et mon patron tentait de combler mes lacunes. Il fallait faire vite et je croisais les doigts pour y arriver.

— Ecoute bien Naïva : les bases élémentaires de sécurité pour un Ministre en déplacement officiel sont qu'il ne doit jamais s'arrêter et ce malgré les obstacles en travers de son chemin, il doit être encadré par des motards et trois voitures d'escorte qui peuvent servir de bélier le cas échéant. Sa voiture est blindée et possède des renforts permettant d'encaisser des chocs et la puissance de ses freins est décuplée.

— En bref il s'agit d'un tank déguisé !

— C'est ça.

— Waouh ! C'est sympa comme tu motives tes troupes !

En gros, tout comme il ne m'était pas possible d'agir au sein du Ministère, il n'était pas pensable non plus de le faire durant un déplacement et encore moins de pénétrer chez lui. M. Degrammont possédait deux gardes du corps pour ses déplacements officiels sans compter son chauffeur, et résidait dans un logement de fonction de 140 M² rue d'Anjou certainement protégé efficacement. Marié à une femme sans emploi, le couple avait trois enfants, tous majeurs. Touchant

13905 euros de traitement mensuel et 6278 € d'indemnités, le Ministre recevait donc chaque mois 20183 euros sans loyer ni frais de déplacement puisque le parc automobile était gracieusement offert par les constructeurs. M. Degrammont était également l'heureux propriétaire de plusieurs domaines pour lesquels il n'était pas indexé à l'impôt sur les grandes fortunes. Je haussai les épaules ; peu m'importait ce qu'il faisait, seule la vengeance d'Eva comptait.

Lorsque je rendis la Ford Fiesta, j'eus l'impression de passer un cap pour lequel nulle marche arrière n'était possible. Ce n'est qu'en récupérant ma Jaguar qu'une once de bonheur me rattrapa, celui d'avoir été libre au moins quelque temps. À présent je me sentais enchaînée et je savais que ce sentiment persisterait jusqu'à la fin. Concernant M. Degrammont, ma seule possibilité était de le surprendre au sortir de chez lui et pour cela il me fallait non seulement du cran mais aussi un grain de folie.
Je passai plusieurs soirées avec Philippe à tenter de trouver le meilleur moyen et si je croisais le regard entendu de l'équipe soignante je m'en voulais de projeter une fausse image de notre couple. Non, je n'étais pas en train de lui faire remonter la pente, bien au contraire, je l'enfonçais davantage. Ce n'est que lorsque Philippe émit la possibilité d'un transfert via une unité de réadaptation que je réalisai soudainement que nous n'avions plus beaucoup de temps devant nous.
J'entrepris donc de pousser mes investigations concernant M. Lefèvre dont je souhaitais connaître le profil psychologique avant de m'interposer entre lui et Edouard Degrammont. Né en 1967 au Mans, père de deux enfants dont l'un décédé à 15 ans de trois coups de couteaux lors d'une rixe devant les portes de son collège, l'homme s'était depuis remarié à une femme d'origine cubaine grâce à laquelle il était sur le point

de renouer avec la paternité. Bien évidemment il ne possédait aucun casier judiciaire et son dossier médical, qui ne révélait aucune addiction, me permit seulement de constater qu'il avait ingéré des antidépresseurs sur une période de dix-huit mois après le décès de son fils. Les quelques détails que je pus mettre en avant sur sa famille proche ne m'apportèrent rien d'autre, et pour ma part je considérais Renan Lefèvre comme un homme dangereux car déjà blessé.

Ce fut l'annonce journalistique du départ imminent du Ministre de la Justice pour la Corse qui précipita l'action. Nous savions, Philippe et moi, que nous venions de vivre nos dernières heures ensemble et si à cet instant j'avais pu faire marche arrière, je l'aurais fait.

Edouard Degrammont décolla de Paris Orly en direction de Bastia le jeudi 5 novembre à 9h45. Son billet en première classe gracieusement payé par ses administrés, il devait faire acte de présence sur les lieux d'une fusillade qui avait fait trois morts. J'étais certaine que les journalistes feraient un bien meilleur boulot que moi en le talonnant et en épiant tous ses faits et gestes. De mon côté le meurtre le plus difficile de ma carrière était en train de se profiler.

Je n'eus pas le courage de passer à l'hôpital ce matin-là. Je n'avais pas le cran d'affronter les regards durs des proches de Philippe. C'était déjà suffisamment pénible à supporter comme ça. Je n'eus pas besoin de réfléchir bien longtemps sur la manière dont je souhaitais passer les quelques heures qui me séparaient de ma prochaine rencontre avec lui. C'est avec l'alcool acheté dans la première supérette croisée, que je noyai ma peine et fis taire ma peur. L'obsession de l'échec tournait en boucle dans mon crâne douloureux et l'angoisse de paraître lâche me lacérait... Ainsi devait finir ma vie, celle où Philippe existait encore, celle où j'étais réputée être un tueur infaillible...

L'aube grisâtre teinte aujourd'hui de façon maussade les bâtiments autour de l'hôtel, rendant la situation encore plus effrayante, encore plus douloureuse. Pour la première fois depuis qu'elle m'appartient, ma Jaguar ne ronronne pas, son moteur émet un son sourd et lancinant, comme une plainte… Cela est inhérent à ma perception déformée par la souffrance mais je ne peux m'empêcher de laisser quelques secondes s'écouler à tendre l'oreille… Peut-être pour trouver une raison de me défiler… Ou pour amoindrir mon envie de lâcheté. Mais, non, il n'y a rien, aucune vibration anormale n'ébranle mon véhicule, aucun voyant moteur ne s'allume, tout est parfaitement normal.

Hélas…

Mes maigres affaires dans le coffre, je pénètre la circulation encore fluide de Paris, il n'est que 6h05. Tout va vite, les feux tricolores s'alignent sur le vert, il me faut à peine quinze minutes pour atteindre l'hôpital et je dois attendre trois heures, engoncée dans mon siège. Je tente de fermer les yeux et d'ignorer la douleur diffuse qui me broie le crâne. J'ai horreur de l'attente, je ne peux d'ailleurs que m'imaginer tel un lion en cage, comptant sur les allers-retours pour annihiler cette sensation oppressante de néant. J'ai envie de grimper les étages qui me séparent de Philippe et en même temps j'aimerais m'enfuir, rouler jusqu'à ce qu'il n'y ait plus d'essence dans le réservoir et sombrer dans le vide. Mais comme une fille bien sage, comme un soldat rompu à l'autorité, je patiente jusqu'à ce que 10h00 s'affichent sur la pendule du tableau de bord. 10h00, déjà et enfin ! L'espace d'un instant je me rends compte que je ne respire plus ; inconsciemment j'ai bloqué mes inspirations, probablement pour contrôler les larmes de faiblesse qui risquent de s'échapper. Je prends sur moi et sors dans le froid de cet automne pourri. En refermant la portière, l'idée de ne plus jamais ressentir la chaleur des rayons du soleil sur ma peau me fait tressaillir, je hais l'hiver !

J'évite l'ascenseur, je ne veux rencontrer personne, je ne pourrais pas affronter des yeux rougis quand bien même il s'agirait de ceux d'un inconnu. Les portes battantes du service de réanimation sont grandes ouvertes et sans prêter garde aux palpitations de mon cœur je traverse les couloirs qui, désormais, font presque partie de mes repères. J'hésite à approcher ma main de la cellule de détection pour actionner l'ouverture de la porte mais l'instinct de survie comble mes lacunes. Philippe est là, un pâle sourire figé sur ses lèvres : si c'est pas lamentable de tenter de me mentir comme ça ! Mais ne suis-je pas en train de répondre à son sourire ? Notre entretien silencieux m'assure de sa détermination ; parallèlement je lui affiche l'image de son égale. Lorsque je m'assois sur son lit, je ne peux m'empêcher de capter son souffle et, un court instant, je suis de nouveau dans ses bras puissants à faire l'amour tandis que nous formons le duo le plus performant de toute l'histoire de la Section. Quand la réalité me rattrape je suis assise sur un lit d'hôpital et l'homme qui me fait face a perdu l'usage de ses jambes. Philippe m'attire contre lui et me serre de toutes ses forces. Ses mains caressent mes cheveux tandis qu'il laisse sur mon cou des baisers humides de larmes. J'aime cet homme et même si je m'en suis longtemps défendu, je dois admettre que je suis dépendante de lui. Je n'ai pas le cran de lui avouer mes sentiments, pas comme ça, pas maintenant sous peine de ne pouvoir achever mon geste. En me détachant de son étreinte, mon regard se fait objectif : le cathéter central dans sa jugulaire fera parfaitement l'affaire. Me dirigeant vers la table d'anesthésie je jette en coup d'œil en direction du couloir : rien ne bouge, les soignants font probablement leur pause. Quand j'entrouvre le tiroir des injectables, le bruit des ampoules s'entrechoquant tinte tranquillement contre les murs nus de la chambre. J'ai peu de notions de pharmacopée mais je suis certaine que les Américains utilisent le chlorure de potassium pour leurs condamnés. J'aurais préféré avoir recours à la morphine mais cette drogue est généralement enfermée à double tour dans les salles de soins. Je fais rapidement le compte de ce dont je dispose et opte pour deux ampoules de 20g/20ml, soit au moins deux fois la dose létale. Mes mains tremblent quand j'ouvre le sachet de la seringue et lorsque je me saisis d'un trocart je sens que l'air ne pénètre plus dans mes bronches. Je tente de respirer calmement sans céder à la panique. Je ne veux pas que Philippe parte avec l'image de ma peur. La seringue entre les mains je me retourne enfin, il faut que je fasse front. Il m'a regardée éteindre le scope, son regard s'échappe entre le poison et mon visage, j'ai l'impression de l'avoir déjà perdu. Inconsciemment j'attends un mot, un encouragement et tandis que je branche la seringue, je désespère d'avoir son assentiment. Ce n'est que lorsqu'il élève sa main à hauteur de mon visage et qu'il me regarde enfin, qu'une once de soulagement me traverse. La caresse sur ma joue me fait fermer les yeux et malgré moi je lui montre ma faiblesse en pleurant. M'attirant doucement à lui, il me parle à l'oreille et dans son « je t'aime » me donne la force d'appuyer sur le piston. Avant qu'il ne perde le contact visuel, je pose mes lèvres sur les siennes. « Merci » est son dernier mot. Je lui tiens les mains jusqu'à ce qu'une secousse ébranle son corps : son cœur vient de lâcher, 7 minutes se sont écoulées... Et je viens de tout perdre.

Des larmes strient mes joues, je n'arrive pas à me détacher de lui, tout comme je ne parviendrais pas à mettre un pied devant l'autre. Je veux m'effondrer là, sur le sol glacial de cette chambre d'hôpital. Je ne veux pas lui survivre.

Lorsque des mains fermes m'enserrent, je n'ai aucune réaction : je veux mourir. Le père de Philippe, les yeux humides, me tire presque pour m'arracher au corps de son fils. Je ne veux pas regarder dans sa direction, ce n'est pas le souvenir que je souhaite garder de lui. Dans un dernier sursaut de professionnalisme je récupère la seringue mortelle et place l'obturateur sur le cathéter central. M. Giraud parvient à me faire sortir de la pièce étouffante puis me pousse dans les bras de son épouse qui attend derrière les portes battantes. Nous n'avons rencontré personne dans les couloirs tandis que dans les chambres les soins ont repris et les soignants ont l'air débordé. À eux deux, ils me font sortir de l'hôpital dans lequel je sais que je ne remettrais plus les pieds. Un Renault Espace m'attend dans la rue et je ne suis pas très étonnée de constater que Jean est au volant du véhicule familial. Je sais que toutes les réponses me parviendront en temps et en heure ; aussi, je sombre dans un sommeil sans rêve.

Il est 15h56. C'est ce qu'indique le réveil posé sur la table de chevet. Il ne me faut que trois battements de cils pour comprendre que je suis dans l'ancienne chambre de Philippe et que les chuchotements que je perçois doivent venir de ses parents. J'aimerais m'enfoncer dans les draps et me rendormir pour anesthésier ma douleur, mais je suis hélas trop éveillée pour cela. Il me faut donc affronter ma peine. Les voix s'arrêtent brusquement quand j'atteins le premier niveau de la maison. Dans le salon quelqu'un se lève pour venir à ma rencontre. Celle qui aurait dû être ma belle-mère m'enlace comme seule une mère en est capable et cache ses sanglots dans le creux de mon épaule. Je suis la meurtrière de son fils et cette femme me recueille chez elle et tente d'adoucir mon désespoir. Je ne mérite pas cela, je ne mérite qu'une balle dans la tête. J'ai laissé Philippe payer les conséquences de mes actes, je ne mérite pas d'être dans cette maison à pleurer l'homme que j'aimais. Les mots sont difficiles, j'ai l'impression que je ne serai plus jamais en phase avec mes motivations, et la mission que je m'étais fixée me paraît impossible.

– Mme Giraud, je dois partir.

– Dans l'état où tu es, c'est hors de question.

– Comment pouvez-vous m'héberger après ce que j'ai fait ?

– Naïva, tu as fait ce que nous étions tous incapables d'accomplir, nous te remercions pour cela.

– Françoise, j'ai tué votre fils...

– C'est ce qu'il voulait...

– Non, vous ne comprenez pas ! Il y avait des solutions pour lui, vous auriez pu... Nous aurions pu lui montrer la voie.

– Et le maintenir dans un non-sens ! Non, Naïva, il n'y avait pas d'autre solution. Pas qu'il souhaitait entreprendre en tout cas. Nous l'avons perdu comme il a vécu : dans l'entêtement et la dignité.

19h30. L'émotion que je ressens en prenant place à table est indescriptible. Je suis entourée par la famille Giraud au complet et Philippe est mentionné dans chacune des phrases que nous prononçons. Il aurait été présent qu'il n'aurait pas plus brillé. J'entends des anecdotes dont je n'avais jamais eu vent et leur dresse un tableau ultra-réaliste de l'homme qui était mon patron : un homme exceptionnel. J'apprends également que le chef de service a proposé une autopsie que mes beaux-parents ont bien évidemment refusée bien que leur avis ne compte pas vraiment : si le doute se fait trop accablant, le Service pourra faire intervenir la justice qui ordonnera alors des investigations. Je suis en sursis. La nuit nous entoure depuis un bon moment quand je me dirige vers la chambre qui m'est attitrée, celle de Philippe. Il me manque le goût du rhum mais je n'ose pas quémander de l'alcool, je ne tiens pas à faire honte à sa mémoire. Jean, sa femme et leurs deux enfants sont rentrés chez eux tandis que Mickael et Céline récupèrent pour la nuit leur chambre d'enfant. La maison devint silencieuse et je tente d'étouffer mes sanglots, sans grand succès.

Nous sommes samedi 7 novembre et contre toute attente Charles et Françoise Giraud me demandent de les accompagner aux pompes funèbres. Selon leurs termes ils veulent choisir en famille, mais qui suis-je pour donner mon avis sur la garniture du cercueil ?
La seule et unique chose sur laquelle mon esprit parvient à se fixer est le coût de mes actes. Je n'ose regarder l'homme au costume sobre et à l'attitude respectueuse qui nous vante les qualités des cercueils en présentation et ne parviens qu'à hocher misérablement la tête pour soutenir mes beaux-parents dans leur choix. Peu m'importe qu'il soit déposé dans un cercueil à garniture étanche, que les quatre poignées soient comprises dans le prix, et que l'orme de 41 mm soit plus cher que le chêne massif de 27. Je me fous que ses ornements en fassent un cercueil de luxe ou bien qu'il ait la simplicité adapté à la crémation. Je veux mourir, mais je persiste à tenir la main de Françoise. Je me hais et pourtant je remercie intérieurement Philippe d'avoir apaisé ses parents vis-à-vis de moi. Cela me donne l'avantage inestimable de pouvoir assister à ses obsèques. Comme si l'épreuve des cercueils n'était pas assez difficile, il faut également choisir la sépulture. Un choix immense de coloris, de formes et de façonnages nous est proposé. Philippe a même droit à une promotion sur le marbre ! La grande classe. Quelle horreur ! J'ai envie de vomir à l'idée qu'il soit enterré sous une plaque

de granit.

Au total nous venons de passer 2h30 à choisir l'ensemble des éléments de la dernière demeure de Philippe. Tout y est passé : les fleurs (458€), le cercueil et sa garniture (1256€), la sépulture en granit gris foncé (2680€) avec la pose et la livraison, le transport (103€) et la taxe d'inhumation du cimetière (324€).

Les parents de Philippe possèdent un caveau familial mais d'après ce que je comprends, il n'y a plus de place pour lui. Philippe sera donc inhumé au cimetière Montparnasse dans une allée différente de ses aïeuls pour la modique somme de 4821 euros et ce, sans compter les autres frais qui viendront obligatoirement se greffer sur le budget « décès ». Philippe devait avoir souscrit à une assurance-vie mais ces détails-là ne m'intéressent pas, je veux mourir.

Mardi 10 novembre. La paroisse Saint-Médard de la rue Mouffetard est bondée. Je suis entourée de la famille proche de Philippe qui crée autour de moi une zone de protection. Le clan Giraud a-t-il peur de mes réactions ? Craint-il que j'interrompe la célébration en laquelle je ne crois pas ? A-t-il le sentiment que je pourrais gâcher leur dernier adieu ?

Tandis que le prêtre récite son oraison, je regarde derrière moi et constate que certains de mes collègues sont présents. Fabian fait partie de ceux-là. Il est probablement là en tant que futur patron de la Section. J'ai envie de lui coller une balle entre les deux yeux et d'un autre côté je suis heureuse de le revoir. Je ne me comprends plus moi-même et prie pour que cet enfer s'achève rapidement.

La foule se déplace, je n'ai pas entendu la fin de la messe. Le cercueil de Philippe est porté par ses deux frères et deux membres des pompes funèbres. Nous le suivons et pour beaucoup c'est l'instant des pleurs. J'évite de rencontrer le regard de Fabian, je ne souhaite pas lui parler, pas tout de suite. Le ballet mortuaire se dirige lentement vers le cimetière Montparnasse, la circulation m'horripile. Nous sommes bien trop nombreux pour assister à sa mise en terre, les allées n'étant pas destinées à recevoir tant de monde à la fois. Un vent glacial me gifle le visage, asséchant les larmes avant qu'elles ne s'échappent. Quelqu'un me colle une rose rouge dans les mains et tandis que l'homme qui me précède parvient à lancer la sienne sur le cercueil, la mienne dégringole au fond du trou. Voilà mon adieu, pas même capable d'être fait avec justesse. Je me détourne du caveau et marche inconsciemment vers les hommes de la Section qui ont eu le courage de venir. Ils sont en retrait, comme toujours. Je reçois des tapes amicales sur l'épaule, une sensation de déjà vécu. Fabian et moi nous éloignons du reste de la troupe qui déjà prend le chemin du retour... vers la vie ? Nous restons silencieux un long moment à travers les allées calmes du cimetière. Quand enfin Fabian s'exprime, je ressens sa réserve.

— Que vas-tu faire à présent ?

— Rien qui ne te concerne.

— Naïva, reviens à la Section.

— C'est trop tard.

Nous nous arrêtons devant la tombe de Jean Paul Sartre et Simone de Beauvoir, puis reprenons notre parcours.

— Je sens que tu vas faire une connerie, je me trompe ?

— Crois-tu sincèrement que je puisse en rester là ?

— Damien Godrant ne te suffit donc pas ?

— Non !

— Je ne pourrai pas te couvrir.

— Ce ne sera pas nécessaire.

— Quand ?

— Tu as 24 heures pour te sortir de là. Démerde-toi pour

m'éradiquer de la Section sous peine de tomber avec moi.

– Reviens à la raison, je t'en prie. On peut encore trouver une solution...

– À quoi ? J'ai déjà mes réponses.

– Très bien... Tu es virée.

– Promets-moi une seule chose : ne me mets pas de bâton dans les roues.

– Un conseil alors : ne te loupe pas.

Il me serre un instant dans ses bras puis s'éloigne, me laissant seule au milieu des tombes comme pour me montrer ma prochaine destination.

Mercredi 11 novembre. M. Degrammont a réintégré son domicile. Les célébrations qui ont lieu en ce jour férié ne le concernent pas. Moi non plus d'ailleurs. Tandis que je récupère ma XK, M. Giraud accepte, sans trop poser de questions, de me suivre jusqu'à Neuilly-sur-Seine via la N13. Quand je gare mon véhicule et réintègre l'Espace sans âge de ce dernier, il lève un sourcil interrogateur puis enclenche la première et me ramène chez lui.

L'heure du dîner a sonné depuis quelques minutes, j'ai peur de descendre. Il me faut leur avouer que je les quitte dès demain. Je n'aime pas les adieux. Je prends sur moi puis les rejoins au salon. Ils m'attendent mais je comprends, à leurs visages anxieux qu'ils savent déjà ce que je vais leur annoncer. Avant que je prenne la parole, Françoise hoche la tête doucement, les mots sont inutiles. Nous dînons dans une ambiance relativement détendue et je glisse dans la conversation certains éléments qui leur seront nécessaires dans un avenir proche. Je leur laisse notamment les coordonnées de Marc puis monte me coucher après les avoir embrassés.

Nous sommes le jeudi 12 novembre, il est 4h21. Le ciel nocturne n'est pas prêt de laisser sa place et un vent glacé me gifle lorsque j'ouvre la fenêtre. Je ne sais pas s'il existe un temps parfait pour mourir ; cependant il me faut accepter celui-là. Au moins il ne pleut pas. Le taxi que j'ai commandé la veille est à l'heure. Je sais que mes beaux-parents sont réveillés mais, tout comme moi, ils ne veulent pas gâcher nos adieux de la veille. Ils avaient eu l'avantage d'être dignes et il serait dommage de se quitter sur une note plus larmoyante. Je déteste les adieux, plus encore quand il faut sourire à travers les larmes. Je reconnais les courbes fines d'une Opel Insignia mais ne tente pas de déchiffrer le visage sombre de son conducteur. Nous devons être du même acabit, nous ne sommes pas du matin. La route que je connais par cœur me coûte la somme de 30 euros et je laisse un billet de 50. Là où je vais, je n'en aurai pas besoin. Un bref sourire traverse le visage de l'homme, comme quoi l'argent fait le bonheur de certains.

Rue d'Anjou, seules quelques lumières éparses éclairent l'intérieur d'appartements aux occupants matinaux. Tout le reste est silencieux, un peu trop à mon goût d'ailleurs. Là, à cet instant j'aimerais, hormis un verre de whisky, me vriller les tympans avec de la musique afin de m'abrutir un peu. Mais il me faut rester sobre. Je le dois à Philippe. Habillée tout en noir à la façon GIGN il me reste tout de même une touche de féminité : un décolleté sur un haut moulant. Voilà tout ce que je pouvais concéder à ma dernière mission.

Quand enfin arrive l'heure cruciale, je me dégourdis les jambes, histoire de ne pas rater mon coup à cause d'un claquage (on ne pardonne ces conneries qu'aux footballeurs). Je perçois le bruit du moteur avant de voir les courbes gracieuses de la Safrane. Mon cœur fait un bond dans ma poitrine. Si je m'écoutais, je pourrais dire que j'ai mal au ventre mais je fais fi des manifestations de lâcheté de mon corps. Je réussis ou je meurs.

Renan Lefèvre se gare dans la cour intérieure de l'immeuble. Une cour seulement séparée de la rue par une barrière automatique. Le chauffeur sort du véhicule et se tient, droit comme un i, devant la portière arrière droite de la voiture. Celle qui se trouve à l'opposé de la rue. Pour un trajet domicile/Ministère, M. Degrammont n'est pas accompagné de ses gardes du corps. À mon sens c'est un tort ! J'attends, une douleur sourde au creux de l'estomac, que le Ministre de l'Intérieur se montre. Il est égal à lui-même, pédant et impatient. C'est l'instant fatidique. Celui que j'ai attendu plusieurs mois durant. Je m'élance tandis qu'Edouard Degrammont s'installe sur la banquette arrière. Renan a le réflexe un peu lent. C'est le seul défaut que je peux objectiver mais c'est ce qui lui coûte l'échec de sa mission : celle de protéger le Ministre. On a beau pérorer que l'on est passé dans les mains d'un maître, dès lors que l'on dévie de la voie, on diminue. La balle qui retentit résonne tout près de mon oreille, mais cela ne parvient pas à arrêter mon geste. J'ouvre la portière gauche et pénètre dans le véhicule. J'ai gagné. Le canon de mon arme est collé contre la tempe du Ministre. Je jubile. Renan Lefèvre a beau me menacer de son silencieux, sur son visage l'image de la défaite le trahit. Edouard Degrammont reste digne, il a la classe de son rang. Le chauffeur quant à lui commence à paniquer et ses cris augmentent son angoisse d'un cran. Lorsque je prends la parole, mes ordres sont catégoriques.

– M. Lefèvre, vous allez la boucler et vous mettre au volant. Un seul faux pas de votre part et la cervelle de M. Degrammont maculera votre intérieur cuir.

Après un bref silence, l'homme interroge du regard son patron qui hoche subrepticement la tête. Lui aussi commence à avoir peur. Renan fait le tour du véhicule sans nous lâcher des yeux puis s'installe derrière le volant sans pour autant se défaire de son arme. Je fais défléchir la tête de ma future victime puis tends la main en direction du chauffeur. Je n'ai pas besoin de mentionner mon souhait pour obtenir le canon froid de mon opposant. Il est pieds et poings liés. Le bruit du moteur est tellement discret que je suis sur le point de marquer mon impatience puis tandis que nous quittons la cour, une vague d'apaisement me submerge, je vais y arriver. Ensuite tout me paraît aisé. Je lui indique le chemin à prendre il suit mes directives sans broncher. Le Ministre reste muet mais je vois palpiter sa carotide avec une intensité qui dément son calme. Nous traversons le boulevard Malesherbes puis l'avenue de la porte d'Asnières. J'indique ensuite la direction du périphérique ouest afin de récupérer la sortie N13, pour atteindre Neuilly-sur-Seine. Il est 6h45 quand je demande à Lefèvre de se garer à proximité de la Jaguar. Le parking est suffisamment isolé pour que nous soyons seuls. De toute façon, tout le monde se fout des gens qui l'entourent, je pourrais l'abattre au milieu d'une foule que personne n'oserait s'approcher. À ma requête, Renan coupe le moteur de la Safrane puis je fais signe au Ministre de sortir. Ce dernier est loin de se presser mais en aucun cas je ne souhaite augmenter la tension des deux hommes, sous peine de devoir gérer un acte irréfléchi. Mes clefs à la main, je déverrouille les portes de la Jaguar et leur fait signe d'approcher du véhicule. Comme un enfant bien élevé, M. Lefèvre ouvre la porte et le Ministre s'engouffre dans la XK, sans que j'aie besoin de hausser la voix. Presque amusée par la façon dont ils me mâchent le travail, je demande le téléphone portable du chauffeur et le broie d'un coup de talon. Renan est pétrifié quand je prends place à côté du Ministre et le laisse seul au bord de la route. L'expression de son visage manifeste ses pires craintes quand, d'une main experte, j'attache le poignet du Ministre au repose-bras de la portière grâce à une paire de menottes tout droit sortie du vide-poche. Ce n'est pas typiquement le genre d'objet dont je fais usage régulièrement mais il faut considérer que de temps à autre certains détails insolites peuvent sauver des vies. Et là je suis sur le point de rendre un grand service à pas mal d'inconnus. Après un bref regard en direction de M. Degrammont je tourne la clef et démarre le moteur. En baissant la vitre, je me fais une joie de mettre une balle dans le pneu avant droit de la Safrane puis, considérant qu'il est relativement aisé de changer une roue, je tire également sur le pneu arrière. Le fait d'augmenter la difficulté de Renan Lefèvre pour trouver du secours me réconforte un peu et m'offre un délai supplémentaire pour mettre un terme aux agissements crapuleux du Ministre.

Pour avoir appris l'itinéraire par cœur, je me dirige sans réfléchir vers l'A14. Le radar au niveau de Puteaux prend un cliché de mon véhicule, un bref sourire étire mes traits. Je me contrefiche des points que je n'ai probablement déjà plus et du budget « contredanses » que je laisserai à mes héritiers. Le premier péage à Montesson me déleste de 7,70 euros puis après avoir emprunté l'A13, je paye tour à tour les péages suivants soit 5,70 euros de plus. Quand enfin le Havre est annoncé sur les panneaux bleus, j'augmente considérablement ma vitesse. Le visage blême du Ministre me confirme sa peur. S'il y a une chose que je suis heureuse de faire avant de mourir c'est de profiter du turbo de la XK. Les 250 Km au compteur me donnent un sentiment d'exaltation. Je suis pleinement vivante. La voie de gauche se libère à mon approche, peu d'automobilistes font du forcing quand une voiture leur fonce dessus à cette vitesse-là. Ils craignent pour leur vie en maudissant les abrutis qui se croient tout permis, et aujourd'hui c'est mon cas.

– Que voulez-vous ?

– Savez-vous qui je suis M. Degrammont ?

– Non.

– Cela vous intéresse-t-il de connaître mon identité ?

– Je ne vois pas où vous voulez en venir !

– Peut-être parce que vous ne posez pas les bonnes questions ?

– Très bien, qui êtes-vous ?

– Avant de vous répondre j'aimerais vous faire écouter quelque chose.

J'actionne l'autoradio et fais sauter les plages jusqu'à ce que la musique d'Ethan résonne dans l'habitacle.

– Cela vous rappelle quelqu'un ?

Ses traits démentent sa réponse.

– Je ne comprends pas ce que vous voulez.

– Vous ne répondez pas à la question.

– Non, je ne sais pas de quoi vous parlez.

– J'en suis très étonnée.

Je laisse quelques minutes l'harmonie des notes s'installer entre nous. J'aime la symphonie déliée des partitions du pianiste.

– Vous aimez la musique classique M. Degrammont ?

– Il a presque tué ma fille.

Sa voix est lasse, on dirait presqu'un aveu.

– Une tentative de suicide n'est pas un meurtre.

– Savez-vous seulement ce que c'est que de voir dépérir son enfant ?

– Va-t-elle mieux depuis que vous l'avez lâchement assassiné ?

– L'espoir est traître, à présent elle sait qu'il ne reviendra plus.

Oui, ça c'est sûr !

– Quelle remarquable leçon de vie !

320

– Mais qui êtes-vous pour me traiter de la sorte ?

– Je fais partie des rescapés de la Section. Cela signifie quelque chose pour vous ?

– Cela veut dire que vous outrepassez vos droits.

– Dans les mêmes proportions que vous, semble-t-il.

Les kilomètres défilent, je tente de rester concentrée malgré notre échange.

– De quel acte me jugez-vous coupable ?

– Celui d'avoir ignoré que nous sommes dans une démocratie et de nous avoir utilisés comme de vulgaires assassins.

– Vous n'êtes personne pour me donner des leçons.

– Auriez-vous oublié que la séparation des pouvoirs est l'un des fondements de notre pays ?

– Où voulez-vous en venir ?

Le ton monte dans l'habitacle, il semble que j'aie atteint un point sensible ; il comprend que nous avons dépassé le point de non-retour et la panique prend le dessus.

– M. Degrammont, lorsqu'un homme se fait juge et bourreau, cela signifie qu'il bafoue l'ensemble des droits appartenant à ses semblables. Dans un sens je ne peux vous blâmer puisque je marche dans vos pas mais là où nos avis diffèrent c'est que nous avons une vision opposée de la Justice. La mienne ne sert pas d'intérêts personnels alors que la vôtre n'est que la représentation de votre prétention et de votre supposée suprématie. Vous n'êtes pas au-dessus des lois, loin de là.

– Qu'allez-vous faire de moi, hein ? Vous allez me faire avouer mes erreurs sur la place publique, vous allez me séquestrer pour vous venger de je ne sais quoi ?

À croire que les morts injustes dont il est à l'origine ne perturbent en rien sa conscience. Décidément les Hommes Politiques semblent être une espèce bien éloignée de la nôtre. Pourtant je ne dis rien, préférant le laisser mijoter.

– De toute façon ils vont vous retrouver et vous savez ce qu'ils vont vous faire, n'est-ce pas ?

Nous sommes parvenus à la phase d'intimidation, j'imaginais bien que nous en arriverions là.

— Croyez-vous que deux clampins dans une Subaru puissent m'arrêter ?

Je me fais moqueuse car je sais qu'ils ne peuvent rien contre moi. Leur vitesse de pointe plafonne à 250 Km/h et la légèreté de ma XK me donne l'avantage.

— Vous n'imaginez pas kidnapper un Ministre sans devoir affronter des représailles ? Vous allez payer pour votre audace, je vous promets que vous ne sortirez pas indemne de cette histoire !

Nous venons de passer le péage du Pont de Tancarville. Sur l'autoroute A131, j'entends un bourdonnement ténu, je comprends rapidement que c'est le bruit d'un hélicoptère. Je m'attends à ce que, bientôt, les gyrophares des gendarmes se rapprochent. Ils m'ont repérée. Lorsque l'appareil passe au-dessus de nos têtes je me demande s'ils auront l'audace de couper la circulation pour se poser. J'espère qu'ils comprendront que je n'ai pas l'intention de m'arrêter, cela épargnera des vies. Après une brève hésitation je prends la sortie en direction de la N182, je ne marque pas d'arrêt au péage, je n'ai plus le temps pour ça. La barrière heurte le capot, laissant une marque sur la tôle et je n'ose imaginer le reste des dégâts. Le pare-brise est rayé. J'essaie de calmer mon angoisse. Je dois y arriver, il le faut. Mes dépassements sur la nationale sont de plus en plus dangereux et à mes côtés Edouard Degrammont est au paroxysme de la crispation. Les indications pour Dieppe et Montivilliers passent rapidement, le Havre n'est plus très loin mais j'opte pour la direction d'Octeville-sur-mer. Le retentissement des gyrophares derrière nous se fait pressant, c'est la dernière ligne droite.

J'ai toujours refusé de me faire une idée de ma mort. La seule chose que j'ai toujours crainte était de crever d'une saloperie de cancer dans une chambre d'hôpital, diminuée au point de n'être plus que l'ombre de moi-même. Cependant, même si aujourd'hui se profile une mort digne, il me faut étouffer mes regrets, mon esprit pratique me rappelle qu'il n'y a plus de place pour moi dans cette société, dans cette vie... Devant moi s'étale la plaine tandis qu'au loin la Manche étend son manteau bleu. Nous surplombons la mer du haut des falaises de craie, un instant je profite du panorama. M. Degrammont est livide, je crois qu'il a compris. Je tente de couvrir le son du mégaphone en augmentant le volume de mon autoradio. Pour rien au monde je ne veux gâcher mes derniers instants, qu'ils aillent tous au diable ! Les mains blanchies du Ministre serrent l'accoudoir, il reste muet. En quittant la route, je perçois la différence d'adhérence, les inégalités du sol ; et même si ma XK n'a pas été pensée pour faire du tout-terrain, le moteur et les suspensions ne me déçoivent pas. Je distance encore plus mes poursuivants, je sais que j'ai gagné.

M. Degrammont ferme les yeux.
Il nous reste 10 mètres.
Je sens mes joues s'inonder de larmes, tant de regrets et tant de déceptions s'agitent en moi.
5 mètres.
Une once de peur s'infiltre sous ma peau. Moi la grande Naïva, j'ai peur de mourir, et pour l'une des rares fois de ma vie, je suis forcée d'être honnête avec moi même.
2 mètres.
Je caresse le volant de ma Jaguar. Je suis heureuse de mourir dans ses bras.
1 mètre...

Puis le vide...

Les accords parfaits d'Ethan emplissent l'habitacle. En fermant les yeux, je peux encore le voir faire courir ses doigts fins sur le clavier...

Epilogue

M. DELBART Fabian   PARIS, le 8 novembre 2009
6 rue Rottembourg
75006 PARIS

                                              Melle COMBES Naïva
                                              6 rue Rottembourg
                                              75006 PARIS

            Melle COMBES,

        Par la présente nous vous informons qu'une restructuration du
service qui vous emploie nous oblige à modifier les termes de votre contrat,
ceci dans une « démarche qualité » nécessaire à la mise en conformité du
secteur susnommé.
Afin d'envisager votre prochaine mutation, nous vous prions de prendre
contact dans les plus brefs délais avec la personne chargée de votre dossier.

Dans l'attente de vous rencontrer, veuillez agréer, Melle COMBES, nos
cordiales salutations.

            M. DELBART Fabian.

M. DELBART Fabian
6 rue Rottembourg
75006 PARIS

PARIS, le 10 novembre 2009

Melle COMBES Naïva
6 rue Rottembourg
75006 PARIS

Melle COMBES,

Suite à notre courrier du 8 novembre 2009, nous n'avons pas enregistré les souhaits que vous deviez nous faire parvenir dans les plus brefs délais.

C'est avec regret que nous sanctionnons votre manque de coopération et par conséquence nous vous faisons parvenir un chèque de solde de tout compte afin de clôturer votre contrat.

Nous sommes dès lors dégagés de toute responsabilité vous concernant et vous prions de croire, Melle COMBES, en nos salutations les meilleures.

M. DELBART Fabian.

C'est loin de Paris que l'enterrement aura lieu. L'agitation, le scandale (que dis-je !) de l'affaire Degrammont fait encore la Une des journaux et cela fait déjà sept jours que Naïva s'est jetée du haut d'une falaise. Certes elle aura fait aboutir sa vengeance et avec elle la mienne. Eva me manque cruellement et la souffrance que j'ai à inhumer sa seule amie me brise un peu plus à chacun de mes réveils. Je savais à quoi m'attendre lorsque, suppliante et à bout de ressources, elle était venue frapper à ma porte. Je la revois encore, en proie à une peur sourde de se tromper de camp, angoissée à l'idée de ne pas être à la hauteur. Dans son maintien et sa détermination, je croyais entendre Eva et pour rien au monde je n'avais envie de la laisser partir. J'aurais dû la retenir. Mais je l'aurais suppliée que cela aurait compliqué davantage la mission qu'elle s'était fixée. J'ai l'impression que je viens à peine de déposer le costume que j'ai mis à l'enterrement d'Eva et il me faut déjà le renfiler. « Mon Dieu, faites qu'elles aient trouvé la paix ».

Le petit cimetière de Bonneuil-sur-Marne est traversé par des bourrasques de vent glacial et les quelques personnes qui sont venues écouter l'oraison se serrent les unes contre les autres pour se protéger du froid. Le trou béant de sa tombe n'attend plus que le cercueil vide. Je ne veux pas imaginer l'état de son corps après la chute, simplement pensé qu'elle a dérivé dans les eaux infinies. Je ne sais même pas si elle aimait se baigner. En fait, elle restera à jamais un mystère pour moi. Le prêtre termine son sermon et quitte les lieux, je ne souhaitais pas faire de cérémonie compliquée, cela aurait été en contradiction avec les certitudes de Naïva.

Je ne veux pas juger ses parents. Cependant, le fait qu'ils n'aient pas souhaité s'investir pour la mise en terre de leur seule enfant me conduit à penser que les sentiments de Naïva envers eux n'étaient probablement pas dénués de raisons.

A mon approche ils semblent vouloir fuir et leur maintien hautain m'écœure. Je coupe court à notre conversation : j'étais venu leur apporter mes condoléances tandis qu'ils m'expliquent qu'ils ne souhaitent pas participer aux frais engendrés. Je comprends à présent sa demande lorsqu'elle m'a demandé de m'occuper des formalités. Ils l'auraient certainement fait inhumer dans une fosse commune sans même faire intervenir de prêtre. Je me détourne, je les hais déjà.

Au loin je remarque un couple de personnes âgées dont la femme pleure doucement dans les bras de son mari. Je sais instinctivement qui ils sont. Paulette et André Renault font partie des héritiers de la belle Naïva, leur amour pour cette enfant meurtrie me fend le cœur.

Certains de ses collègues sont présents, je ne les connais pas et n'ose m'approcher d'eux... Je veux oublier jusqu'à leur existence.

J'ai acheté des roses blanches pour en parsemer sa tombe. La fleuriste me l'a déconseillé mais je persiste à croire que cette teinte s'accorde parfaitement avec l'authenticité de son caractère, et comme pour me convaincre je me remémore avec joie qu'elles sont de la même couleur que sa *Jaguar*...

Adieu Miss guépard...

Je sens que cette journée va être longue, le reste de ma vie également...

La cérémonie ne ressemble à rien. Une tombe, un cercueil vide. Je reconnais bien là, la grande Naïva, celle qui ne fait jamais comme les autres. Celle qui part en emportant tout avec elle. « Où que tu sois maintenant, tu dois bien te foutre de ma gueule, n'est-ce pas ? ».

Je suis dans une merde sans nom et si je m'en sors je devrais malgré tout la remercier. « La mort du Ministre doit être vengée ! » : on a beau leur dire que la coupable s'est suicidée dans son geste, la presse cherche encore des responsables. Les flics font ce qu'ils peuvent et j'ai bien peur que des têtes sautent, à commencer par la mienne. Ils n'ont pas mis bien longtemps pour faire coïncider le meurtre de Damien Godrant avec celui de mon prédécesseur, je croise les doigts pour que leur enquête n'en révèle pas davantage. J'espère que la lettre de renvoi suffira, sinon il me faudra ressortir des archives l'examen psychologique que Naïva avait dû subir pour avoir étouffé un homme d'une cinquantaine d'années : son premier délit et, en même temps, son billet d'entrée pour la Section. Je ne souhaite pas salir davantage son nom et même si la presse la nomme par son patronyme, elle restera pour moi *Naïva* et je lui dois bien plus que je ne peux l'avouer.

Il ne reste plus que 6 éléments au sein de la Section, si je m'en sors, il me faudra recruter. Ma première idée a été de bannir la gente féminine mais je crois que je ferai une erreur en restant sur mes préjugés de « macho ».

Merci Naïva...

Les prochains mois vont êtres difficiles et si la Section survit, j'aurai de la chance...

Adieu Miss XK...

Imprimé en 2011
Dépôt légal de mars 2011
ISNB 978-2-9539009-0-3

Imprimé en France

À paraître

Avis de Mort... (Recueil de nouvelles)
Naïva, avant la Mort (Roman Policier / Espionnage)
Ombre & Aura (Roman Heroic Fantasy)

Retrouvez-moi sur :

www.karenblancbooks.com
monsite@karenblancbooks.com